江南

木本文学
MIGHTY ORIGIN LITERATURE

REC
你在想什么？
在想你什么时候能拍完。

心眼

完结篇

北南 著
Written by Beinan

廣東旅游出版社
GUANGDONG TRAVEL & TOURISM PRESS
悦读书·悦旅行·悦享人生
中国·广州

目录
CONTENTS

CHAPTER

01

第一章

代　号

梁承感觉被骗进沟里了，说：“那用不用起个代号？”

乔苑林正有此意：“苍鹰孤狼、百合牡丹、零一零二，都成对的，你喜欢哪个？”

梁承都不喜欢，说：“我，鸟嘌呤。你，胞嘧啶。”

乔苑林：“……”

01

这是乔苑林第一次主动找上门，梁承虽然明知他是有目的才来的，但心里还是有说不出的满足感。

“你找我有事？”

乔苑林也不藏着掖着，那天被教训怕了，还是先报告比较好，便说道：“我去那家酒吧，不是去喝酒，是为了调查。”

梁承面色稍沉，他能理解乔苑林作为记者的想法，但不等于他同意对方去冒险：“你自己去不行。”

乔苑林仿佛料到他会这样说，回道：“我知道。”

梁承回过味来，前后瞅了瞅，确认没别的同事在，所以乔苑林是找他陪着去？

半指宽的相机带子挂在乔苑林的细颈上，梁承伸手一拨，钩着拉近半步，没表情地问：“怎么不约你雷师兄了？”

乔苑林撇撇嘴，思及雷君明的态度有些失望，但又不好背后讲人坏话，说道：“人不够，孙老大非要留他帮忙，他没空。”

梁承沉声道：“他跟你说的？”

“嗯。”乔苑林不想管别人了，“走不走啊？”

天擦黑，他们在路上堵了近四十分钟。乔苑林给梁承描述了那晚的详细经过、疑点，到梵谛街的时候，夜幕彻底落下。

春风酒吧不像别的酒吧那么喧闹，走的是文艺小资风格，第一次来酒吧街的人很容易选择它，比如乔苑林。

奔驰车停在街对面，熄了火。梁承回想那个男人的容貌特征，问道：“他有没有说怎么称呼？”

“没。”为了方便，乔苑林决定给他起个代号，“老油条，就叫他油叔吧。”

要观察酒保，就必须坐在吧台附近，乔苑林害怕会被认出来。梁承让他留在车上，自己进去待一会儿。

两个人戴上蓝牙耳机，保持通话。梁承对记者这个职业有了新的认识，跟踪录像、蹲点暗访，快赶上便衣警察了。

乔苑林也挺来劲，摁着一边耳机说：“好刺激啊。”

“比吃了药还刺激？”梁承损人。

“你给我忘了！”乔苑林实习时跟过一次暗访，“身上别带证件，万一被扣住不能暴露身份。”

梁承感觉被骗进沟里了，说：“那用不用起个代号？”

乔苑林正有此意：“苍鹰孤狼、百合牡丹、零一零二，都成对的，你喜欢哪个？”

梁承都不喜欢，说：“我，鸟嘌呤。你，胞嘧啶。”

乔苑林：“……”

梁承下车过马路，顺手解开胸前一粒纽扣，看车时侧过脸，眼尾轻扫副驾的车窗，挑起不走心的浅笑。

乔苑林几乎看呆了，转瞬工夫，梁承一点都不像严肃正经的外科医生了，而是像混迹酒吧的风流男人，带着痞气，让人难分好坏。

时候还早，酒吧空着大片，梁承将几片区域转了一下。这里一共三个开放式大厅，地下还有一层是包厢，但非会员不能下楼。

返回外厅，梁承坐到吧台前，招手要了一杯麦芽威士忌。

耳机里，乔苑林说：“开车不喝酒。”

梁承握着杯子晃冰块，同时观察酒保。对方胸牌上是英文名“Richard”，他寻机偷拍了一张，搭讪道：“酒不错，你做多久了？”

酒保说：“一年。您是会员吗？”

梁承说：“会员？”

耳机中，乔苑林说："那天也问我了，但没推销。"

梁承想了想，回答："朋友是，他还没到。"

酒保说："那您可以先跟朋友一起试试，我们这里不错的。"

梁承猜测会员是熟客制，没那么容易加入，正想着，旁边闪来一道倩影，是位"黑长直"美女。

美女问："我可以坐你旁边吗？"

有人掩护更好，梁承说："我的荣幸。一个人？"

美女坐下来，说道："和你一起喝就是两个人了。"

梁承连哄人都不会，有点想把这句话记备忘录上。他说道："想喝什么？我请你。"

耳机里一阵安静，然后乔苑林絮叨："你请谁？有人找你搭讪吗？男人还是女人啊？你别忘了正事。"

有点烦，但梁承没察觉自己在笑。

美女看着他，故意长叹一声："还以为能一起借酒消愁呢，看来你心情很好。"

梁承问："你愁什么？"

"感情啊，我失恋了，被一个浑蛋甩了。"美女道，"帅哥，你肯定有好多人追求吧。"

梁承的指腹划过酒杯沿口，像开刀前的比画，万分郑重，语调却似无所谓："没啊，一般都是我追人家。"

车里，乔苑林扒在车窗上抓心挠肝，把耳机摘下来，又按捺不住想听，掩耳盗铃地贴在耳骨上，假装是不经意听到。

梁承的声音钻入他的耳朵："说不准什么类型，有些人迷惑性特别强，看上去纯真无害，其实是一头犟驴。主意大，爱使唤人，身体差，胆子肥，时而硬气，时而心软，不清楚的人以为是在欲擒故纵，到头来却可怜巴巴的，实在让人招架不住。"

乔苑林耳边传来低笑，接着梁承回答对方："大概就是喜欢这样的。"

乔苑林紧闭嘴巴，怕泄露出声音被听见一星半点。耳机中也陷入沉默，许久，他轻声叫道：“鸟嘌呤？”

“嗯？”梁承回道，“怎么了，小嘧？”

“浑蛋……”乔苑林怀疑这人早就预谋好戏弄自己，“你别跟人家瞎聊了。”

梁承低声道：“她去洗手间了，步伐正常，应该没事。”

自街尾传来一阵引擎的轰鸣声，雄浑震耳，一听就是改装过的。分秒间，一辆风骚的玛莎拉蒂车刹停在酒吧门口。

乔苑林的大奔至今没有着落，心里一阵嫉妒，捧起单反“咔咔”拍了两张。只见玛莎拉蒂车的车门向上旋开，一个中年男人下了车，身材略瘦，但模样莫名让乔苑林有股熟悉感。

男人进了酒吧。

大约三分钟，梁承忽然出来了，步速偏快，过马路时摘掉了耳机，毫无停顿地绕到车的另一边坐在了主驾座。

乔苑林立刻问：“怎么了，有情况？”

梁承说：“酒吧的老板来了。”

莫非是开跑车的男人？乔苑林翻出刚拍的照片，问道：“是他吗？”

梁承瞥了一眼，说：“你仔细看看他是谁。”

乔苑林放大面部，的确眼熟。不等他认出来，梁承揭晓道：“真是孽缘，那年在岭海仓库，划了我一刀的柳刚。”

“啊……”乔苑林震愕，“他认出你了吗？”

梁承摇摇头，背对大门的方向，听见经理叫“柳总”便回头瞧了一眼。柳刚远不如当年健壮，他险些没认出来。

梁承发动车子，两个人一路默默消化这件事。他们肯定都不能再露面了，调查才刚开始，就要搁浅了吗？

但正因为老板是柳刚，他们更笃定酒吧有猫腻。梁承不得不回顾他亲历的案件，人证和物证是最起码的。

假设药物是酒吧提供的，首先需要有个会员身份，才有机会取证，而他们还没确定会员制度就要终止暗访了。现实状况就像一条闭环，让人无从下手，除非有个人满足条件。

他们同时想到了油叔，无论整件事和酒吧有没有牵连，这个人都是脱不了干系的。只不过人海茫茫，他们去哪儿找人？在酒吧蹲点是不可能了，万一正面遇上柳刚，估计他们会被扔出去。

梁承细长的食指敲着方向盘。白天急诊中心转来一位患者，对方开车上班，途中发生事故撞了一个人。结果被撞的人并无大碍，肇事司机却犯了心脏病被送去医院。警方介入，被撞的人坦白是碰瓷。当时不知谁说了一句："这年头满大街摄像头和行车记录仪，不如转行干代驾吧。"

梁承想起那晚他的奔驰车就停在那家酒吧的隔壁店门口。到了家，梁承从手机调出行车记录仪前几天的备份。

乔苑林伸着头，看到画面中油叔搂着他，硌硬坏了。幸好梁承及时出现，再后来油叔骂骂咧咧地上了出租车。

梁承按下暂停，把出租车的车牌号记了下来，说："但愿司机还有印象。"

乔苑林道："我明天就去出租车管理公司。"

不愧是十六岁就敢独自过海跟踪，比警犬还勇敢的小狗。梁承问："如果得到线索，你打算怎么办？"

乔苑林道："先找他，再搞他！"

"我怕是他搞你！"梁承真想给他一脚，却只得克制地警告，"你先答应我，不会一个人乱来。"

乔苑林犟的时候把他的头拧下来也不肯伏低，顺毛时就只会点头。他保证完，说："哥，我需要你帮忙，而且只有你能帮。"

又来软的了，还叫哥，梁承不戳穿他的伎俩："为什么就我能帮？"

乔苑林心里已经有大致的调查计划，卖关子说："你厉害。"

梁承糊弄地"哼哼"两声。和乔苑林重逢以来，他明白了"报应"二字，当年自己多烦这个爱管闲事的，现在轮到自己上赶着管东管西。

“既然要做，就跟单位知会一声，别坏了规矩。”

乔苑林说：“嗯，我明天告诉‘暴躁姐’。”

梁承顿了几秒，又说：“和同事相处不能要心眼，但对个别人，要留个心眼，知道吗？”

乔苑林听出弦外之音，问道：“什么意思？”

他们一直在车里研究，将近半个小时了，一楼大门打开，乔文渊朝这边张望，喊了一声。

梁承先下车，应道：“乔叔，我来蹭饭。”

“回家叫什么蹭饭。”乔文渊喊道，“被苑林带得都磨蹭了，快进来吧。”

推开院门，梁承停下脚步，掏出振动的手机。来电显示一串陌生的号码，他滑开通话键，正好乔苑林绕过车头走到一旁。

“帅哥，你怎么走那么快呀？”

两个人俱是一愣，梁承先反应过来，是在酒吧和他搭讪的那位美女。对方问他要联系方式，他想着倘若是熟客，可以搜集信息，就写餐巾纸上给了。

觑着乔苑林的表情，他说：“那家没什么意思，我换地儿了。”

“你去哪儿了？”美女不疑有他，“我也觉得无聊，一起啊。”

梁承无心猎艳，说：“恐怕不行。”

美女大方地问：“看来我不是你的菜？”

“抱歉。”梁承挂断电话。

乔苑林瞪大眼睛，气道：“无语了我！”

屋里，乔文渊摆好筷子踱到窗边，心想两个人怎么还不进来。贺婕洗了手，也过来和他一齐望向院子。

只见梁承和乔苑林，一个坦然，一个皱眉，在说着什么。

乔文渊最喜父慈子孝、兄友弟恭的优良传统，满意地说：“嗯，这哥儿俩相处得还挺好。”

02

乔苑林挑灯作好了一整套调查计划，一刻都不想耽误。原本他只是履行记者职责，现下还暗藏一点报仇的私心。

毕竟，姓柳的给梁承划了一道疤呢。

第二天大清早，乔苑林去单位汇报这件事。按八达通的一般流程，新闻选题要先在例会讨论，由主编决定，再分配人员正式去拍摄落实。

所以他属于先斩后奏，不出意外地惹来鲍春山一顿骂，那嗓门气吞山河："私自做主，咱俩谁是主编？啊？这种长线暗访的新闻，你考虑过人手吗？你以为自己还待在采访部呢！"

乔苑林摆出一副可怜模样："我自己找人帮忙，行吗？"

"你真牛啊你！"鲍春山不吃他那套，"你找人，出什么意外你能负责？赖到台里全都不用干了！"

乔苑林已预设最坏情况，也不装了，说："那我请假。"

鲍春山冷笑："八达通真的盛不下您这尊佛了，宁愿旷工自己去查，也不麻烦一帮专业的同事，你干脆自立为王，弄个'九达通'算了！"

乔苑林刚欲辩解，似乎明白了什么。他作为半路调来的，上次专访，鲍春山就放手让他负责，有什么安排也直接吩咐他。或许鲍春山给他权力，是希望他带动一干懒散的同事，改变组里的现状？

他就是"鲇鱼效应"里的鲇鱼，要令一群半死不活的沙丁鱼活泛起来。也许，那些沙丁鱼曾经也是一条条劲头十足的鲇鱼。

乔苑林一下子充满使命感，问："主编，我真的是鲇鱼吗？"

"你是美人鱼，有点本事一天天把你美得！"鲍春山说完吐出一口气，"请假是吧，请几天？"

乔苑林连忙改口："我不请了，那这案子……"

鲍春山根本没说不批，只是骂他这种藐视规则的行为。她签好名，还从牙缝里挤出一笔经费，道："安全第一，时刻汇报。"

乔苑林像拿了尚方宝剑，安排巍哥去春风酒吧附近采集资料，他和大志叔前往出租车辆管理公司。

找到那辆车的司机时，已经过去一周了，司机很难回忆起来拉过哪些客人。

乔苑林调出油叔的视频，描述道："就他，穿得挺讲究。他的前一位客人是个戴眼镜的，从若潭医院上的车。"

这么一串，司机貌似有点印象，问："春风酒吧……当时门口是不是有俩男的……"

乔苑林："啊？"

"我想起来了！"司机说，"在酒吧门口，一帅哥扶着一个喝醉的男孩儿，看不清脸。我瞅了一会儿，这男的就催我快点走，语气特别差。"

乔苑林难堪地挠了下耳朵，问："那您记得他去哪儿了吗？"

司机仔细回忆，最终给了个街道地址。那条街上有三个社区，楼下两排商铺，乔苑林锁定几家人们会定期光顾的店面。

他请大志叔去美发店洗头，跟理发师闲聊。说到办卡，他亮出油叔的照片，问能不能剪成这样的。

理发师说没问题，但没别的表示。如此排查了所有理发店，均无收获。

乔苑林生平第一次踏入健身房，号称邻居推荐的，问买课能不能打折。他给经理看照片，对方一喜，叫来一位健硕的私人教练。

真是踏破铁鞋无觅处，对方是油叔的私教，热情地带着乔苑林看器械，不到十分钟就把增肌方案都给他制定好了。

乔苑林切入正题："太贵了，我再考虑考虑。"

教练说："你是李总邻居，远亲近邻，我赠你两节课。"

"主要是我太懒。"乔苑林道，"从家里到健身房超过五百步，我就不想去。"

教练乐道："哎哟，我的天，过个马路也就二百步，你不就住对面那栋楼吗？"

乔苑林绽放一抹意味深长的笑容，望向街对面。缤纷家园，原来油叔就住在对面的六号楼。

临走，他随口问："李哥这几天来过吗？下次我跟他一块儿来。"

"他出差了，这几天没约课。"教练说，"那我等你哦，绝对把你练得不输李总。"

乔苑林正尴尬时，手机响了，梁承发来一张照片，是一盒鲜红的草莓。

梁承：患者小姑娘送的。

乔苑林：多小？

梁承：两岁半。

那是挺小，乔苑林不贫了：甜不甜？

梁承：不敢尝，万一酸呢。

成年人心照不宣起来，显得比小学生还幼稚。乔苑林就站在一家水果店门口，回复：我可以帮你尝尝。

梁承：趁新鲜。

乔苑林发送定位，问：同城快递吗？

梁承：超人跑腿。

恍惚间那个夏日的点滴翻滚而来，乔苑林按灭屏幕，忽然不确定自己望着街头巷尾是在盯梢，还是在等一个骑摩托车的大男孩儿。

直到梁承出现，他才收回蔓延开的思绪。

轮休一天的梁医生穿着黑色T恤和运动裤，还是老搭配。因为限号，他搭公交车来的，大手托着一盒包装精致的草莓，在街上的路人里笔挺而扎眼。

乔苑林晒得双颊微红，未想好开场白，梁承先摘下棒球帽扣在他头上，压了压，侧身投下一片阴凉。

草莓香甜，乔苑林靠着梁承的手臂省劲儿，闲人似的细嚼慢咽。

梁承接过他的包，翻看这几天的收获——油叔大名李哲，是一家投资银行的客户经理，未婚独居，养着一只法斗。偶尔有个大学生表弟来他家里过夜，是不是真的表弟有待考证。

“不是要我帮忙吗？”他问。

乔苑林朝对面的宠物店努努嘴，说：“他的小狗寄养到大后天，估计是当天白天或后天晚上回来。”

梁承“嗯”了一声：“行，知道了。”

乔苑林有点担心：“你有几成把握令他屈服？”

梁承道：“三点三成。”

“还怪精确的。”乔苑林自以为胜券在握，潜意识中认为梁承能搞定一切，“有点低啊，哥哥。”语气和当年说“没钱了，哥哥”时分毫不差。

梁承瞧他，说：“你求求我，我可以提高。”

乔苑林才不肯：“你这概率算上我了吗？”

“算上你就跌至一成。”梁承不逗他了，“我要集体行动，一个人是三点三成，三个人不就接近十成？”

第四天深夜，街上的商铺陆续打烊，缤纷家园的门楼亮着五彩斑斓的灯。

一辆出租车从机场开过来，停在社区门口。油叔下了车，出差加乘夜机，他疲惫地拖着行李箱往前走。

他摸出一支烟叼上，突然迎面走来一个人。对方有眼力见儿地举起打火机，滑开，跃动的火苗照亮一张极漂亮的脸蛋。

烟被点燃，油叔被迷惑，问道：“你是？”

应小琼眼波流转，说：“在春风酒吧里你给我下药，忘了？”

油叔神色一紧，否认道：“我听不懂你在说什么，让开，你认错人了。”

他绕路走，一扭身，另一边一个壮汉挡了过来。对方戴着墨镜和口罩，头顶渔夫帽，腋下夹着一只路易·威登的男式包。

老四好歹有数百万粉丝，哪能轻易露脸。他也没想到，自己混得买奢侈品像买黄豆酱一样简单了，有朝一日还要重操旧业。

他本来想拒绝，梁承居然说他当年跳窗抓过乔苑林，欠那个小屁孩儿的。这是人话吗，他一跳窗成千古恨了？如果没记错，当时可是梁承说的第二扇窗户。

“李哲是吧？一把岁数不干正经事，你知道你招惹的是谁不？”在老四印象里，乔苑林还是个十六岁的中学生，“八年前就玩儿跟踪，偷拍、取证、报警一条龙，你以为人家是清纯小男孩儿，那是个精怪！”

一声轻咳，老四安静了。

油叔惶然转身，看见那晚几乎推他一个跟头的男人——为了方便他回忆，对方特意穿了同一件衬衫。

梁承手插着裤兜，先白了老四一眼，心想你是逮人还是吐槽来的？随后他才道：“闻天投资的客户经理，没错吧？”

油叔明显慌了，说：“我又没把你弟怎么样。”

“站着说有点累。”梁承仰头看临街的灯火，“要不去你家聊，六号楼三单元六〇二房间，你那个大二的‘表弟’今天应该没来吧。”

公司和住址全被摸清了，包括隐私。油叔被三面包围，缴械投降了：“你们想要什么，钱？”

应小琼不愧是做过刑警队长线人的，说：“污点证人，戴罪立功，我给你发红包都行。”

梁承不再废话了，上前揽住油叔往街边走。他捏着油叔的肩骨，稍一用力，这家伙便吃痛哀号，也不知道私教课都练了些什么。

走到奔驰车旁边，老四拉开车门把人推进去。

“嘭”的一声，门关上了。油叔惴惴不安地瘫软坐在后面，抬起头。那晚迷醉可欺的受害者从副驾座上转过头来，真是精怪，笑得灿烂又神气。

“嘀”，乔苑林按下录音笔，说：“嗨，咱们开始吧。”

三剑客完成任务后没有上车，倚靠车身在月下各自点燃一支烟，咬上，吞云吐雾。

这么些年了，应小琼早就不追债了，专注于餐饮事业。梁承结束漂泊萧索的生活，成了医生。老四一个人在异乡打拼出一片天，开心自在。谁也想不到，他们还有机会凑到一起干这种活儿——该叫什么来着，江湖召集令？

应小琼伸个懒腰，说："老四，你能看见路吗？"

"忘了。"老四摘下墨镜，"下回这事提前预约，耽误我直播，粉丝会伤心的。"

梁承道："哦。"

应小琼悄声问："你跟小乔同学，现在成了没有血缘的兄弟？"

梁承没有回答。

老四心里盘着小九九道："你能巴结好他吗？让他别记我的仇了，万一哪天给我爆出来，粉丝会受不了的。"

"你别老是粉丝粉丝的。"应小琼烦躁地道，"我快受不了了。"

03

回家的路上，梁承听了一遍录音。跟他想象中不太一样，油叔顾左右而言他，未明确承认什么，乔苑林也没有一直问。

用乔苑林的话讲，这不是警察审讯，只是记者采集素材。不过他们已经拿捏住油叔，接下来的调查便有了切入点。

他们趁热打铁，第二天晚上，巍哥跟油叔到了春风酒吧。八达通经常暗访足浴店、按摩店，非正常拍摄相当纯熟。

乔苑林待在街边的车厢内，暗中指挥。他渐渐摸清了酒吧的会员机制——只接受熟人推荐，并且等级有别，负一层的包厢区仅对等级高的客人开放。

油叔有一位客户是会员，半年前介绍他来的。他等级低，平常多徘徊在一楼大厅，那晚下药是第一次。乔苑林刚有些晕他就沉不住气了，想尽快把人带走。

他辩解说：“都是出来找乐子的，想助助兴而已。”

乔苑林跳脱出受害者的身份，如果那晚下的药的作用只是助兴，那客人若有更恶劣的目的，酒吧是不是会提供更“高级”的服务？在负一层的高级会员们，会被满足什么样的需求？

耗费多日，乔苑林掌握了酒吧服务生的换班时间、几名熟客的光顾规律，以及老板柳刚通常什么时候现身。

进一步的调查对记者来说有些困难，专业的事找专业的人做，乔苑林想到一个人。

上次带去的牛奶估计喝完了，他又买了一箱，去市公安局家属院探望程立业。这次他没麻烦梁承，一个人前往。

程立业恢复得差不多了，天天闷在家里，每天准时收看《平海八达通》。乔苑林来看他，他很高兴，像个寻常长辈般关心道：“最近的新闻怎么没瞧见署你的名字？”

乔苑林也挺自来熟，从果盒里抓了一把瓜子，说：“我忙大新闻呢。”

他吊起程立业的胃口，边嗑边讲，从酒吧一桩事开始，连带柳刚当年的诈骗前科，最终绕到面临的困难上。

程立业说：“报警啊！”

乔苑林瞳仁闪亮，透出一股机灵和狡黠：“所以我来了啊！”

目前掌握的证据不足，也没有实质性的受害人，乔苑林希望再多获取一些线索。他没正式报警，但需要帮助。

很快，程立业找来几名老同事，都是退休警察，有在家带孙子的，有天天下象棋的，还有在公园“啪啪”抽陀螺的。

几位老哥都羡慕程立业之前见义勇为立了功，这下团聚，重出江湖。

有了专业人士的帮忙，调查进行得颇为顺利。半个月后，乔苑林拿到了多种酒品样本和一些药物的外包装。

他连夜奔到若潭医院，心外科的办公室亮着灯，过两天有一场心血管疾病防治联合会议，梁承在准备会上要讨论的病例。

两个人近一周没见，微信上说得最频繁的就是“注意身体”。当办公室的门被敲开时，梁承抬头看见乔苑林的脸，竟有一丝恍如隔世的感觉。

“你怎么来了？”梁承起身，虽然心里明白乔苑林肯定不是为了来看他。

果然，乔苑林立在门口，能化验的机构都下班了，他等不及，说：“酒品取证完成了，你能帮帮我吗？”

梁承当然不会拒绝，回答：“好。”

乔苑林抓了一下耳朵，又说：“我还没吃晚饭，你要不要一起再吃个夜宵？”

梁承稍纵即逝地扬了扬唇角，说：“都好。”

若潭有独立的研究室，梁承把东西拿去化验，检测出几种镇静性药物。

职工餐厅只有寥寥数人，就剩一个卖馄饨的窗口。馄饨是现煮的，梁承和乔苑林面对面在桌旁等候，桌上放着化验报告和一个镇静剂的包装盒。

如何了解更多信息？乔苑林捏着下巴思索，药厂、批次、分销商，有没有人通过这个瘪烂的药盒就能筛选出来？

首先，得是医药行业或医疗系统内的人士。其次，要人脉多，路子广。

这时，值班的万组长从门口进来，一边揉着肚子打着哈欠，一边抱怨“只能吃馄饨了”。梁承和乔苑林相视一眼，然后一齐向他招了招手。

万组长过来，说：“哟，乔记者，你好久没来了。”

乔苑林主动表明道：“在忙个新闻，有事过来一趟。”

“跟医院有关系啊？”万组长来了精神，上次指望在节目上露一露脸却泡汤了，心里念念不忘，“需要帮忙尽管找我。”

馄饨煮好了，梁承用托盘端来，一碗给乔苑林，另一碗推到万组长面前。

万组长受宠若惊，赶紧喝口汤免得梁承反悔，说："梁医生，可别吓我，你不是要被狠狠地投诉吧？"

梁承屈指敲在包装盒上，说："你看看这个。"

"这啥玩意儿？"万组长拿起来，"哦，这牌子出过事，各大医院早都不用了。"

乔苑林感觉有眉目，干脆直说："能不能帮我一个忙？"

详细听完，万组长镇定自若地吃了个馄饨。他外号"万金油"可不是白得的，方方面面没他不熟的。

"帮你也行。"万组长道，"但我有个条件。"

乔苑林豪迈地允诺道："你放心，感谢费包你满意，后期你愿意露脸，给你单独加一分钟时长的医药小科普。"

虽然条件极其诱人，但从长远考虑，万组长说："我不稀罕铜臭与虚名。"

梁承不爱翻白眼，这会儿却努力忍着，问："那你要什么？"

万组长看着他，回答："我要你三个月不被投诉！"

梁承："……"

万组长快活地吃完一碗馄饨，揣上包装盒走了。

梁承交叉双臂，仰靠椅背，琢磨未来三个月怎么日行一善。

还没等他想出来，乔苑林将碗推到中间，自己拿勺，把筷子递给他，说："要凉了。"

梁承顿时败在那流转的目光里，其中一半是感谢，另一半是幸灾乐祸。他接过筷子，道："不是不吃别人吃过的东西？"

他似乎已经忘记八年前葡萄冰沙的滋味，但能想到当时的乔苑林一定会说：你不是别人。

而现在，乔苑林垂下眼眸，回避道："随便，你爱吃不吃。"

当他盛起一勺馄饨时，梁承没有言语，只是把筷子伸下来，夹走沾在上面的乔苑林不喜欢的紫菜碎。

之后，梁医生开始了忍气吞声的职业新篇章：遇到暴躁的老哥一言不发；碰上控制不住情绪的患儿家长保持微笑；对善解人意的患者和家属，怀着一颗感恩的心。有几次呛人的话都到嘴边了，他含一颗话梅，酸得醒过神，将话连同分泌的唾液一并咽进肚子里去。

同事认为梁医生性情大变，背后一定有不为人知的原因，某天清洁阿姨进办公室打扫，替大家问了出来："梁医生，你是不是谈恋爱了？"

梁承顿住笔尖，在这个月总结报告的签名后面戳下一个黑点，反问："从哪儿看出来的？"

清洁阿姨说："人被爱情一滋润，脾气就变好了。梁医生，什么时候请大家吃喜糖啊？"

这进度拉得也太快了，梁承盖回笔帽，说："没有的事。"

"哎呀，一旦定下来，快着呢。"阿姨当他害羞，"你这么能干，对象肯定也不差，结婚生个孩子得有多聪明！"

梁承第一次着急下班，再不走，该考虑孩子是念七中还是德心了。

在车库碰见万组长，梁承拳头都硬起来，没好气地问："交代你的事办得怎么样了？"

万组长嘚瑟道："都搞定了啊，小乔记者没跟你说？"

乔苑林还没来得及说，他刚回到电视台，光跟鲍春山汇报情况就花费了一个多小时。所有零散的线索和证据串联起来，整个案子逐渐明晰。

历经一个月的调查暗访，乔苑林奔走了数十个地点，接触上百人。查清那些药物的获取途径后，他挖出了另一条线。

春风酒吧的药物是从一家保健品公司获取的，而保健品公司的老板是柳刚的哥哥——柳毅。多年前，柳毅开补习机构诈骗家长的赞助费，如今死性不改，仍以中小学生为目标，兜售所谓的健脑提神营养液。

保健品公司悄悄做大，柳毅能低价拿到一些药物，成为柳刚酒吧的"供应方”，再为酒吧会员提供特殊福利，也就是捕获他们相中的“猎物”。

随着案子越挖越深，乔苑林发现其中疑似闹出过人命。去年年初，有个毕业不久的女孩儿陪老板应酬，在酒吧负一层包厢被灌得烂醉，然后被带走，当夜死在了酒店房间里。后来酒吧整顿了短短一周，就重新开张。

乔苑林从主编办公室出来，他说得口干舌燥，到位子上一口气喝下一大杯水。他捂着杯子，盯着厚厚的资料夹，从中抽出粘着红色索引贴的那一张。

这是他一个月前做的调查方案：抓油叔为起始，找应小琼和老四发江湖召集令，以油叔为线人深入调查。进一步找程立业合作取证，取证后追溯来源，万组长帮忙是出于人情。

这一圈人或多或少都与梁承有关，所以他当初对梁承说过“只有你能帮”。

现在，这一切即将收官，乔苑林将全部文字、录音和影像资料汇总上传，一式两份，一份变成报道，一份提交警方。

夜深了，外面飘起零星小雨，乌云低得像要滚到地上。

乔苑林把眉心都揉红后，如释重负地松了一口气。他包都懒得背，只拿着手机和家门钥匙就下了班。

各部门走得没剩几个人，整栋大楼单调地响着雨水敲窗的声音，电梯下到一楼，他走出大厅。

迎面过来一帮采访部的同事，看样子刚收工，几位二组的熟人走在前头，雷君明稍微落在后面。

梦姐瞧见他，喊道：“小乔！”

乔苑林咧开嘴，跟大家开玩笑寒暄。一一告别后，他和沉默的雷君明对上视线，主动打了声招呼：“师兄。”

雷君明说：“好久没见你，忙什么呢？”

乔苑林回答：“就是关于酒吧的新闻，我跟你提过。”

雷君明点点头，当时的对话在脑中浮现，气氛有些尴尬。

细雨斜着飘落在大厅门口，大理石地面一片湿滑，乔苑林用鞋底蹭出响声，望向台阶下水泥地面上的一个小坑。

他和雷君明约好吃饭的那一晚，组里人手不够，雷君明临走时主动跟孙卓说愿意留下，不只是帮忙，还想成为节目的正式一员。但自始至终，雷君明都骗他说是被孙卓留下的。梁承当时在走廊听到，那天在车里告诉他，他才明白。

至于酒吧这件案子，他也懂了，雷君明并非怕事，大概是怕他和采访部再有联系被调回二组。

乔苑林心知肚明，然而并不在意，说：“跟着孙老大很累吧，他经常提无理的要求。”

雷君明道：“我会尽力的。”

“嗯，加油。”乔苑林笑了一下，“上去吧，拜拜。”

雷君明察觉到了乔苑林浓烈的疏远意味，有些事不必明说，就能感受到。他说：“苑林，其实我一直很羡慕你。”

乔苑林半边身子暴露在屋檐外，回过头说：“羡慕我什么？”

“在新闻社、咱们系，你总是拔尖儿的，包括你毕业就进了新闻中心，受孙主任青睐。”雷君明说，“我很羡慕。”

所以乔苑林无意中被他当作竞争对手、假想敌，抑或是可以取代的领导的高徒。

面对雷君明的坦白，乔苑林沉默片刻，为了保全一点对方的体面和几年的校友情谊，他说：“不必看别人好坏，却忽略自己的好处。”

雷君明说：“我知道，但我对你，不只是羡慕……”

乔苑林身后一束强烈的光由远及近照射过来，伴随着引擎声，他一时没有反应过来，微怔道：“你刚才说什么？”

绵绵细雨下，梁承的奔驰车停在了电视台大门口。

04

梁承下车后撑开雨伞，望见乔苑林立在大楼门前的台阶上，雷君明在门口戳着，两个人的表情都透露着不自然。

梁承是医生，一向信奉的是科学，此刻却陡然顺从自己的直觉。他没在原地等，不假思索地迈入大门。

车灯如两团白色的焰火，梁承背着光走到乔苑林旁边，伞檐遮住他淋湿的肩头。

气氛安静而诡异，无人吭声，但成年人有时候不必言明一切，从交锋的一两个眼神便能感知大概情况。

梁承站在最下面一级台阶上，总有本事将仰望变成居高临下。他觑着雷君明，专注得像盯着一个靶子，转动伞柄像在掂掇飞镖。

直至雷君明招架不住，说："苑林，忽然对你说这些太匆忙了，抱歉。"

乔苑林闻着梁承身上的清淡气息，慢半拍地道："我……"

雷君明说："我们改天再聊。"

梁承问："聊什么？"

"这是我们之间的事。"雷君明并无多少底气，说完转身进入大楼。

离开电视台，乔苑林躲避似的坐在后面车厢。雨下得急了，梁承开得也猛，好几次转弯时乔苑林几乎躺倒身子。

雨刷器仿佛摇摆催眠的项链，乔苑林盯着，乱糟糟的思绪全堵在脑中。

老天爷是不是疯了？当初那个救过他的命、给予他莫大快乐、最烦他的时候都没用手段欺负过他的人，嘴上却对他不屑一顾；而把他当对手、为了取代他不惜撒谎欺骗他的人，却还要用情分为自己辩驳。

乔苑林忍不住猜测，和雷君明认识以来，对方照顾他的原因中，几分是仰慕，几分是藏着妒忌的虚情假意？

他要如何答复？人长大后一切都变得复杂，少年时开心就跟人好，讨厌就吵架，一腔感情纯粹勇敢，现在却都要小心斟酌。

乔苑林越想越烦，无意识地叹一口气，打破了大半程的沉闷。抬眼，他佯装不经意地扫过后视镜，不料正对上梁承守株待兔的目光。

乔苑林来不及移开目光，梁承问："在想什么？"

乔苑林神色凝滞，却心思百转，如果刚才梁承没有出现，他是否还会这么烦恼？梁承知晓的话，又会是什么反应？

"我……"他口是心非地撒谎，"在想要不要答应。"

狭窄的镜片照不出梁承的表情，只听他语气克制地说："答应什么？"

乔苑林抓着膝盖，以退为进地回答："算了……没什么。"

梁承飞快地眨两下眼，望向前路。他抬起左肘搭上车门，虎口抵着下巴，食指指节处的茧子在唇角摩擦。

轻启薄唇，他咬上那块粗糙的皮肤，很快咬破见了血。

到家了，梁承将车子熄火，雨滴砸在车顶的"噼啪"声格外吵，甚至淹没他的声音，他说："不行。"

乔苑林觉得冷，缩着肩膀，问道："什么？"

"不行。"梁承重复一遍，"雷君明这个人不行。"

"跟你有什么关系？"乔苑林咄咄逼人地小声说，"这是我的事情，你有什么立场干涉？"

梁承侧过脸，说："我没资格干涉你，但你扪心自问，就他那些所作所为，普通同事都做不出来吧？"

所以只是怕自己吃亏？乔苑林使劲咽下一口气，问："如果我能接受呢？"

梁承按下按钮，安全带"啪"地回弹，听起来像什么崩断了。他说："那我会为你高兴。"

乔苑林咬着后槽牙道："谢谢。"

冷雨扑面，他下车打了个寒战，进门的几步路便寒意侵身。餐厅留着灯，桌上防尘罩盖着饭菜，他没胃口，直接回房间锁住了门。

踢掉拖鞋，乔苑林撩开薄被，直挺挺地躺了进去。

姓梁的真以为他是大哥吗？谁稀罕他的认可！

姓梁的在犹豫回公寓还是留宿，到底是不放心，他停好车进了屋，将乔苑林乱扔的球鞋收进柜子。

他热了杯牛奶，端到乔苑林卧室外，敲了敲门，没人应，便搁在了门边的花瓶架上。

大约过去十分钟，乔苑林听不见丝毫动静了。他想起身，于是给自己找理由：渴了，饿了，有些资料散在茶几上没收拾。

爬起来下了床，他走过去拧开门。

外面，梁承自始至终没离开过。

乔苑林呆住，攥着把手："你……你想吓死我啊。"

梁承面无表情地说着"对不起"，却强势地撑开门，在乔苑林慌乱的目光中抓住他的肩膀。

"骗你的。"

"什么？"

"车上说的话是在骗你，"梁承耳语解释，也像在威逼利诱，"不管是雷君明还是别人，这样的人都远离他。"

乔苑林被抓得肩膀疼，手脚发软，仍是嘴硬道："凭什么？"

梁承冷静道："你编铃铛的时候我在想，你们做朋友挺合得来，至少他不会让你感觉到痛苦。走出酒吧，我决定再也不惦记五号那一天了。可是你出事了，我就明白，他这个人不行。"

"乔苑林，"他说，"给你造成的伤害我会弥补，别让别人代替我，好不好？"

"咔嗒"，隔壁门锁响动。

乔文渊披着外套出来，看见他们哥儿俩，一愣，说道："回来了？桌上有饭。"

主卧有洗手间，按说乔文渊不会这时候出来，乔苑林问：“爸，你怎么起来了？”

“医院有事，我过去一趟。”乔文渊嘱咐，“你俩有话进屋里说，别吵着你阿姨睡觉。”

乔苑林哪还敢说，趁机将梁承推出一步，此地无银三百两地说：“我哥让我喝牛奶，没说别的。”

乔文渊瞪他：“你多大了，喝牛奶还让别人惦记。”

“没事。”梁承纹丝不乱，“乔叔，下雨开车小心点。”

乔文渊走了，梁承端起牛奶递给乔苑林，没有说话。咬破的手指上伤口鲜红，乔苑林接过，迅速关上了门。

门后，乔苑林说：“茶几第一个抽屉里有创可贴……我睡了，勿扰！”

初秋的第一场雨下了整夜，黎明延迟到来，九点多钟天仍是阴沉沉的。

乔苑林按掉闹铃又睡了一觉，醒来对上床头的牛奶杯，思绪回笼：什么弥补伤害，别让别人代替他，到底是什么意思？

洗完澡，乔苑林穿了件长袖帽衫，把杯子端去厨房洗。

贺婕上班去了，乔文渊没回来，他以为家里没人，走到门口，发现梁承在厨房里做早饭，裹着创可贴的食指微微蜷缩。

“醒了？”梁承瞅他一眼。

乔苑林道：“你今天不上班吗？”

“调休。”梁承剥好水煮蛋，“吃饭吧。”

茶几上的资料被转移到了餐桌上，梁承昨晚找创可贴的时候看过，是关于女生在酒店死亡的案子。不过此时那些资料上多了一张纸，上面的字是梁承早晨打电话时记下的。

他推给乔苑林，说：“看看有没有用。”

纸上写着大概情况：对死者进行尸检，结果显示死者生前服用镇静药物过量。据调查，死者平时因压力过大，本就有服药的习惯，所以当时无法断定是酒水有问题。

而且出事后，酒吧立刻消灭证据，等立案调查时，事实已经很难追溯。

乔苑林反复看了三遍，如今大起底，这个不了了之的案子也许会有转机，能给死者一个交代。

他妥当收好，问："你从哪儿得知的这些？"

梁承原本想试试运气，说："问了郑宴东，他恰好接触过这个案子。"

乔苑林恍然想起郑宴东是法医专业，说："他现在怎么样，一直在平海吗？"

"嗯，公安系统，法医检验鉴定中心。"梁承道，"如果要详细了解，可以再联系。"

乔苑林说："替我谢谢他。"

梁承问："那你怎么谢我？"

话锋转得太快，乔苑林掐着半个鸡蛋傻愣着，手上用力一捏，蛋黄"扑通"一下掉进了米粥里。许是他的样子太滑稽，梁承扯开了嘴角。

"等你忙完这个新闻，"他道，"腾一天时间给我，我给你庆祝。"

乔苑林答应了，像迎接一场决定命运的大型考试，之后他想起来便觉得内心忐忑。

在这种状态下，他不确定工作进程该加快还是放缓，但新闻已经进入最后的制作阶段，由不得他干预。

同时，警方正式查封春风酒吧，各种小道消息在梵谛街传播。

本周五，耗时一个半月采编制作的新闻终于尘埃落定，在《平海八达通》独家报道，标题采用栏目擅长的风格——《春风一夜的背后》。

因节目时长有限，所以这篇新闻连续播放了四天。从酒吧的黑色交易到那一起命案，再到保健品公司、补习机构，以及柳毅和柳刚当年的前科，节目内容涵盖娱乐、职场、教育、养生等领域，波及范围很广，触及的人群涵盖各个年龄阶段。

如果之前的专访只是在平海有所反响，这次的新闻则在全国掀起了波澜，极为轰动。《平海八达通》四天的收视率水涨船高，半死不活的官方微博下的留言区几乎被挤爆了。

酒吧老板的结局、会员名单、对保健品公司的监管漏洞、职场潜规则……各家媒体纷纷涌入，争抢着捡他们小栏目的余音。

乔苑林以受害者的身份拉开节目的序幕，在结尾以他的自白来收束全局。

乔苑林没出镜，仅有画外音，他说道："生活充满了坑洼，我不慎跌倒了，不但要爬起来，还要广而告之这里有坑，要搞清楚这里为什么有坑，要警告别人小心，要尽一份力把这烂坑填上！"

话终，字幕滚动，他的名字前不再是"受害人"，而是"调查记者"。

整个新闻中心都在关注这件事，继专访之后，乔苑林为八达通，也为自己，又打了一场漂亮的仗。

他以为自己会获得极大的满足，没想到轻松感更多一点，压在心里的大石彻底消除，连呼吸都轻快了。

栏目组像过年一样热闹，嚷嚷着办庆功宴。鲍春山难得没骂人，宣布放假一天的时候还绷不住笑了。

乔苑林这一波大显锋芒，拎包下班时，一有人进电梯就都朝他打招呼，资深的夸他前途无量，年轻的赞他有勇有谋。可能人家只是客套一下，但他是切切实实地害羞了。

电梯终于到了一楼，他迅速走出去，手机刚好响了，是梁承打来的。

乔苑林记得几天前的约定，放慢脚步往外走，接通道："喂？"

电话里面，梁承说："我在电视台门口。"

乔苑林"啊"了一声，放松的心肌一点点收缩。走出大楼，他看见了等在门卫室前的梁承。

阴云飘浮数日，今天天放晴了，梁承的黑衬衫泛着一层光泽。他体态笔挺而慵懒，一如当年站在教室外，用淡淡的腔调，让乔苑林出来一下。

现在乔苑林出来了，举着手机。

梁承似乎不想再等，朝他走来。

乔苑林发出一个破碎的音节："唔。"

梁承在挂断电话前道："乔苑林，我有话对你说。"

迈下台阶，乔苑林微张着唇，鼻翼翕动着，仿佛喘不过气来。

秋阳悬在他的头顶，"咚咚咚"，错乱的心跳声和耳边的忙音交缠。

忽然，手机滑落，他丧失了全部力道。

乔苑林合住眼，在昏迷的前一秒，倦鸟归巢。

05

从电视台到若潭医院大约三十分钟车程，梁承不知道这一路怎么开过去的，好像闯红灯了，闯了几个、哪个路口闯的全然不记得。

有那么一会儿，他大脑空白，学的医术忘得干干净净，就只是紧紧地握着乔苑林的手，几乎在那片手背上掐出五指红印。

奔驰车冲进医院大门直奔急诊中心，梁承恢复镇定，从不合格的家人转换为专业医生，进行急救、检查，将紧张隐藏在衬衫下的冷汗中。

幸好是虚惊一场，乔苑林只是劳累过度，加上短时间内精神绷紧又放松，波动过大才导致晕眩。

办完住院手续，梁承给乔文渊和贺婕分别打了电话。挂线后，他进入病房，站在床边缓缓地舒了口气。

乔苑林安静地躺在床上，被子压在胸口，输液的手掌搭在上面。他身体一向瞧着不结实，白净单薄，此刻显得越发苍白，皮肤上的血管青紫交错。

他的奕奕神采多仰仗那一双大眼睛，瞪时圆润，懒时勾着眼尾，机灵又聪明。现在眼睛合住了，整个人没了生机，像一个精致脆弱的玩偶。

滴液如时钟，不声不响地记录着时间的流逝。乔文渊赶了过来，仍端着体面自若的院长风范，额角的青筋却暴露了他的情绪。

梁承从病床边挪开一步，说：“乔叔，没有大碍。”

乔文渊点点头，俯身端详乔苑林的状态，半晌缓过劲来，说：“怎么就长不大？明知身体不好还胡来。”

没过几分钟，贺婕也赶到了，和乔文渊各自守在一旁。梁承立在床尾，将大致情况说了一遍，道：“我给他办了住院手续，先观察一周。”

“今天多亏有你。”乔文渊道，“等他醒了，还是转到三院吧，我看着他。”

梁承直白地反对：“我不建议。”

鲜少有人这样对乔文渊讲话，他看向梁承。这时手机响起，来电显示是医院办公室的座机号，他便接通先去走廊处理公务了。

门关上，贺婕劝道：“梁承，我知道你关心苑林，可你乔叔是苑林的爸爸，你不能喧宾夺主。”

梁承说：“我是若潭心外科的医生，躺着的是我的病人，就由我做主。”

贺婕愣了一下，这么多年了，她许久没见梁承这般模样，险些忘记对方的性子是宁愿头破血流也不肯妥协。

乔文渊讲完电话回来，病房里安静了。

梁承看着乔苑林安睡的脸，最大限度地软化语气，说：“乔叔，你要忙一摊子事，恐怕分身乏术。在这儿我能照顾他，你放心，有任何情况我会负责。”

贺婕道：“老乔，就听梁承的吧。”

乔文渊答应下来，待了一会儿后和贺婕回家收拾东西去了。

梁承独自在病房守着，连护士也不用。

输完液拔针时，乔苑林迷迷糊糊地动弹一下，转瞬又睡着，还梦呓一句“大仇得报”。

梁承皱着眉头，他担心得寸步不离，这家伙做什么武侠梦呢？直至傍晚，手机响了，他到窗边接通。

“是我订的……嗯，帮我取消吧。”

乔苑林困得睁不开眼，但意识已经苏醒，隐约听见有人说话。对方说完出去一趟，回来后发出“窸窸窣窣”的声音，然后又出去了。

他还闻到一股清香，等睡意消退，他睁开眼，天花板一片洁白，两边床头柜上堆满了鲜花。

绽放的花朵团簇密实，五彩斑斓，床边也摆着一些花，将他包围。这阵势，好像是重要人物的遗体告别。

我不会死了吧！

乔苑林吓得坐起来，动作有点猛，头开始晕，而后看清是在病房。这么多花是谁拿来的？他在单位晕倒，莫非同事们来慰问过？

小腹酸胀，乔苑林下床去卫生间，摸着胸膛感谢上苍没收走他的小命。

洗把脸出来，他站在床头赏花，细看发觉这些花都是蔷薇科的。

门被推开，梁承第二趟回来，一只手拎着礼盒，另一只手握着一把飘动的氢气球。

乔苑林一脸惊诧，满脑子都是“若潭真牛”，问：“这是你们医院的特殊服务？”

梁承松手，气球飘上天花板。他走近确认乔苑林没事，终于放心，说：“给你请了假，住院观察几天。”

乔苑林仰头看气球，冲他道：“我小时候在儿科也没这待遇。”

梁承问：“想吃什么？我去餐厅买。”

“随便。”乔苑林抓住一只心形气球，“在医院很少见大红色，丧事喜办啊。”

“……”

梁承走人，买饭去了。

乔苑林稀罕地拍了几张照，将全部气球抓住，挨个儿病房逛了一圈，发给每个生病住院的患儿。

他留下红色的心形气球，绑在手指上，想去护理站问问，能不能帮忙把鲜花也分给各个病房。

头还是有点晕，乔苑林撑着墙上的扶杆停下来，护理站传来忙中偷闲的叽喳声。

“平时患者送花感谢，梁医生不到办公室就随手分完了，这次居然自己买了那么多。”

“不会是又要开花店吧，好偏执的一个帅哥。”

“什么啊，正好我换班，在车库看见梁医生从车上搬的，还有气球礼物，摆了满满一后备厢。”

“这绝对是要……”她们凑近小声说了什么，众人露出心领神会的眼神。

乔苑林瞪大眼睛，抓着扶杆向前挪动两步，听到徐护士讲：“那现在怎么样了？我看都搬进乔记者的病房了。”

“估计取消了，梁医生得先照顾弟弟，你看他多紧张啊，守了一下午。”

“那倒是，他们兄弟感情很深呀。”

“……”

乔苑林折回病房，再瞧一屋子花已经变了感觉，拆开礼盒，里面是他计划发了工资要买的新镜头。

梁承活过的人生中，品尝到的甜蜜寥寥无几，他不懂，不擅长，连庆祝礼物都不知道送什么，还是在网上随便查的。鲜花、气球、礼物，被迫取消的西餐厅进餐，都太老土了，但这些是他对自我最竭力的改变。

乔苑林想，他晕倒是注定的。

见面时不晕，掀开后备厢也要晕的。

虽然一切都被打乱了，但他们默契地搁下这一茬，一个休养，一个照料，直至一周后乔苑林出院。

乔苑林脱下病号服，坐在床边垂着脑袋玩手机。梁承走过来，用毛巾一罩，给他擦潮湿的头发。

他感觉自己被伺候得快废了，但很享受，问：“梁医生，你摸摸我是圆头还是扁头？”

梁医生毫无感情地说：“新闻界巨头。”

乔苑林笑得乱颤，扯下毛巾说：“那你今晚有空吗？巨头要办庆功宴。”

住院吃的都是清汤寡水，乔苑林心里憋着一大张菜单。海鲜汇太贵，他要去老地方——小玉大排档。

这次的大新闻，乔苑林前前后后获得许多人的帮助，包括应小琼、老四、万组长、郑宴东、程立业和一干老同事，他要请客感谢大家。

黄昏时分，吉祥路一如当年，整条街流光溢彩，从头热闹到了尾。

小玉大排档十分红火，牢牢占据了临湖的绝佳位置，白玉栏杆被烟熏火燎得泛黄，摸上去也仿佛是温热的。

乔苑林作为东道主提早到了，和梁承在防雨棚里挑饮料。上次来是这里，是八年前来吃饯行的散伙饭，他触景伤情，用力砸了梁承一拳。

梁承“呲”了一声，按住肋下，说：“下次打别的地方。”

“怎么了？”乔苑林后悔道，“很疼啊？”

梁承说：“旧伤，疤痕增生。”

乔苑林不太懂，凑过去要看，撩开梁承的T恤下摆，只见肌肉紧实，那道疤的痕迹并无异常。

他察觉受骗，恰好老四拎着一大桶活蟹进来，嚷道：“哎呀，不是说请客吗，躲这里干吗？搞科研吗？”

乔苑林又气又笑：“等会儿你别上桌，我不请你了！”

“梁承，这可是他说的！”老四威胁道，“拉来的海鲜我全拉走！”

梁承叫这两个人吵得头疼，走过去瞥了一眼肥美的大螃蟹，然后语气冷飕飕地求人：“四哥。”

老四一哆嗦，说：“去去去……到别处耍去，湖边租个船，玩去吧。”

两个人被撵出来，一辆出租车停靠在路边，上面下来一个拿着杯星巴克的长腿帅哥，是郑宴东。

“没来迟吧？”郑宴东笑道，“小房东，好久不见，还记得我吗？”

乔苑林早已不是当年的高中生，说：“宴东哥，你叫我小乔就成。”

“小乔那是同事叫的，不够亲。”郑宴东问，“梁承叫你什么？”

乔苑林：“大名……”

说着，应小琼沿街溜达过来，罕见地穿着件珍珠灰的衬衫，料子偏软，给明艳的五官抹了片素净，像换了个人。

乔苑林高兴道：“应哥，你好美！”

“美什么！”应小琼一开口便原形毕露，“特意借了件灰不溜丢的，不是老程要来嘛，跟警察一桌吃饭，穿太靓我怕他瞅我。”

郑宴东看着他，很自然地说：“这样挺好看的。”

“你是那个法医吧？”应小琼道，“成天看尸体，看头猪都漂亮。”

人陆续到齐，万组长发了一圈名片，程立业和几名老警察自带二锅头，大家坐了满满一大桌。

桌上有冰啤酒和汽水，梁承将豆奶插上吸管，放到乔苑林手边。

举杯之前，乔苑林起身致辞，很有乔文渊讲话的味道：“各位代表了各界的帮助，没有你们，特大迷情案不会进行得这么顺利。为了美丽的平海，为了广大市民，为了社会公义，我们欢聚一堂，大家吃好喝好！”

说完猛嘬一口豆奶。

梁承一贯不喜应酬，无论对象是谁，他大半时间都沉默着，偶尔“嗯”一声，自顾自地屈身于喧闹。

忽然，膝侧被轻撞，乔苑林压着嗓子说：“我逐个谢了一遍。”

梁承便也低声道：“那我呢？”

乔苑林不说话了，夹了一只大虾剥掉壳，递上道：“请吃。”

梁承嗤笑，往后靠住椅子，抬手拍了拍乔苑林的肩。

渐至夜深，程立业喝醉了，和老同事相扶离开。万组长酒足饭饱，要回家给闺女讲睡前故事。老四太敬业了，卡着点给粉丝直播。

桌上空掉一半，应小琼微醺，歪着身子看大堂的监控，说：“这就散场了？不唱个K啥的？”

梁承觑向郑宴东。

郑宴东掏出烟盒，说：“小琼，陪我在夜市逛逛。”

应小琼眯起眼：“这位仵作，你叫我什么？”

“玉树琼花。”郑宴东道，“名字起得这么仙，不就是让人叫的？”

应小琼骂骂咧咧地走了，郑宴东拎着外套跟上，一张桌上陡然只剩下两个人。

乔苑林啃完果盘里最后一片香橙，擦了擦嘴。周遭的陌生食客还在推杯换盏，他们这里却陷入莫名的安静。

不多时，应小玉开车过来，她的美名和美貌在街上传了十几年，每次现身仍有人惊艳。

梁承打招呼：“玉姐。”

“吃完啦，记我账上就行。”应小玉爽快地道，“小琼喝多没，他走多久了？”

梁承说：“应该就在夜市上。”

应小玉站在道边打电话，秀发与裙摆一齐飘动。电话还没打通，五六个小青年从烧烤摊吃完饭经过，笑嘻嘻地停下来。

酒气呛人，应小玉背过身拨第二遍。

几个小青年互相说着下流话，为首的一个走向前，扒拉应小玉的肩膀。

“干什么？”应小玉转身，美目中突现凶光，“你们几个毛都没长齐，喝多了在老娘面前滋事？滚！赶紧滚！”

小青年们被骂得发愣，周围那么多人，年轻气盛咽不下这口气，就把应小玉团团围住。

调戏之语难听刺耳，有人开始动手动脚。应小玉喊人，大排档的几个男服务生冲过来，两拨人破口大骂，转眼间推搡起来。

乔苑林立刻报警，一边录像一边着急，问：“怎么办啊？”

梁承却见惯似的，淡定地望着这一场群架。

双方很快打了起来，“嘭”的一声，塑胶桌被掀翻一张，有人流了鼻血。乔苑林坐不住了，急道：“哥，你想想办法！”

梁承依旧稳如泰山，说：“我们打个赌。”

乔苑林以为听错了：“打赌？”

鲜花气球那些浪漫的戏码太不适合自己了，梁承冲厮打的人群抬抬下巴，说：“那帮人赢了，以后我再不干涉你的事情。如果那帮人输了，你就得听我的。”

乔苑林怔住，怎么可以……这两件事根本不相干，而且现在的情况下……

人群中骤然发出一声尖叫，乔苑林攥紧椅子扶手，努力分辨受伤的是哪一方。

服务员多是兼职的大学生，没几个能打的。那帮小青年喝醉酒丧失理智，完全不顾后果，渐渐占据了上风。

打架这种事，一旦处于劣势，人就胆怯了。几个小青年挂着彩，凶性大发地又砸了一桌。

乔苑林出了一手热汗，说不清楚是什么心情，他喃喃道：“他们要赢了。”

梁承说：“好久没干这种事，幸亏程立业走了。”

乔苑林还没反应过来，身旁一空，梁承起身抄了一只空啤酒瓶，大步流星地走过去。

“你干什么……”他慌道，“梁承，你干什么？”

梁承此时扫过那几个混混，如机器扫描躯体的骨骼和肌理，扬起手。

乔苑林大喊：“梁承，你回来！”

痛苦的闷哼在脚边响起，梁承撂倒最后一个混混，弯腰抓着对方的头发，让对方抬起头来，将手背的血污横向抹在对方的脖颈上。

街尾，警车闪着灯赶来，在夜市的扰攘中，车速缓慢。

梁承牵着乔苑林离开，从栏杆的豁口进入吉祥公园。

湖畔的皎月像是那一年的光景，他们躲藏在柳树下，微风吹拂柳枝，抽打在身上很痒。

梁承微微喘息，说：“我赢了。”

潋滟波光映在眼睛里，乔苑林哭了似的，说：“你疯了。”

“那你同意吗？”梁承靠近他。

乔苑林无力地道：“我没同意跟你赌。”

梁承却笑了，问：“那八年前你趁我睡着做的事，我批准了吗？”

乔苑林一噎。

“林林，”梁承低下头，“豆奶究竟什么滋味儿，我也想尝尝。”

CHAPTER 02

第二章

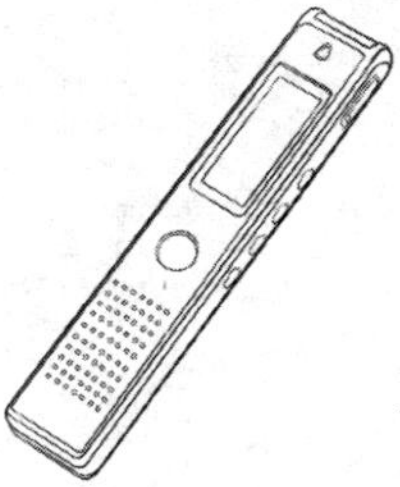

陈 年 旧 事

二十岁的梁承坐在火车上，奔赴前途未知的远方。

他尝够了种种酸涩，有经历任何事的胆量，

唯独不敢回看月台上的身影。

将录音笔抵在唇边，他录下那一天对乔苑林真正的道别：

“如果再相见，我只做你一个人的超人。”

01

警车驶到大排档，应小琼也回来了，咒骂、训斥、维持秩序、起哄凑热闹，栏杆那边乱糟糟地吵成一片。

乔苑林觉得头晕。

一件大新闻的几十条脉络他都能理清，当下情形却纷乱如麻。

乔苑林足足怔了五分钟，才望向远方闪着红蓝光的警灯。

他拙劣地吓唬道："警察来抓你了。"

梁承作势前往，说："那我去自首。"

乔苑林连忙拦住，有点崩溃地道："我玩不过你，你别耍我了！"

来了许多回，但像这样欣赏吉祥公园的景色还是第一次。梁承带着乔苑林沿主路穿行，一路经过香樟林、月季园，到了公园的正门。

梁承招手叫来一辆出租，乔苑林钻进后面，挨着车门，梁承坐进来与他半臂之隔。乔苑林从后视镜看司机大叔，心虚地怕人家察觉出点"不法分子"的气息。

担惊受怕的都是好人，浑蛋总是游刃有余，梁承掏出手机给应小琼发微信。

乔苑林用余光瞧着，嘴巴紧紧抿成一条线，心中默默写稿：九月二十三日，夜，微凉，吉祥湖畔第四棵柳树下。

再铺垫八百字，然后才切入正题：他和梁承重修旧好。

要命的是，那一晚梁承根本没睡着，可能也没喝醉，全是装的。

当年搬进旗袍店的第一夜，梁承就认出他是自己救过的小孩儿，不说，等他自己发现才云淡风轻地承认；被误会是不良青年，被撵走也不解释；一个玩偶娃娃存放八年，如果他上次没发现，也许能捂成复古回流的文艺品；从一开始就知道他的状况，装作一无所知，重逢以来不露丝毫破绽，搞得他像个缺心眼的傻子。

现在的乔苑林满腔羞愤，额角顶着车窗一脸悲壮，他觉得在心眼方面，自己完全不是这个男人的对手。

司机大叔瞄他一眼，问：“晕车啊？”

乔苑林支吾道：“嗯……有点。”

于是司机大叔没开进社区，把车停在了门口。乔苑林立刻下了车，不等人就刷卡过闸。

梁承付完账下来，落后了七八米。社区内路灯不算亮，人影憧憧，树影婆娑，他闲庭信步地跟在后面。

乔苑林想快点走，但心有余而力不足，散步的大爷都能轻易超过他。

忽然，梁承在身后开口：“啾啾。”

乔苑林条件反射地停下来，回头一看，梁承单膝蹲下，正在逗一只欢快地摇尾巴的小狗。

主人牵狗离开，梁承起身追上一半差距，再拐个弯，快要走到家楼下，他出声叫：“乔苑林。”

乔苑林接腔道：“怎么不喊‘林林’了？”

梁承其实深思熟虑过，乔苑林貌似不满意自己喊他大名。叫“小乔”，郑宴东都嫌不够亲；叫“苑林”，和长辈一样不够特别；叫“乔乔”，保不齐这家伙来一句“瞧哪儿啊”；至于“林林”，叫的人和听的人都起鸡皮疙瘩，他有些张不开嘴。

乔苑林继续申明：“我可还没答应跟你和好呢。”

“你不能……”乔苑林顿了顿，“不能没规没矩的。”

梁承追上剩下的半截距离，近在眼前了，再度翻开旧账：“我好歹不像有的人，只会搞偷袭。”

乔苑林被戳中死穴，他在说此刻，梁承偏要提过去挟制他。他羞恼得不想聊了，黑夜中红着脸转身往家走。

客厅里，乔文渊躺在按摩椅上舒展筋骨，贺婕坐在沙发上泡脚，整个一派养生会所的氛围。

乔苑林换了拖鞋就走，忘记打招呼。

刚出院，大家正关心他，乔文渊问：“脸怎么红成那样，发烧了？”

“我上火……”

贺婕说：“给你煮凉茶？”

“不用，我还闹肚子。”乔苑林口不择言，说完躲回房间了。

相比之下，梁承简直镇定自若，回来后还陪二位家长看了一会儿电视。

乔苑林洗完澡，趴在床上看老四的直播，耳朵直竖。一刻钟后，听到乔文渊跟贺婕回房休息了，梁承进了对面的卧室。

乔苑林忽然觉得没意思，在老四的直播间发评论：这有什么可看的？

结果挨了近千条骂，乔苑林捂着小心脏退出，钻被窝睡觉。他刚关灯，手指还没离开按钮呢，对面的门就响了。

乔苑林屏息，悄悄地把灯打开。

梁承在门外敲了两下。

乔苑林怕隔墙有耳，滑开手机发微信：干什么？

确认他醒着，梁承直接拧开门进来了。

梁承穿着件深色浴袍，头发是湿的，脖颈至锁骨挂着一两滴没擦干的水珠。

乔苑林一愣：“你怎么穿成这样？”

“睡衣洗了。”梁承说，“这不就是冲完澡穿的吗？”

乔苑林移开视线，盯住床头柜上的充电宝，问：“这么晚了，有事吗？”

梁承在床畔坐下，从浴袍兜里拿出血糖仪，说：“你晚上喝了好几盒豆奶，给你测个餐后血糖。”

乔苑林道：“啊？”

插好针头和试纸，乔苑林还蒙着，梁承撕开一张酒精棉片，捏住他的手指指腹擦拭，然后“咔嗒”一声打了一个针眼。

试纸抹过血滴，检测数值，梁承说：“七点五，还行。”

乔苑林感觉不用摁着棉球，血液都已经尴尬得凝固了。他捡起采血针，破罐子破摔地说：“你为什么不测，你后来不也尝了吗？”

梁承看着他，向他伸出手指。

他凑上去，生疏地省略消毒步骤，直接对准采血针的针头。

临下手，他把东西扔开了。

梁承问：“怎么了？”

乔苑林摇摇头：“我不想让你再流血。”

顿了顿，他继续说道：“晕倒那天，我梦见柳刚被判刑了。”

怪不得念叨“大仇得报”。梁承说：“会判的。”

“今晚花了多少钱？”

梁承说：“转给应哥了，你现在欠我的。”

“镜头是不是官网买的？送迷你三脚架了吗？”

梁承说：“你要是不想睡……”

乔苑林终于消停，倦意越来越浓。他似乎睡着了，在做梦，可一切太过清晰，又像是回忆。

那是梁承离开的夏天。

午后，晚屏巷子只有一片蝉鸣。旗袍店挂上休息的牌子，王芮之穿着香云纱的旗袍坐在门口晒太阳，浅紫色文雅秀丽，老花镜的银色耳链闪着光。

她引过一针，正在给一件小衫缀纽扣，忽然问：“宝儿，你跟小梁还有联系吗？”

乔苑林伏在操作台上弄艺术课的暑假作业，手一软剪坏了一块布。他不确定王芮之为什么问这个，没有随便回答，最后只说：“没有啊，我都要把他忘了。”

“嗯，忘了好。”王芮之欲言又止，“除非……”

乔苑林问：“除非什么？”

王芮之说，过失也好，无奈也罢，一个能亲手杀人的少年，不只有穷途末路的勇气，还有一份与生俱来的狠心。

老太太推了推眼镜："除非是他打心底看重的人，否则很难交心。"

乔苑林攥着那块布，心想，他怎么可能是呢？

许久，梁承双腿发麻，仍保持姿势纹丝不动。

似梦非醒间，乔苑林翻了个身。

梁承低下头，听到一句模糊的梦呓。

"我……"乔苑林说，"再试一次。"

02

栏目组的晨会在八点开始，乔苑林刚调来的时候坐在会议桌的末尾，一步步下跳棋似的，现在坐在鲍春山的右手边。

国庆节要到了，新闻选题必然离不开假期。负责广告对接的老周表示，岭海度假岛邀请八达通拍一档体验节目，经费赞助十分可观。

放在平时，这种规模的合作方都是选专门的旅游节目，八达通只拍过一些餐厅探店，而且是没新闻的时候凑数拍的。

众人喜上眉梢，自从春风酒吧那个新闻播出，栏目组的身价激增，先不说这些合作邀约，光新赞助就多了十几个。

鲍春山批了这件事，说："小乔，今天把详细方案做出来。"

乔苑林点点头，岭海岛当年被拆得乱七八糟，他还挺想故地重游去看一看的。

散会后，他沏了一大杯果茶，在工位上埋头制定节目方案。其间手机亮了一次，他订阅的外国媒体账号更新了。

乔苑林一直忙到下午，午饭也没顾上吃，方案交给鲍春山过目签字后才喘了口气。

食堂早就没饭了，乔苑林从办公室出来，寻思着去附近的快餐厅还是拉面馆。他打开手机，边走边浏览那一则新闻：安德鲁，从事生物学研究，最新研究项目……

刚看完第一行，乔苑林在走廊拐角和一个人撞上，对方的啤酒肚把他弹得后退，他的手机摔了，对方的资料册也掉在了地上。

他站定，看清那个人是孙卓。算起来，这是他调走后两个人第一次碰面。

孙卓也看着他，毕竟是领导，不能主动打招呼，便捂着充满弹性的肚子等他开口。

乔苑林弯腰捡起手机，资料册散架了，飞了一地的 A4 纸。他一一拾起来，按页码顺序利落地排好。

第一页是人物介绍：安德鲁，华人生物学家……他“咦”了一声，说：“老大，要做人物专访吗？”

孙卓接过册子，回道：“八字还没一撇。”

乔苑林订阅的新闻频道有几十个，关于这位“安德鲁”，国内媒体毫无动静，他不禁佩服孙卓的新闻触觉。

孙卓开玩笑道：“在新栏目组怎么样？听说前一阵累得晕倒了？”

乔苑林有些不好意思地说：“挺好的。”

这是真心话，一开始他的心里多少有些怨气，但现在连同争执时的愤愤不平也全部翻篇了。

孙卓说：“你负责的两个新闻我都看了。”

乔苑林笑道：“没让您失望吧？”

孙卓感叹地呼了一口气，从踏进电视台实习开始，乔苑林就在他眼皮子底下。这人外表不像能吃苦的，偶尔娇气，缺心眼的时候连台长也敢吐槽。

但一批新人里，乔苑林却是最有天赋吃这碗饭的，体弱而志强，聪明又有自己的坚持。不过初出茅庐的小崽子都这样，遇事才能看出原则性与所谓的职业信念。

孙卓说：“你身上有一股劲儿，像你妈妈。”

乔苑林道：“她是我的榜样。”

“但也不完全像。”孙卓似笑非笑，夸赞中掺杂了一丝期待，“也许你会比她更优秀。”

乔苑林倍受鼓励，说：“那我争取，青出于蓝而胜于蓝。”

孙卓看一下手表，该走了，与乔苑林擦身间稍停，说：“人不一定需要榜样，真正能驱策自己的，是在良心上竖一个标杆。”

乔苑林微怔，在他印象里，孙卓完全是个实干派，鲜少用道理和感悟指点手下。他思忖着，孙卓拍拍他的肩膀，走了过去。

“老大，”他在背后出声，“你把我调到十二楼，不是为了惩罚我，对吗？”

孙卓问：“那你觉得是为什么？”

乔苑林曾反反复复地思考，这一刻答案明晰。他如果沉沦，就是惩罚；他如果做一只鲇鱼，在半死不活的环境里搏出一片天，就是考验了。

他声调不高，却掷地有力地说：“是什么，由我自己决定。”

孙卓回过头，赞许之意压在无波的表情下，说：“好好干。”紧接着，他皱起杂乱的眉道：“不过你是故意的，还是不认真？”

乔苑林凛然道：“我怎么了？”

“一次是程警官的专访，一次是酒吧特大案件。”孙卓细数，“无论开场还是字幕，都没有栏目口号。”

乔苑林嫌弃道：“太土了，不知道哪个土鳖起的。”

“小达出马，一个顶俩”，其实他怀疑是鲍春山起的，但不敢问，怕被骂得猝死在工作岗位上。

孙卓的目光高深莫测，说：“是我起的。”

乔苑林震惊地道：“您？”

走之前，孙卓道：“当初八达通的主编，就是我。”

入秋以后，天黑得早了，将近晚八点，天空一线白光也寻不到了。梁承下班稍晚，比平时到电视台接人迟了半个小时。

乔苑林在门口等着，坐在栏目组发的两箱橙汁上。他盘算好了，每天上班带一瓶，在家不喝，省得又被测血糖。

奔驰车稳稳停下，梁承下车帮他搬，不经意间一扭头，正好见雷君明从大楼里出来。

乔苑林赶忙上车，杜绝一切尴尬场景的出现。梁承绕到另一侧坐进驾驶位，一踩油门，将车开入大街，在倒车镜里多瞅了一眼雷君明。

音响随机放到一首《三人游》，乔苑林赶紧打岔道："还有《二人游》和《四人游》，你听过吗？"

"没听过。"梁承问，"拒绝了吗？"

太单刀直入，乔苑林迟疑了一下，回答："嗯。"

梁承又问："怎么拒绝的？"

这跟"知道错了吗""错哪儿了"一样令人头疼，乔苑林道："我就说，没必要。"

"没必要？"梁承觉得后患无穷，"你应该直接说绝无可能。"

乔苑林随口说："你以为谁都像你那么狠吗？"

梁承哑然，也理亏。

憋了三条街，梁承说："对不起。"

乔苑林见好就收地道："没关系。"

梁承问："什么时候休个假，我请你吃大餐。"

乔苑林掩藏笑容，猖狂地说："等我当了主编吧。"

梁承懒得理他了，有电话打过来，是乔文渊。

这两天降温，乔文渊提议去吃火锅。而且一家人都忙，下班做饭太累了，顺便研究一下请保姆还是钟点工。

乔苑林暗自腹诽，他爸离婚后单了七八年，事业是拼出来了，但内心估计空虚得够呛。如今再婚感受到家庭的温暖，貌似变得恋家了。

火锅店的老板是四川人，一进门就闻到微呛的辛辣味，乔文渊和贺婕也是刚到，亲昵地凑在一处看菜单。

乔苑林抱着四瓶橙汁走过去，不知不觉间婚礼上的别扭已经消失了，望着这个场景，他感觉安稳且舒服。

贺婕抬眼看见他，说："苑林来了，让苑林点。"

乔苑林咧开嘴，问："谁买单？"

"我买。"乔文渊道，"怎么，宰我一顿啊？"

乔苑林说："你很委屈吗？乔大院长，你答应给我买车，车呢？说什么奔驰车太招摇，等我扶摇直上九万里了，你给我买的车还不知道在哪儿呢。"

乔文渊气得眼镜都滑下一截，推上去说："你的身体开车有风险，前一阵又住了院，我哪能放心。人家梁承接送你都没说什么，你意见箱成精了？"

梁承找车位耽误了一会儿，现在刚好潇洒地捏着平安结进来。

乔苑林立刻道："大哥，你说句话呀。"

梁承落座，驴唇不对马嘴地说："要微辣吧。"

最后上了半红半白的鸳鸯锅，乔苑林嘴巴被占住就不吭声了，眼前是嫩牛肉、小肥羊，守着清汤锅只顾着吃。

贺婕问："你们国庆节都怎么安排？"

"我得上班。"乔苑林回答，"去岭海岛拍摄两天，就当旅游了。"

梁承说："我有手术，加上值班，等节后才能休息。"

一家四口都过不了囫囵假期，这顿火锅就算是提前庆祝了。乔苑林吃得很饱，为了宰乔文渊，多打包了一份红糖糍粑。

国庆节当天，轮渡中心两番景象，市民通道没什么人，旅客通道从六点便人满为患。

遥想当年，一艘船上不超过十个人，船员闲得恨不得围一圈斗地主。

下了船，乔苑林正了正胸前的帆布包，上面绣着“八达通栏目组”。

整片海岛焕然一新，广场扩大，设施齐全，街上开满了商店和餐厅，岛上的居民靠经营民宿过得相当滋润。

沙滩上看日出的人还没散场，乔苑林走到码头，看见曾经的一排排渔船几乎废弃，码头已经被打造成一片艺术专区。当年那片旧仓库也早已拆掉，搭建成了一座海洋主题的游乐场。

项目负责人等在门口，乔苑林带着一组人马过去对接，下了观光车，一边参观一边交流今天的拍摄流程。

园内到处都是旅客，情侣、同学、家人，有的拍照，有的排队领国庆纪念品，小孩子们叽叽喳喳兴奋地叫嚷着。

乔苑林三岁生日的时候许愿，希望爸妈陪他去游乐场玩一次。不是乔文渊太忙，就是林成碧太忙，总是无法实现。后来开始念小学，他的作业和补习班越来越多，自己也没有时间了。

主干道旁有一座字典造型的大雕塑，上面是整个游乐场的俯瞰图。乔苑林走过去，拍下一张作为参考。

身后，喧闹中响起一道清脆的童声：“妈妈，我想吃冰激凌！”

一个女人说：“我让爸爸去买啦，马上就回来。”

乔苑林喉结滑动，这就答应了吗？明明自己要追加五道题才可以吃，他仍记得自己一边计算一边委屈抹泪的傻样。

循着那道永远不需要分辨的声音，他转过身，不远处的阳光下，林成碧牵着一个小男孩儿。

握着冰激凌的男人走向她和孩子，先讨了一个脸颊吻。

幸福的一家三口，幸福到让乔苑林很难回想起曾经。

乔苑林控制不住双腿，大步走过去，三岁时的愿望变成一个缺口烙在他的人生中。嫉妒的藤蔓在心中疯长，他想要去煞风景地把这个愿望讨回来。

“妈。”

他张口，却是怯怯地叫了一声。

03

林成碧这些年一直留着齐肩短发，穿衣风格干练简洁，似乎没怎么变过，近看才察觉脸上多了些细纹。

面对乔苑林突兀的现身，她有些发愣，旁边的男人和小孩儿也停止了说笑。一瞬间，方才的幸福氛围荡然无存，只余被打扰的尴尬。

乔苑林身体微僵，手指蹭着裤边捏在关节处，发出“咔”的一声。

林成碧回神，松开小男孩儿的手，惊讶道：“苑林？”

小男孩儿追着重新抓住她的手，语气中满是抗议和撒娇的意味：“妈妈，拉着我。”

乔苑林默不作声，他在等，他想知道林成碧会不会介绍自己，如果小孩儿问他是谁，林成碧又会怎样回答？

男人大概猜到了他的身份，牵住小孩儿的另一只手。林成碧给他使眼色，说：“先带康康去那边逛一下，我说几句话。”

乔苑林觉得自己实在太天真，他忘了，林成碧办事一向妥当，总能规避难堪的局面，唯一面红耳赤，是离婚前和乔文渊争吵时。

他望着小男孩儿蹦跳的背影，问：“他叫康康，是健康的意思吗？”

“嗯，小名。”林成碧走近，摸上他的肩膀，“苑林，你怎么在这儿？”

乔苑林说：“工作。”

林成碧点点头，“我看了八达通最近的新闻，有你的名字，是你负责的吗？”

乔苑林幼稚地期待，他已经是一名职业记者了，而那个孩子只是个要冰激凌吃的小朋友。在这一点上，林成碧会对他更满意吧？会更喜欢他吧？

“我前一阵子调过去了。”他不惜自夸，“主编很器重我，今天的节目也是由我负责。”

林成碧道：“八达通在台里早就式微，还是回采访部更有前途。儿子，你不要得过且过，趁年轻把路子蹚出来，别在没用的地方浪费时间。”

乔苑林心头的火苗猝然熄灭，像捧回满分的试卷却被说题目没有考查的意义，他的努力全是白费。

“不用，我在八达通挺好的。”他说，“放假还能来游乐场，小时候我一直想来，只是我没其他小孩儿幸运。”

林成碧听出他话中的情绪，抬手抚摸他的脸庞。远处，小男孩儿在望着他们，高声喊了一句“妈妈”。

脸上的手落下去了，乔苑林不死心地想要争夺一点该属于他的注意力，说：“妈，我之前住院了。”

“怎么回事，严重吗？”林成碧不满地道，“你爸在干什么？听说他再婚了，顾不上照顾你了吗？”

那你有了弟弟，所以顾不上理我了吗？乔苑林终究说不出口，问：“姥姥好不好？我很惦记她。”

林成碧一副头痛的样子，说道：“你姥姥整天念叨你，要回平海住，可她年纪大了我不放心。”

工作、身体、家人，几句话寒暄后两人都陷入沉默。疏远的母子俩，一时找不到只言片语可聊。组里的同事在等乔苑林，男人和孩子也在等林成碧。

下一次见面不知是什么时候，乔苑林以为自己会希望林成碧抱一下他，此刻却并没有多强烈的渴望，也许眷恋真的淡了，在互相缺席的三千个日夜里。

他单调地道了声“再见”，告辞去忙，没有回头。

可他忍不住会想，在忙碌拍摄的间隙，在低头抬眸间，在与其他人交流后的短暂空当……他会想象林成碧在做什么，陪小孩坐摩天轮，买玩偶，还是一起拍下国庆留念的合照？

拍摄工作一直进行到天黑，晚上沿着海岸线有沙滩集市，民宿街上有花车巡回表演。乔苑林换手机拍了一些照片，发在了朋友圈里。

预计花费一天半的工作，大家省去吃饭和休息的时间提前搞定了，除了摄影组明早要拍日出的镜头，其他人都陆续收工。

忙完后，大家商量着去吃烧烤。乔苑林累了，随便找借口落了单。他坐在海边的广场上吹风，漆黑的海面上漂浮着一点星光。因假期游客量大，轮渡中心开放至凌晨，驶来的是最后一班船。

打开手机，他那条朋友圈多了几条评论。

应小琼：岭海岛啊？

老四：完了，我跳窗抓你那事又巩固记忆了。

乔苑林没翻到梁承的消息，对方今天好像要值班。他揣起手机，觉得冷，将外套拉链拉到顶，望着逐渐靠近码头的轮渡。

若潭医院十层的研究室里，灯黑着，投影幕布垂落的画面上血红一片，几名外科医生聚众看电影似的，在看这个月的手术记录视频。

墙上挂着一行标语：业余者的不断实践是为了达到正确，专家的不断实践是为了不会犯错。

梁承敞着白大褂，鼻梁上架着一副银黑色的细边眼镜，水笔在五指间转来转去。他一边观赏影像，一边想排在后天下午的手术。

主动脉弓动脉瘤，因动脉瘤样扩张产生移位。术前评估差不多完成了，冠状动脉造影、胸腹及盆腔的薄层CT血管造影、经胸超声心动图……他在脑海过了一遍，转念回想外周血管的研究报告备份了没有。

看完影像已经是凌晨两点了，梁承搭电梯回心外科，经过自助机时买了一杯黑咖啡。

在城西第二监狱的那两年，他认识了一位姓龙的大哥。对方小学毕业，在地摊上买了本《黄帝内经》，从此沉迷中医学不能自拔。奈何龙大哥知识水平有限，无知无畏，乱用药把自己的小侄子给毒死了。

那位龙大哥曾道："咖啡比烟草害人，迟早会把肺喝成黑的。"

当时应小琼接了句："怎么不说把膀胱染成黑的？"

然后梁承因为没忍住一声嗤笑，被迫打了第一次架。他无端想起这些，啜饮一口苦涩的咖啡，拐弯走到走廊上。

要不是咖啡提了神，他以为自己产生了幻觉——墙边长椅上，乔苑林搂着背包坐在那儿。

梁承记得对方说要去岭海两天，这是连夜回来了？他走过去，在乔苑林的膝前蹲下，问："什么时候过来的？"

乔苑林似乎在走神，瞳孔迟钝地聚焦，他从包里掏出一包小鱼干，说："给你带的特产，原味的。"

梁承又问："出什么事了？"

乔苑林吐槽："涨价好多啊。"

梁承瞧着乔苑林神情不对，拉他起来，带到办公室里。这里没有别人，梁承把门关上，乔苑林回过神来直勾勾地看着他。

梁承有些担心，问："你怎么了？"

乔苑林道："轮渡上的风很大，吹得我冷。"

梁承听出他话里的委屈，但直觉乔苑林不是因为吹冷风而委屈，他上前两步，说："如果是想要我安慰，不用硬撑着拐弯抹角。"

刹那，乔苑林坚持一天的体面濒临崩溃。在林成碧那里的失意无限蔓延，他怕同事察觉，怕自己沉湎，怕东怕西，甚至要借一包小鱼干为此时的投奔找个理由。

他抓着梁承的白大褂，闻到梁承身上的气味，他安全了，也放弃了，说："今天我遇见了我妈。"

梁承静静地听着。

乔苑林声音发抖，不得已给这段母子关系盖上一章："她彻底不需要再爱我了。"

从分割抚养权开始，到如今不知晓他存在的另一个孩子，林成碧仿佛完全是康康的母亲，而之于他，是淡薄到连抚摸都吝啬的身份了。

乔苑林没有伤心落泪，只觉得心里的一块位置摇摇欲坠了许多年，终于被挖去，变得空洞、凹陷，透着搅乱他呼吸的寒风。

他抱紧自己的背包，妄图堵上，恳求道："医生，你救救我。"

梁承平静的面容上掠过一丝疼惜，他很久没想起林成碧这个人了，感觉有些麻木，但是被乔苑林的这句话唤起了知觉。

哄人和安慰，他均不擅长，思忖一会儿，他打算用足够坏的自身经历来对比，以慰藉一二。

这时乔苑林先抬起了头，眼眶微红，哑着嗓子说："对不起。"

梁承道："嗯？"

"我不该跟你说这些。"乔苑林后悔了，对被父母抛弃的人倾诉这种事，是另一种残忍。

梁承问："那下一次又伤心呢，还跟不跟我说？"

乔苑林摇摇头："不了。"

梁承记得八年前，乔苑林在天台给林成碧打电话，打完后背过身默默消解。他关了灯，将乔苑林的椅子旋转一百八十度，让他背对自己。

"那你自行消化。"

乔苑林望着一片漆黑，说："你要走吗？"

梁承走上前，跨越当时一上一下和一段栏杆的距离，靠近乔苑林说："你一个人可以随便难过，要我陪就谨遵医嘱，限时十分钟。"

片刻后，乔苑林说："梁医生，你低估自己的医术了，七分钟就好。"

几近夜半，办公室里间的休息室有一张小沙发，乔苑林没回去，盖着梁承的风衣躺在上面。原本他只是要休息一会儿，结果浑身放松进入了深度睡眠。

百叶窗没关严实，天亮时透进来一缕缕白光。乔苑林醒了，情绪退潮，睡眼惺忪地用下巴蹭风衣领子。

当年跟林成碧吃完饭，一个人在公交车站躲雨时，也是梁承出现陪着他。那年年底，他没有去英国，整个寒假泡在论坛上打听北京的大学。

睡意渐无，乔苑林摸出手机。自从王芮之搬走后，逢年过节他都会跟老太太视频通话。刚六点十五分，他先发了条消息过去：姥姥，想我不？有没有欢度国庆啊？

按下发送键，乔苑林背上包起身。他准备去卫生间洗把脸，八点梁承交班，他可以先整理一遍昨天的拍摄内容，然后和他一起吃早饭。

盘算着，他拧开了门。

昨夜无人的办公室里，此时正坐着七八名心外科的专家和医生，还站着五个实习的，一片洁白，十分神圣，所有人都在聚精会神地开早会。

顿时，十几双眼睛齐刷刷地看过来。

乔苑林顶着一头毛茸茸的乱发，吓得屏住呼吸，感觉下一刻要么被质问为什么霸占医生休息室，要么犯心脏病被包围起来"激情"会诊。

梁承端坐其中，淡定得像若潭的大股东，说："不好意思，我家人。"

乔苑林的某条神经抽动了一下，而后反应过来是"兄弟"的意思，他困窘地道："抱歉，打扰了。"

离开门诊，乔苑林脸也忘了洗，徘徊在电梯间。门被拉开，万组长神清气爽地走了出来。

"哎，乔记者！"万组长心情不错，"又来邀请我吃海鲜啊？"

乔苑林懒得开玩笑，说："我等我哥。"

万组长朝寂静的门诊区一望，了然道："哦，在开会吧，那我也不过去了。"

乔苑林问："你找梁承？"

"没什么大事。"万组长分享职场小经验，"我来早了就会随便逛一圈，既锻炼身体，还显得我勤快不闲着。"

说罢，他掏出一张字条塞给乔苑林，说："我再去眩晕中心看看，麻烦你把这个交给梁医生。"

"这是什么？"

月初意见箱开箱整理，梁承作为对投诉都无所谓的狠人，更不在意这些小纸条。久而久之，万组长就不拿给他了，不过也有例外情况。

万组长道：“写得比较特别的，我会忍不住告知他本人。”

散了会，梁承交完班就能走了。走进休息室换衣服时，他瞥见落在沙发上的手机。

幸亏乔苑林当初没学医，不然做手术时在患者肚子里落下点什么，也太可怕了。梁承腹诽着，捡起手机擦了擦屏幕。

机身忽然振动，来电显示“姥姥”。

梁承动作一滞，没犹豫太久，滑开绿键接通了。

八年过去，王芮之依然中气十足，还是当年的亲昵调子，叫了一声：“宝儿。”

“我是梁承。”

手机里一下子静了，王芮之好像在回忆这个名字，也在分辨真假，半晌才难以置信地问：“你是小梁？”

梁承说：“是我。”

离开平海前不曾明说的协定，两个人都没有忘。梁承踏出那栋小楼时答应过王芮之，不会再和乔苑林联系。

“你回来了。”王芮之缓慢地问，“现在和苑林又遇见了？”

梁承回答：“是。”

王芮之道：“你们……”

“我食言了。”梁承撂下接这通电话的目的，“这些年放不下的人，其实是我。”

从办公室出来，走廊上的人多了一些，梁承匆匆点头回应别人抛来的问候，眼睛四处搜寻乔苑林的身影。

在电梯间的大花瓶旁边，乔苑林眉目微冷，比浅色的绢花更清淡。

梁承找到他，走过去说："你忘了手机。"

乔苑林道："哦。"

梁承递上，要坦白自己擅自接了一通电话，说："刚才……"

乔苑林打断道："刚才我看了你的字条。"

梁承疑惑道："什么字条？"

乔苑林噘着唇，像警察对歹徒出示证件一般，"唰"地亮出一张纸。

字条上是令万组长喷了一口茶水，引人围观过八百轮，不知道是哪位有受虐倾向的朋友所写的——梁医生，你能不能做我男朋友？

04

梁承入职的时候是很引人注目的，名校海归，能力不凡，外表又高大英俊，并且靠一项专利获得了若潭医院的股份，所以才有若潭院草的称号。

然而相处下来，众人体会到这根院草难以接近，对人无差别冷淡，不爱社交，和人聊天不超过三分钟，性格比过硬的技术还要硬。

因此，梁承凭一己之力，多年来的桃花运一直萎靡不振，这些年一个花骨朵儿也没出现过。

梁承捏住那张字条，端详上面的笔迹，没研究出个所以然来，便一揉丢进了墙角的垃圾桶。

他道："恶作剧吧。"

乔苑林说："谁会拿告白当恶作剧？"

电梯门开了，就诊的人明显多了，梁承推着他进去戳在人堆里。待电梯门闭合，一方小空间静下来，他才回："你闲了？管这个？"

乔苑林懒得回应，免得引陌生人瞧热闹。他头发撅着几撮，稍一动作便颤一颤，由于电梯里人多，那几撮头发总是扫在梁承的耳鬓上。

坚持到地下车库，梁承痒得受不了了，抬手罩在乔苑林的头顶压了压，说：“你姥姥打了一通电话。”

乔苑林打开手机，没显示未接来电。

“我接了。”梁承道，“你等会儿回一通。”

乔苑林问：“她知道是你吗？是不是很吃惊？”

梁承“嗯”了一声，没说别的。

取车离开医院时，梁承开得比平时慢一些，乔苑林坐在副驾座上给王芮之打回去。

祖孙俩好久没见面，上次通话还是乔苑林毕业的时候。乔苑林拖着充满生机的语调，祝贺国庆，问候身体，光“想你了”就跟姥姥念叨了三五遍。

他只字不提遇见林成碧的事，仿佛生活哪里都好，工作顺利，领导和善，新家庭美满和睦，距离买大奔也就差一个存折了。

梁承沉默地开着车，路口拐弯时瞥向副驾那一侧的倒车镜，恰好乔苑林停顿无言，扭过脸望着他。

两人视线短暂地交接，乔苑林回道：“嗯，他回平海了，当医生……不知道以后会不会走。”

手机里字句模糊，王芮之大概没想好要怎么问，乔苑林也没想好要怎么简洁地阐明。乔文渊和梁承的养母组成家庭，但梁承和她的收养关系已经解除。

最终，手机电量低要关机了，他道：“姥姥，我改天再详细跟你说。”

到了家，梁承没有下车，要回公寓处理一些论文报告，还要养精蓄锐，迎接明天下午的手术。

两人分开前，乔苑林从背包里拿出一支录音笔，问道：“哥，你能帮我修一下吗？”

梁承接过：“坏了？”

“老是有几秒录空，而且音量变得特别小。”乔苑林心疼地说，“转正时才买的，还专门刻了字呢。”

录音笔一端挂着指甲盖大小的金属牌，刻三个字盛不下，于是刻着乔苑林从德心毕业后再没用过的英文名。

梁承揣在兜里，说：“我试试吧，乔治。”

乔苑林：“……”

大过节的，家里全无团圆的气氛，贺婕上班，乔文渊飞到外地参加研讨会，明早才能回来。乔苑林休息了半天，下午去电视台加班赶节目。

一夜冷清后，他接到通知，姑姑乔文博一家要登门做客。乔文渊和贺婕结婚时对方有事没到，值此佳节，正好聚一聚。

自从父母离婚，乔苑林越发厌烦家庭聚会。亲戚长辈总是怜爱他身体差、没人疼，他感觉自己是一只染了彩色毛的小鸡，一边凄惨过活，一边供人观赏。

可这次不一样了，他觉得贺婕很好，乐意让别人见证一下他也过得很好。

傍晚，家里灯火通明，姑姑一家准时到了，拎的礼物堆满了餐桌。

乔苑林下班回来，在花店买了一束洋牡丹。婚礼时，他别扭得送不出勿忘我，今天他把花当众送给贺婕，不需言语就让大家知道，他已经认可对方。

贺婕高兴地找花瓶，在餐桌旁小心地修剪。来的是乔家亲戚，和乔文渊自然有聊不完的话题。乔苑林没听贺婕提过父母兄弟，估计她家里人丁单薄，否则可能不会被前夫那般欺凌。

他主动过去，也不吭声，就体贴地陪在贺婕一边给她打下手。

过了一会儿，姚拂走过来，说：“舅妈，你留的叶子太多啦，再剪剪才好看。”

贺婕微怔，没料到会被轻易地喊一句“舅妈”，并且口吻如自家人一样向她提意见，她道：“那你帮帮我？”

乔苑林被姚拂挤开，去厨房晃悠，锅里煮着柚子茶，烤箱里趴着一只大烤鸡。他看手表，不知道梁承能不能赶过来。

直到开饭，外面也未传来大奔的引擎声。乔苑林擅自撕下一条鸡腿，各样菜都留了一点，再将柚子茶倒出一壶，添了双倍蜂蜜。

一开始氛围和谐，后来乔氏兄妹聊起医患纠纷，各持己见谁也不服，大有辩论三百回合之势。姑父率先“尿遁”，妇幼医院打来电话，贺婕回卧室接电话了。

乔苑林和姚拂溜到院子里透气，步入社会后，两人见面的次数减少，攒了许多话，百分之八十跟工作有关。

“好怀念在德心的日子。”姚拂说，“必修课、选修课、各种活动，加起来都难不倒老娘，现在甲方一个要求我就想跪了。”

乔苑林问：“甲方会骂你吗？我们主编每天都骂我。”

比完惨舒服一些，姚拂说：“假期哪儿也没去成，想当年国际班参加文化节，大型春游，还有派对，爽死了。”

乔苑林没去，颇为遗憾。

他的桃花运其实一直不错，打幼儿园起，因为聪明安静，从不顽皮欺负人，小姑娘们都很爱跟他玩。上了中学，则净出学霸风头，毕业时生物课代表跟他表了白。至于大学里，对他表示好感的人有很多，只不过他始终单身，几乎没起过情感波动。

姚拂待了一会儿，忽然道：“你怎么从来不提谈恋爱什么的，你现在……有吗？”

“没，我三十岁之前不会考虑的。”乔苑林摇头，“姐，万一以后我爸催我……你得帮我说话。”

姚拂表示没问题，未雨绸缪道：“要早一点铺垫，你跟舅舅说过吗？”

乔苑林吃惊地道：“不用这么早吧？”

“越早越好。”姚拂劝他，“这就好比参加一场高难度的考试，考砸的概率极高，所以你要在考之前先说，状态不好啦，焦虑啦。等分数出来再说有什么用，一律按照不用功处理。”

说完，姚拂进屋吃水果，乔苑林留在院子里沉思。

一阵清风吹过，他清醒了些。

乔苑林打开微信，若无其事地刷了刷朋友圈，然后返回列表戳小白狗，编辑道：我们吃完饭了。

梁承：嗯。

乔苑林：你还过来吗？

梁承：不了，刚下手术台。

乔苑林：那晚饭呢？

梁承：回家对付一口。

按下发送键，梁承从柜子里拿出衣服换上，上午做了一台微创手术，下午在手术台上挺了六个多小时。现在刚刚结束，他连澡都懒得冲。

双腿像生锈的机械，梁承忍着酸痛换好衣服下班，在医院门口叫了一辆出租车。

他仰靠在后座，闭目假寐，让司机开进社区楼下。等进入电梯他才想起，自己忘记打包一份晚饭回来。

冰箱里只剩一排矿泉水和一瓶辣椒酱，他喝下半瓶水，强打着精神进浴室洗澡。

在热水浸泡下，肌肉和筋骨一点点感受到温暖后放松。梁承洗完随便擦了擦，顶着毛巾回卧室，看见床尾的录音笔。

已经修好了，聊天时忘记告诉乔苑林。

梁承上床倚靠着床头，熄灭台灯。五十二层不必拉窗帘，溶溶月光洒进来投在墙上，光影流转。在这种氛围中，心情不好时会失眠，心情不错便觉得旖旎。

梁承目不转睛地盯了一会儿，侧身弯腰，打开了床头柜底层带锁的抽屉。

楼下茂密的树木成排站立，一道人影不慌不忙地贴着边溜达，戴着耳机哼着歌，左手拎着保温的鸡腿饭，右手握着一杯柚子茶。

“噢——耶——”尾音唱劈了。

乔苑林停在楼下的花坛旁边，暂停音乐播放，努力仰起头，从顶层倒数一层，望向五十二楼的窗户。

一片漆黑。梁承是没回来，还是已经睡了？

他拨打梁承的号码，往常响三四声就会接，此时响了十几声却没人接听。

乔苑林有些担心，挂断后重新拨号，又响了七八声，梁承终于接了，不甚清楚地“喂”了一句。

他立刻问：“你在医院吗？”

梁承的嗓音略微嘶哑，说：“没有。”

“还没下班吗？”乔苑林又问，“还是在路上？”

梁承回答：“在家。”

乔苑林不禁皱眉，怀疑自己数错了，望着那片落地窗纳闷儿道：“这么久才接电话，你在睡觉吗？”

“没，怎么了？”

乔苑林一脸狐疑，有种受骗的慌张无措，他用力地按了下耳机，找借口道：“没事，我想问问录音笔修好了没有。”

梁承没有回答，手机里寂静得犹如挂断了，乔苑林不安地在原地打转。

乔苑林追问：“你在干什么？”

梁承罕见地结巴，说：“在……看书。”

乔苑林咬牙道：“你黑着灯看的哪门子书？”

这下轮到梁承怔住，他旋即反应过来，看向落地窗，下床走了过去。

身后，床单被划出一道褶皱，上面躺着另一支年头许久的录音笔。

05

梁承走到离窗边半米远的位置，止住脚步，他盯着繁星闪烁的高空吞咽了一下，握紧手机说："你在楼下是不是？上来。"

乔苑林仰得脖子泛酸，挂掉电话走进单元楼大厅，值班保安的座机响起来，对方接听后起身帮他刷了电梯卡。

电梯门是映照全身的银色镜面，乔苑林莫名地感到紧张，情不自禁地整理了头发和衣领。电梯上升至五十二层，他踏上走廊，走到梁承的房门外。

他抬手还未按下门铃，门就开了。

梁承拿出新买的拖鞋。

乔苑林颔首垂眼，说："贺阿姨给你留了饭。"

梁承翻出贺婕的微信，拆穿道："她让我外卖点清淡的。是你给我留的？"

"我们吃不完而已。"乔苑林往旁边绕，"我还有事，先回去了。"

"刚来就走？"梁承侧身挡住，低声问了一句，见乔苑林不表态，又无赖地示弱，"去给我把饭热一热，就当是录音笔的维修费。"

乔苑林终究没能走出大门。

卧室已经收拾好，乔苑林从床尾榻上拿了录音笔，躺在被窝里测试。

录了些废话，再逐一删掉，没删完就歪着头睡着了。

梁承给乔苑林掖好被子后拉开抽屉，里面放着另一支旧录音笔，表面磨损明显，这些年反反复复修了好多次。

夜深人静，他在床边按下播放键，粗糙的音质盖不住少年音的清朗。

"梁承哥，我下课了！"

"那我是你第一个同桌？"

“你不要我能死啊！”

“梁承，跟你熟一点，离你近一点，怎么那么难！”

“你这根野草少管我这朵鲜花。”

“哥，你最牛了！”

“过期了吗，梁老师？”

“我应该会去英国留学。”

“你还没跟我说生日快乐。”

“哪一天你离开平海，我会永远记得你、想念你。”

“你赠我美梦成真，我愿你心想事成。”

“梁承，你能不能只做我一个人的超人？”

“喜欢就留下来。”

“你还会不会回平海？”

这一条条录音是梁承最秘密的隐私，他斑驳黯然的心意，都在那个夏天被悄悄记录。

当时难以自拔，何其珍贵。这些年月里他一遍一遍地听，痛苦时，煎熬时，想着那一年夏天的美好时光，仿佛在自救。

播放到末尾，录音笔发出嘈杂的声音。

乔苑林在睡梦中动了一下，“咔”，梁承按下了暂停键。

七天假期在忙碌中溜走，因为职业特殊，乔苑林一家人谁也没能欢度国庆。

节后，城市里的游客大幅减少，所有人恢复日常的生活轨迹。他们现在反而能休息了，乔文渊和贺婕决定去自驾游。

乔苑林懒得动，没想好怎么安排，初步计划在家里睡大觉。

贺婕不放心，提议让梁承来照顾他，万一他昏迷了好歹有人能发现。乔文渊却不好意思，毕竟梁承也难得休假，于是撵乔苑林去姚拂家暂住。

争论不下时，梁承本人来了，他已有安排，要出门旅游放松放松，问乔苑林愿不愿意一起去。

乔苑林像死尸一样平躺在沙发上，奇怪道："感觉你不是喜欢旅游的人。"

"也不讨厌。"梁承说，"去吗？给你订票。"

乔苑林嫌累，但那晚和姚拂聊到他没去成的春游，顿时又有些动心，问："就咱们俩吗？人太少没气氛。"

梁承说："好办，再叫两个人就行。"

乔苑林答应下来，父母也放心了。当晚，贺婕在客厅练瑜伽，他在一旁真诚地吹捧，吹到一半乔文渊喊他去卧室。

这么久了，他第一次踏足主卧，地上摊着行李箱，乔文渊正在衣柜前挑衣服，转身递给他一张银行卡。

乔苑林先接过装兜里，然后问："爸，有事吗？"

"卡里有些钱，密码是你生日。"乔文渊道，"出门旅游拿着用，你得自觉点，不能都让梁承花钱。"

乔苑林点点头，还问："有多少钱啊？"

乔文渊瞪他一眼："买大奔肯定不够。你听没听我说话？我看你跟梁承处得不错，你把他当大哥是对的，可你们毕竟不是亲兄弟。"

乔苑林挠头："您能明示吗？"

"我让你注意分寸。"乔文渊职位使然，极在乎名声，"就算是亲大哥，也不能心安理得地麻烦人家，懂不懂？"

乔苑林不仅懂了，还想起姚拂的箴言，顺水推舟地说："那什么人能心安理得地麻烦？"

"打断骨头连着筋的亲父子。"乔文渊说完一脸警惕，"你又打什么主意？就这一张卡。"

乔苑林道："那对象不行吗？"

乔文渊研究X光片一样盯着他，回答："不行。结婚成为家人才行，对象没准哪天就分手了。"

乔苑林及时打住，说：“我明白了，以后光花你的钱，只找你的麻烦，谢谢爸。”

第二天早晨，乔文渊和贺婕驾车出发了，梁承接上乔苑林去火车站。

秋高气爽，不过有点冷，乔苑林早早就穿上宽松柔软的卫衣，里面有一层薄绒帮自己保着暖。一辆出租车停下，他热情地喊：“应哥！”

梁承敞着及膝的长风衣，招了招手。他没叫老四，怕老四一路跟乔苑林抬杠，而且对方直播没空。

应小琼拎着包过来，问：“就咱们仨？”

刚说完，郑宴东从另一辆出租车上下来了。

四个人检票进入候车大厅，乔苑林念大学时一般坐飞机，好多年没来过火车站了。他张望着走在前面，感觉周围变化不大。

距检票还有一会儿，梁承坐在椅子上读一本《热带病学》，郑宴东坐旁边读《鉴定真相》。

应小琼摇摇头，国庆期间海鲜汇生意火爆，他大捞了一笔，搂着乔苑林说：“走，哥给你买好吃的。”

两个人在特产商店扫荡了三大包零食，没到目的地有可能先撑死，乔苑林拿出一袋奶油花生砸在梁承的书上，说：“别看了。”

梁承听话地合上书，撕开包装还给他，问：“会游泳吗？咱们去的地方有天然湖。”

“会泡澡。”乔苑林欠揍地说，“应哥，你的泳裤不会是大红色的吧？”

郑宴东“扑哧”一笑。

应小琼恼怒地道：“还没进站，小心老子撤退。”

紧接着大厅响起广播，通知排队检票，乔苑林狗腿地搭着应小琼的肩，说：“应哥，我想听你讲监狱风云，素材一经采用，必有重谢。”

应小琼道：“你怎么不问梁承？”

“那段过往是他的伤心事……”

“难道我坐牢就很快乐吗？”

郑宴东在后面笑得止不住，也想找点乐子，凑过去听。梁承渐渐落在后面，他抬手摸了摸风衣口袋。

进站后，检票的队伍散开，人们纷乱无序地朝前走着，乔苑林被踩了一脚，吃痛停下。

几秒钟的工夫，他的周围全变成了陌生人。应小琼和郑宴东走过去了，他追不上，捏着车票随人流挤上扶梯。

等踏在月台上，乔苑林的双腿顿觉沉重，胸腔内像吞了一把轻飘飘的柳絮，飞着，堵满心房和心室的血管。

他呼吸艰难，一声闷过一声，卫衣的薄绒贴在流下冷汗的背上。

离车厢越来越近，乔苑林的脚步也越来越慢。他最终停了下来，伫立在人群中恓惶地睁大眼睛。

梁承呢？梁承在哪儿？

原来他内心的阴影不曾摆脱，他以为不提起就算是没发生。可八年前扎下的那一根刺深埋心底，在同一个地方，在这片月台，此刻要破土而出，刺透他搭建的自保或自欺欺人的壁垒。

崩溃之前，他要逃走。

乔苑林慌乱转身，却一头撞在梁承身上。

他抬起头，眼睫颤抖，说：“看到我就想起曾经的罪恶……你还记得吗？”

梁承强自镇定，说：“那不是真的。”

乔苑林问：“那什么是真的？”

梁承掏出录音笔，举在乔苑林的耳边，在月台烙下的伤痕就在月台抚慰，他轻轻地按下播放键。

嘈杂的声响仿佛与此时的环境重合。

而后是列车启动的鸣笛，以及最后一句录音。

二十岁的梁承坐在火车上，奔赴前途未知的远方。他尝够了种种酸涩，有经历任何事的胆量，唯独不敢回看月台上的身影。

将录音笔抵在唇边，他录下那一天对乔苑林真正的道别。

“如果再相见，我只做你一个人的超人。”

CHAPTER
03

第三章

日　出

乔苑林说过："梁承，你一定要去最好的地方。"

此刻在万丈高空，头顶脚边是稀薄的日光和浓密的云层，梁承抛下所有恐惧，说："乔苑林，我回到最好的地方了。"

01

列车启动，车厢内短暂地静下来，靠窗位置响起录音笔不太顺畅的电流声，引得四周的乘客注目。

梁承低声阻止道：“你再听下去就要坏了。”

录音笔被拿走，乔苑林像被掠夺了重大财产，张着五指，神情放空。梁承脱下长风衣盖在他身上，拉高遮住脑袋，用逃避法来消解他的不安。

视野变黑，乔苑林叫了一声：“哥？”

“嗯。”梁承隔着风衣按了按他的手，以作安慰。

前排的座椅缝隙，应小琼偷窥得津津有味：“啧，我就知道这趟旅游目的不单纯。”

郑宴东说：“你别看了。”

在应小琼眼里，除了梁承，这些三十岁以下的都是毛头小子，他轻蔑道：“少管我，看你的书。”

郑宴东刚读完一个关于复仇的刑事案，问道：“应哥，既然梁承跟你交好……你当年犯事具体是什么情况？”

应小琼哼笑一声，完全没有“洗白”自己的意思，道：“说明我不是大奸大恶？都进去了，研究那么多干吗？”

郑宴东换个角度套话，说：“那你给刑警队长做线人，想必有一些过人之处。”

“当然了。”应小琼轻佻地眨眨眼，却不上当，“老子堂堂的二监一枝花，程怀明被我迷倒了。”

郑宴东在公安系统，就算没审过案子也了解一二。一个罪犯刑满释放，恢复应享有的人权，做线人有风险，要本人同意才行。

“好不容易开始新生活，生意那么好，”他问，“你为什么愿意给程队长当线人？”

应小琼柳枝桃花般的眉目沉静下来，转瞬又不计形象地打了个哈欠，回答：“困了，到站叫我。”

乔苑林头蒙在风衣下，一动不动，只有各样情绪在内心激烈地撕扯。

他一直困于那句话里，如今终于解脱了，伴随着一丝被心结折磨多年的怨恨。

可他太没出息了，就在月台上，在他们分别的地方听到迟了八年的答案。他无所适从，不敢相信，但他乖乖地跟着梁承上了火车。

乔苑林努力缓冲，唯独压不下折磨他许多年的委屈，他掀起风衣，多想骂一句“浑蛋”，出声却变成了请求：“我再听一次。”

梁承小心地保存了八年的录音笔很可能今天报废，于是他亲口说:“乔苑林，以后我只做你一个人的超人。”

列车跨越两座城市，沿途经过草木山海。抵达目的地后，他们租了一辆吉普车，从市区驾驶到云栖镇。

小镇覆盖在云栖山下，山脚南边是一片以清澈闻名的天然湖泊——诺湖。虽然假期过后游客减少，但这里四季都有不少登山爱好者前来。

梁承预订了一幢观景条件绝佳的小别墅，靠山面水。他们放下行李休息了一会儿，商量着要不要上山。

乔苑林翻阅一本游玩手册，云栖山山顶有一座抚云台，那里缥缈伸云触手可及，网友评论说不去山顶等于白来一趟。

由于身体状况，乔苑林很少旅游，而且都是在市区景点逛一逛，他想爬山试试，但担心体力支撑不住。

应小琼说：“怕什么，难受让梁承给治呗，大不了中途咱们下来。”

“是啊。”郑宴东道，“再大不了让梁承背着你啊。”

乔苑林伤敌八百，自损一千地说：“万一我累死在山上，大不了宴东哥给我验尸，回去在海鲜汇摆席。”

梁承眼皮都跳了：“祖宗，能不能说点吉利的？”

收拾好装备出发上山，乔苑林套了件纯白色防寒服，远看如一只飞落青山的鸽子。他举着单反，随便一拍都是美景。

梁承拎着矿泉水护在后面，严格来说，这是他第一次真正的旅游。在英国时，他也曾四处游荡，但以寻人为主，一次又一次未果后，对异乡再无兴趣。

爬了一段，乔苑林只顾自己走，不搭理人。梁承明白对方尚未完全脱敏，就像术后的患者，顽疾根除，但一时半刻还不能离开重症监护室。

于是，梁医生追近一点，呵护道：“累不累？”

乔苑林停下来，拍一棵歪脖树，摇摇头。

梁承立在旁边，分辨枝头的野果，说：“能吃，可能会酸，超市卖的大都是嫁接改良的新品种。”

路过一丛花里胡哨的蘑菇，梁承说：“这玩意儿有毒，主要分布在气候湿润的南方。”

灌木丛开满蓝色的花，梁承道：“多年生草本，四季都能开。”

乔苑林心想：这是生物实践活动吗？

当年走之前，这个浑蛋留给他一份整理好的复习资料，多少个长夜，他一边睹物思人，一边含泪学习。

塞上耳机，他带着一脸“少烦我”的表情走了。

梁承无语，拧开矿泉水灌了一口。

应小琼过来拍拍他的肩膀，说：“不会哄人就别哄了，怪逗乐的。”

郑宴东建议道：“自己不会，可以跟别人学。”

梁承看见一个女生蹲在花丛前拍照，旁边的男生摘下一朵花簪在她的鬓间。他有了主意，大气地薅下十几朵花。

山间有用来小憩的木屋，乔苑林累了，停下一转身，见身高一米八八的梁承格外醒目，穿一身黑，用做手术的一双手神情严肃地编织一顶蓝色花环。

他忍不住了，问：“你干什么？”

梁承说：“编花环。”

乔苑林忽然觉得这个人与平时不太一样，有点笨，有点怯，相识以来他第一次有这种感觉。恍神的片刻，梁承编好了，将花环压在他的发顶。

乔苑林能闻到香气，但他没动，说：“哥，我没劲儿了。”

梁承当真背上他，一级一级走得很稳。花环垂下的叶子蹭在他的脸颊上，感觉有点痒，他很轻地笑了。

“超人？”

“嗯。”梁承轻声回应他。

爬过一大半，别人疲累时，乔苑林攒足了力气，下来自己走。山中的石阶变成了盘山栈道，峭壁边已经有淡淡的浮云。

他脚步不快，但把梁承甩了一截。等梁承追上时，他说：“你好慢啊，用不用休息？”

梁承回答：“我恐高。”

“恐高住五十二楼？”乔苑林不信，抬手挡住阳光，“好晒啊，我恐太阳。”

梁承道：“你再说一遍。”

乔苑林不再贫嘴，往前走了。

梁承瞥向高耸的断崖，将额头的薄汗一把揩掉。

快到山顶时，风越来越大，通往抚云台有两条路，一条是石阶路，另一条是更快捷的高空悬索桥。

大部分人选择过桥，应小琼和郑宴东先过去了。乔苑林停下来等梁承，掏出那本没看完的游玩手册。

当地流传着一则神话故事，一个仙子爱上了凡人，被困在云栖山上。对方答应会来，仙子便日日在桥上等候，可直到百年，凡人至死也没有出现。惩罚结束的那一天，仙子恢复自由，却从桥上纵身跃下，坠入了诺湖。

乔苑林走上索桥，实在太高了，望不见万丈之下的湖水。他走到桥尾，举起相机想拍一张留念。

按下快门的一刻，梁承出现在桥头。

贴身的衣服已经湿透了，梁承脚步沉重，僵立着等一阵阵心悸平复。桥下的苍翠湖水深不见底，他看一眼，冷汗不停地沿着鬓角往下流。

乔苑林挥手大喊："哥，我在这儿！"

梁承踏出一步，盯着乔苑林瞳孔缩紧，继而涣散，眼前只能看到一片模糊的白色。他踩在桥上，拖着步子往前走，却不肯停止。

乔苑林放大镜头，意识到梁承不对劲，难道恐高是真的？

这时，梁承走到一半，黑色皮靴敲出"咚"的一声，终止了脉搏的紊乱跳动，他整个人颤巍巍地跪倒下去。

乔苑林心脏骤紧，终于明白梁承不寻常的笨拙和胆怯是因为什么。他把东西全部丢下，低头时一阵大风吹掉了花环。

豆大的汗珠不断砸下来，梁承撑着桥面的双手青筋暴起，他站起身，倾斜着朝飘落到桥边的花环走过去。走向一侧时，深渊避无可避地展露在眼下。

意识到梁承要做什么，乔苑林恐惧地喊："梁承……不要！我不要了！"

越靠近绳索，梁承呼吸越粗重，他弯下腰，发麻的手指几乎钩不住那一圈茎叶。

梁承艰难地将花环捡起来，乔苑林距他只一步之遥，他莫名地安定下来，一点点恢复清明。

乔苑林吓得直咽口水，问道："你怎么样？"

梁承陡然笑了："我不害怕了。"

"你为什么不早说？"乔苑林埋怨道，"为什么要来爬山？我们回去，下山去哪里都好，我陪你回去。”

梁承唇色苍白，却如释重负。在月台上他料到乔苑林会难受，来这座桥上也是他计划之中的痛苦。

重逢以来他做了很多事，明的或暗的，试探或示好，他企图开启一段新的关系，然而始终没能清清楚楚地解释当年的遗憾。

梁承有三个噩梦，一个是怕酸，记事起养父第一次打他，他不吭声，赵建喆就打到他呕吐了一地酸水。他被踩在那片污秽里，从此闻到任何酸味都会想吐。

他曾经还嗜痛，因为伤口多了，他尝试喜欢上痛的感觉，这样疼痛无眠的长夜才能不那么难挨。

还有一个是恐高。五岁那年，赵建喆抓着他的肩膀把他按在窗边，要把他丢下去，半边身体悬空，耳边是要他粉身碎骨的威胁。

杀了人的那一刻，与其说是解脱，梁承更觉得像是结束。他瘢痕累累的生命不必再挣扎，添一道罪名，用绝望买断了绝望。

可偏偏那一天，他遇见乔苑林，救了乔苑林。

他在监狱里有了念想，反反复复地思考自己究竟是好是坏，陷入死胡同，死循环，差点疯掉。

他一刻也没忘记过乔苑林，相反，他琢磨最多的就是那个孩子活下来了吗？康复了吗？会不会感谢他？

他在同一天杀人、救人，救人可不可以抵消他杀人的罪恶？

他甚至幻想过，某一天再遇见那个小孩儿，那他一定要掩饰住自己卑劣的前科。他不敢停止读书学习，维修电器也认真钻研，连看金也愿意尝试。

好像彻底落下的幕布上被割开了一条缝隙，些许亮光透进来，世界不至于完全漆黑，他感觉自己还有一点救。

后来他出狱了，生活自由而茫然，直到毫无预兆地再次见到乔苑林。

那一刻梁承才认识到，他根本没有承认的勇气，他不肯将过往展露一丝一毫，不想做一个有污点的救命恩人。

那段时光里，他不敢上天台陪乔苑林一起看星星。

他不接受乔苑林分享的梅子苏打。

他养仙人球，是为了偷偷扎指尖缓解嗜痛的怪癖。

除了一身隐埋的疮痍一无所有，梁承将自己裹得密不透风，可乔苑林又倔又勇，非要凑近他。

他其实并不爱吃牛奶汤圆，之所以失神，是因为他在想乔苑林就像是干净的白汤圆，而他是一颗烂石头。

那个雨夜，在国道边的小旅馆里，乔苑林说他是个好人。他的心结，痂一样的疙瘩扣终于消失了。

也许，是乔苑林救了他。

这些年，梁承努力做一个普通人，重新读书、做医生、联系亲友，付出加倍的辛苦，就是为了过上正常的生活。

他现在可以吃话梅了，不会再干呕；仙人球养在办公室，众目睽睽下能忍住自虐的欲望；家住五十二层楼，下一次可能有勇气走到窗边。

悬索桥在大风中轻轻摇晃，梁承松开绳索，朝乔苑林伸出手掌。

“你在七中等我的时候，我也在牢笼里想你。”梁承说，“你从来不是什么罪恶，乔苑林，你最特殊，从一开始就是。”

乔苑林被吹红了眼，视野变得模糊。

梁承走近他，说：“因为你，我享受了从未有过的快乐，一边心惊胆战会败露过去，一边不能自拔。”

脸颊冰凉，乔苑林竭力忍住哽咽。

梁承那次和王芮之通话，保证过远离乔苑林，他全都知道。

乔苑林说过：“梁承，你一定要去最好的地方。”

此刻在万丈高空，头顶脚边是稀薄的日光和浓密的云层，梁承抛下所有恐惧，说：“乔苑林，我回到最好的地方了。”

乔苑林目光怔忡，哭着点点头，仿佛死掉也没有遗憾。

梁承揽着乔苑林走过索桥，登上抚云台。

郑宴东霎时松了一口气，一个恐高，一个心脏病，在高空悬索桥上万一出什么岔子，他可真要闪亮登场了。

应小琼也捏着把汗。

踩在坚实的地面上，梁承稳住气息，只见乔苑林泪痕斑驳，还在哭，要把他小半辈子的泪都哭出来一般。

大风从嘴里灌进去，乔苑林一抽一抽地喘了起来。

梁承顺了顺他的背，说：“乔苑林，停。”

“哦……”乔苑林呜咽着，“哥……停不了。”

梁承勒令他：“再哭你就缺氧了，听我的话调节呼吸，吸——呼——吸气短，呼气长。”

乔苑林终于好了一些，可大脑仍然供氧不足，发晕，像在做梦。他什么心思都没了，行李都给了应小琼，扶着梁承的胳膊借力。

抚云台修建得很宽阔，像个小广场，四面探出一截平台方便游客观景。现在已是黄昏，缥缈浓云染成了赤红色，大家都在兴奋地拍照。

乔苑林和梁承走向一处观景台，乔苑林鼓励道：“别怕，我抓着你。”

梁承还没被人这么哄过，想起第一次骑摩托车载乔苑林，对方贴着他的后背，不习惯，但也不难受。

站在观景台上，栏杆外似海翻滚的红云宛若仙境，感觉脖子伸长点能瞧见南天门。乔苑林看呆了，向前一步，倾身想要触摸浮云。

梁承在后侧胆战心惊，要是没心脏病，他估计乔苑林蹦极、冲浪、滑翔伞，什么都敢试一试。

双手放在唇角，乔苑林突然放声大喊：“姥——姥——”

梁承属实没料到这一出，揪住面前的防寒服帽子，提醒道：“你是不是缺心眼？姥姥还健在呢。”

乔苑林继续喊：“我跟梁承和好了！”

他回过头来，背着光，黑发融金，面颊飞红，两眼中飘了片轻纱水光般的云雾。下一句他是沉声说的："哥，我会对你好的。"

梁承微怔，眼前的人与十六岁的少年重合。那时，乔苑林说会对他好，他只当是一个小屁孩嘴甜，后来才发现，那是他听过最郑重的承诺。

他有多怀念过去，就有多珍惜此刻，他猜自己一定笑得很傻，问："怎么个好法儿？"

乔苑林愣了一下，这种事哪有详细问的？他想了想，赖皮地说："八宝粥太沉了，我就背上来一罐，晚上给你吃。"

"哦，牺牲这么大啊？"梁承道，"我背了四罐。"

天黑就不能下山了，大部分游客有备而来，纷纷挑选位置开始搭帐篷。山顶有一些免费的公共帐篷，不过数量有限，只能几个人挤一顶。

抚云台上没电也没信号，只亮起无数盏露营灯。帐篷搭好，大家把能取暖的东西都掏了出来，因为夜间气温很低。

梁承和郑宴东钻在帐篷里铺防潮垫和睡袋，两双长腿窝得难受。郑宴东说："能挤得下四个人吗？"

"差不多吧。"梁承道。

外面闪来应小琼的身影，他掀开帘子问："小乔回来了吗？我找不着他了。"

乔苑林太兴奋，四处凑热闹，有一家三口带了扑克斗地主，他过去围观了两局。又遇见一个天文爱好者组织，听人家讲了一会儿观星指南。

角落飘来乐器声，一个失恋的男大学生在弹尤克里里，据说对方原计划和女朋友一起来，但国庆节前分手了。

乔苑林驻足聆听，从花环上薅了一朵花献给对方，安慰道："别气馁，比起爱情，大学里的成绩更重要。"

对方忧伤地说："诺湖传说太不吉利了，仙子都没得到爱情，何况凡人呢。"

闲逛一圈，乔苑林经过一顶私人帐篷，帐篷顶部浪漫地绑着一串彩色气球。主人是一对中年夫妻，明天是结婚纪念日，他们来云栖山看日出。

丈夫从包里拿出一瓶红酒和两只高脚杯，千辛万苦背上来的。妻子撕开一包亲亲肠，两个人碰杯庆祝。

乔苑林默默地看着亲亲肠，感觉有点寒酸，他摸了摸兜，掏出两个卤蛋，送给了这对夫妻。

梁承打着手电筒找人，最终在一名摄影师的帐篷里逮住了乔苑林。这人活儿也不干，饭也不吃，跟陌生人聊得火热。

乔苑林还舍不得走，出来便道：“明早四点半叫醒我。”

梁承故意说：“练太极啊。”

“我要看日出。”

“那么早，你起得来吗？”

两人正好走到一片没有灯火的地方，乔苑林抬手遮住电筒的光，小声说：“为了日出，我可以。”

梁承迟疑的一瞬间，乔苑林已经走了。他看穿对方那点难为情，放慢脚步跟在后面。

温度越来越低，人们基本都躲进了帐篷里。乔苑林一向怕冷，简单洗漱后便钻进睡袋，用围巾包裹着头。

他和应小琼瘦一些，躺在中间，梁承和郑宴东躺在两边，四个人挤着取暖。用应小琼的话说就是：比监狱的住宿条件还差。

手电筒关掉后，四周漆黑一片，不时响起布料摩擦的窸窣声。

“喀！”应小琼说，“我警告你们，忍着点，别出动静。”

梁承冷淡道：“我就拽了一下羽绒服。”

又过去一会儿，应小琼吸吸鼻子，问道：“谁吃奶糖了？”

乔苑林捂住嘴巴道：“我……我低血糖。”

消停片刻，应小琼不知道搭着谁的衣服，口袋里滑出一个冰凉的物体。他摸索着感受了一下，说道：“哪位大爷进来了？怎么有个鼻烟壶？”

郑宴东探手，拿走鼻烟壶。他工作的地方不允许吸烟，自己又戒不了，所以改吸鼻烟。

频频入睡失败，郑宴东叹口气道：“我给你们讲个充气娃娃杀人案吧。”

梁承说：“讲点健康的。”

“健康的人一般不会遇见我。”郑宴东道，“苑林睡了？要不要听？”

乔苑林说：“听。”

郑宴东开始讲，前三分钟交代背景，等正式进入主题后，帐篷内静悄悄的。他想再描述一下细节，忽然感觉不到身侧的气息了，伸手一摸，应小琼不知道什么时候完全溜进了睡袋。

“算了。”他笑道，“讲得我嗓子疼。”

应小琼冒出头，说道：“那赶紧睡吧，明天早点下山。”

“好。”郑宴东说，“晚安各位，谁再出声我就要讲胶水案了。”

乔苑林费力地翻个身，大概是故事太刺激，他一时难以入睡。后脑突然被敲了一下，梁承也醒着。

他很在意没听到的细节，悄声问：“人身上的伤口不会漏气？”

梁承从侧面回答：“你知道肠镜怎么做吗？”

乔苑林一下子懂了，皮肉不禁缩紧，待身后两道呼吸变得舒缓均匀，又说：“哥，明早不用叫我看日出了。”

梁承问：“为什么？”

乔苑林道：“不好意思啊，我恐怕起不来。”

梁承道：“你还挺有礼貌。”

02

破晓时分的山顶冷过冬天的平海，乔苑林翻身时蹭开了裹着头的围巾，皮肤接触到寒气，他打个激灵醒了过来。

“哥。”他叫道，但身旁没人，转向另一边也没人。

帐篷里只剩他一个，身上搭着三个沉甸甸的睡袋。外面很吵，他用湿巾擦了把脸，穿上防寒服钻了出去。

雾蒙蒙的天地间，四周的观景台上挤满了人，大家都在翘首等待日出。梁承心不在焉地立在人群外围，时不时地回头瞄一眼帐篷。

见乔苑林过来，他说："醒了？"

乔苑林戴起背后的帽子，冻得牙关打战，说："你居然扔下我，自己看日出。"

梁承给他拉紧拉链，说："讲点道理，是你一拳把我打醒的。"

都怪郑宴东讲的睡前故事，乔苑林梦见自己被人绑架，拼命挣扎，大概是把挨着他的梁承当歹徒了。

他张望道："应哥和宴东哥呢？"

梁承不太想回答的样子，朝斜前方抬了抬下巴。

他们起来得也不算太早，观景台上没有空位了。应小琼身轻如燕地爬上了一棵大树，正骑在树干上调整角度。

郑宴东吓了一跳，在树下捉住他的脚踝，场面像极了热心市民劝导轻生男子："这样很危险，你下来。"

应小琼说："我还得再爬高点。"

郑宴东拉他："你下来，先下来行不行？"

应小琼烦了："松开老子，少管我！"

乔苑林往梁承身边挪了一步，假装不认识那两个人。等一轮红日露于天际，洁白的云层泛起金光，所有人的目光都被吸引了。

乔苑林踮起脚，伸长脖子，只能看见前面一堆后脑勺，急得他想蹦两下。

梁承忍住嘲笑的欲望，解开颈间的纽扣，蹲下去，重复当年的话："上肩，会吗？"

当时可没这么多人在场，乔苑林叉开腿跨坐上梁承的双肩，弓着腰。他和少年时期一样单薄，但骨骼肯定变重了，穿的衣服也厚。

等梁承站稳，他低头问：“我沉吗？”

“还行。”梁承掐着他的腿，提前警告，“看完别让我做庆祝动作。”

乔苑林笑了一声，望向天边绯红的云霞。球场、山顶、投篮、日出，他回忆着过去的、期待着眼前的。

太阳在万众瞩目下缓缓升起，照亮了抚云台。失恋大学生被治愈，过结婚纪念日的夫妇在拥抱，摄影师拍下这个秋天最美的一幕。

天光大亮，他们收拾背包下山。乔苑林的腿有些抖，好几次差点跪下给梁承拜个早年。应小琼全程侧着身，整个身体就像不是自己的。

到了缆车中心，郑宴东和应小琼先上了一辆，乔苑林上了第二辆。缆车是不停顿的，他说：“哥，你快上来。”

梁承钻进去，不到五秒钟便后悔了。这玩意儿比高空悬索桥更吓人，会晃，速度感觉时快时慢，四面玻璃根本无法让他忽视所处的高度。

乔苑林见梁承闭上了眼，问：“你猜我爸跟贺阿姨回家了吗？”他说着离开椅子，缆车不可避免地开始摇晃。

梁承皱起眉，忽然有轻柔的气息扑来。他睁开狭长的眼眸，乔苑林走了过来。

他又合上眼。

乔苑林轻晃手腕，铃铛声在山间回响，像咒语操控着人的意识。

梁承说：“你在对我作法吗？”

“灵吗？”乔苑林霸道地要求，“以后我一晃铃铛，你就只能关注我。”

威胁意味明显，梁承认栽道：“知道了，乔大仙。”

缆车安全抵达山脚，踩在平地上的感觉分外踏实。

回到别墅，乔大仙明明起得最晚，却累得直接倒头大睡。

四个人补觉到天黑，醒来时诺湖四周已经灯火斑斓，湖岸上的街市一眼望不到头，是云栖镇每晚最热闹的地方。

乔苑林洗完澡换了衣服，揣上乔文渊给的银行卡，先请客撮一顿，再逛一逛街市，给亲朋好友买些礼物。

他们选了一家露天的烤肉店，旁边是一辆甜品巴士。乔苑林指着唯一的生日蛋糕，说："这个吧，有没有能炸开花的蜡烛？"

老板表示没有，多赠了一包普通的蜡烛。

梁承有点怕，问："你又偷偷多了个生日？"

乔苑林理亏，含混道："好久没吃过了，我嘴馋了不行吗？就当庆祝旅途顺利。"

大学的时候，除了过生日，室友谈恋爱了也会全寝室一起吃蛋糕庆祝。四年间只有他没当过主角，为此他还被嘲笑过。

郑宴东拱火道："大好年华，没别人追你吗？"

梁承意有所指地道："可能人家追他，他以为只是同学之间的关怀。"

"你俩烦不烦？"应小琼说，"买饮料去。"

烤肉店撑着一顶太阳伞，有歌手驻唱，气氛很不错。乔苑林却提不起劲，觉得梁承似乎对这些没兴趣，可能认为他幼稚。

算了，他把蛋糕拎到桌下，不拆开了。

这时，郑宴东买饮料回来了，怀里抱着一瓶酒，说："怎么搁下了？我香槟都买好了。"

梁承走在后面，手中握着一束洋桔梗，说："又改主意了？"

乔苑林没反应过来："我以为你不想……"

"他怎么可能不想？"应小琼道，"你信吗？我估计他上一次这么隆重地吃蛋糕，还是你在大排档过生日那天。"

梁承有些丢面子，问："难道你不是？"

应小琼得意地说："老四粉丝量破百万那天，我陪他一起直播吃的三层大蛋糕。"

"倒数第二瞧不起倒数第一。"郑宴东忍不住吐槽，"插几根蜡烛啊？你二十八，他二十四，加起来五十多岁。"

乔苑林“扑哧”一声笑了：“疯了吧！”

音乐响起，驻唱歌手轻哼一首当地的民谣。梁承安静地听歌，依然不爱在饭桌上讲话。

他看应小琼和郑宴东起哄，看旁边一桌的青年男女打量他们，看乔苑林鼓起腮帮吹蜡烛，在火光明灭中对上他的眼睛。

香槟涌出白色泡沫，乔苑林承诺过滴酒不沾，得到梁承的许可才敢倒了一小杯。梁承知道他酒品烂，吃完出来一路照顾着他。

诺湖边有人放河灯祈福，他们也买了一盏。乔苑林要先写，微醺道：“上联……”

梁承怕乔苑林栽到湖里，拽着他的羽绒服帽子，说：“别写太复杂，我语文不好。”

“哦。”乔苑林挺乖，“写完了，给。”

梁承拿过来一看，船灯上非常体贴地只写了四个字：多谢仙子。

思索片刻，他写下后半句：仙气长存。

放完河灯，两个人逛街市买礼物，结果越走越远，最后租了一辆观光车回去。

应小琼和郑宴东也已经回来了，正在客厅里看球赛。

乔苑林回房间泡了个热水澡，酒气蒸发，反而清醒得不想睡觉了。

落地窗外是一片灿烂夜景，他盘腿坐在窗前的地毯上，翻开日程本，在空白的一页下笔。

大约半小时后，微信提示响了一声，乔苑林打开手机，置顶的小白狗头像发来一条信息：睡了吗？

乔苑林：没有呢。

梁承：头晕吗？给你拿解酒药？

乔苑林：没事，我不晕。

梁承：在做什么？

乔苑林反复按着圆珠笔，回道：在写东西。

梁承知分寸地没再打扰，乔苑林将手机放在一边，继续写。手机屏幕即将锁定变黑时，微信提示陡然又响了一声。

他点开，梁承分享了一篇文章链接，标题是《狗狗缺乏主人的陪伴会忧郁，那主人缺乏陪伴会怎么样》

梁承：好文共赏。

乔苑林回复：字多不看。

刚发送过去，有人敲门。乔苑林把本子倒扣在地上，起身去开门。梁承站在门口，擦着潮湿的短发。

乔苑林问："会怎么样？"

梁承走进来，说："会主动找上门。"

乔苑林一步一步后退到窗边，踩到了丢在地上的笔，又踢翻了写了半页的本子。

梁承弯腰捡起来，以为小狗在骗人，原来真的在写东西。

"这是什么？"他翻开问。

"是清单。"乔苑林负手靠着玻璃窗，"以后要做好多好多事情。"

旅游、庆祝、逛街、散步……他还没写完，说："所有普通人会做的都要做一遍，正常的生活一点都不难。"

梁承点点头，哑着嗓子，说："好。"

乔苑林问："那你最想做什么？"

梁承这一刻不带任何杂念，只怀着一件沉沉的心事，大概早有答案，他毫不犹豫地回答："治好你的病。"

03

第三天，他们从云栖镇返回市区，在市内的景点逛了逛，下午退了吉普车，乘傍晚的一趟高铁回到平海。

乔苑林拍摄了好多照片，挑了几张最满意的风景照，一张是他和梁承的合影，还有一张是他捧着洋桔梗和蛋糕的摆拍照。

配字删删改改，他实在找不出足以表达心情的词汇，发送前灵机一动，把手机塞给梁承，说："照片是我拍的，话给你说。"

梁承当超人只管代购，第一次接代发朋友圈的业务。他斟酌了一会儿，编辑了一句话按下发送。

"搞定了？"乔苑林凑过来看，"难忘之旅……"

郑宴东道："怎么那么像旅行社的广告？"

"还不如我帮你发。"应小琼说，"万能的朋友圈，集够四十八个赞可得小玉海鲜汇满减优惠券。"

梁承任由他们吐槽，掏出自己的手机点了个赞，将那几张照片一一保存，然后把他们的合影设置成了手机壁纸。

回到平海时，天已经天黑了。列车进站，乔苑林迎着夜风踏上月台，不安感完全消失了，他走在匆匆的行人间无比轻松。

从车站出来，应小琼要去海鲜汇盯场子，郑宴东回单位宿舍。分道扬镳后，梁承的手机响了，是医院打来的。

乔苑林紧一紧围巾，听出七八分，挂线后特别有医生家属的自觉，说："医院有事，你就先去忙吧，我自己回家。"

梁承招手叫了一辆出租车，拉开车门，说："到家给我发消息。"

车子启动，乔苑林降下车窗。那年夏天离开车站时他哭得缺氧，在马路牙子上微微抽搐，最后是被司机大哥扶进车厢的。

后视镜里，梁承似乎也在想那一天，立在原地目送。

乔苑林做了个深呼吸，探出头喊道："快走吧梁医生！我回家给你煮夜宵！"

乔苑林在家门口下了车，客厅亮着灯光，乔文渊跟贺婕比他们早回来半天，听见引擎声便出来迎接。

乔文渊道：“晚上才回来，你是不是乐不思蜀了？”

“我哥买的车票，你问他去。”乔苑林傍了个靠山，胆子肥了，“你给我带礼物了吗？我可是没空手回来。”

乔文渊帮他拎行李，说：“早知道了，扣款短信一串串的。”

家里有些乱，乔苑林迫不及待地打开包给贺婕拿礼物，没什么值钱的，但他嘴甜：“阿姨，贵重的东西等我发工资再买，用我自己的钱孝敬你。”

贺婕被哄得一直笑，问：“这一趟玩得怎么样啊？”

乔苑林回答：“特别好。”

乔文渊说：“跟小孩子似的，怎么个好法儿？”

乔苑林想起什么，说道：“我和梁承的感情又进了一步。”

说罢垂下眼皮。

乔文渊朝他走近了，忽然抬起手，他惊得一躲，然后就被推到了一边。他爸将后面的旅行包打开，拿出一件毛衣，说道：“忘了晾干，用不用再甩干一下？”

贺婕道：“你塞洗衣机吧，全部洗一遍。”

两口子各抱起一摞脏衣服，回屋了。

乔苑林愣了一会儿，不甘心地跟在后面：“哎，你们听没听我说啊？”

贺婕回过头：“有要洗的吗？围巾别戴着了，热不热啊？”

乔苑林放弃了，回屋关上门，进衣帽间才敢摘下围巾。捂了四五个小时的脖颈微微出汗，颈侧有些红。

他拿起手机，告诉梁承平安到家了。

朋友圈有一条新评论，是田宇发的：梁助教？他回平海了？你们这是去哪儿了？风景好美啊，我也想去。

乔苑林和田宇高中毕业后就分开了，对方去加拿大留学，一开始在异国他乡不习惯，每天都找他聊天。后来他们联系逐渐少了，但有好玩的事情还是会互相分享。

他回复：你啥时候回国了我带你去。

若潭医院门口堵着几辆车，附近发生了车祸，急诊中心连收了三名重伤病患，其中一名已经送至心外科救治。

值班医生人手不够，梁承到办公室换了衣服当临时替补。这几天过得太滋润，猛一投入工作有种恍如隔世的感觉。

凌晨时分，从乡下县医院转来一名危重症患儿，三尖瓣闭锁。梁承接了诊，立刻安排住院和详细检查。

患儿的监护人是一对在平海打工的年轻夫妻，疲惫且茫然。梁承没交代什么，只给医院的公益服务部打了通电话。

一晃将近三点了，走廊恢复暂时的平静。梁承到车库开出放了好几天的越野，缓缓驶上宁缘街头。

大半夜的，往常他会在办公室凑合睡一觉，今天却待不住。想要回公寓，他难以自控地变道、转弯，总之奔向了明湖花园。

怕扰人清梦，梁承把车停在旁边那栋楼下，步行到家门口。屋里黑着灯，他不太光明磊落地轻轻开门。

客厅似有呼吸声，门碰上，绵长的一口气戛然而止。乔苑林裹着毛毯从沙发上坐起来，露出一片轮廓。

梁承打开灯，或许他一辈子也无法忘记半年前的光景，在门厅喂着蚊子等他的少年，如今又为他耗尽了一个长夜。

乔苑林嗓子发黏，迷糊道：“你回来了。”

梁承很想揉揉他的头，说：“怎么不睡觉？”

“等你回来再睡。”乔苑林走下沙发，“你吃夜宵吗？我给你蒸了一碗蛋羹。”

梁承没想到真的有夜宵吃，跟着乔苑林进了厨房。灶台凌乱，乔苑林打开蒸锅，里面放着一碗黢黑的玩意儿。

乔苑林一下子清醒了：“啊？”

梁承问："这是……皮蛋羹？"

"我关火的时候，以为没开灯所以黑呢。"乔苑林反省道，"原来是真黑啊。"

梁承被他逗笑，将蛋羹煳掉的一层挖去，滴了点生抽和香油抢救一下，勉强能吃。

乔苑林趴在桌上睡着了，梁承吃完喊他回房，只见他的手机屏幕闪烁，一下子蹦出几条热点推送。

三更半夜能有什么大新闻，梁承将手机扣过去，给乔苑林盖好被子。

第二天一早，休假结束的一家人恢复忙碌。乔苑林起晚了，磨磨蹭蹭地惹得梁承在外面按喇叭。

出了门，车堵在路上，梁承生无可恋地打开电台。

乔苑林低头刷手机，在山里没信号，积攒了不少新闻，一觉醒来又多了好几条。

各大门户网站同时报道，他随机点开一个，看了两行忍不住惊呼："我的天……原来是他啊。"

梁承问："怎么了？"

电台中，主播激情地说道："这项科研大奖极具含金量，得主安德鲁，华裔生物学家，祖籍平海市……"

乔苑林说："就是这件事，都在报道呢，安德鲁居然是平海人。"

车流移动，梁承扶着方向盘笑了一下。

乔苑林敏感地捕捉到了，瞎想了一堆道："你笑什么？你是不是听过安德鲁的名字？难道在英国见过面？他不会是你的导师吧？"

梁承心说人家不是在美国吗？他没见过，更不认识，回道："我只是想到了你的英文名，乔治。"

到了电视台，乔苑林一心扑在新闻上，连"再见"也没说。梁承不轻不重地骂了一句，骂完冲门卫大爷问了声好，让大爷帮忙注意着下班时间。

他掉头去了医院，心外科的门诊部比昨晚热闹多了。听说他回来，万组长也一早来凑热闹。

在办公室将买的特产分了分后，梁承给仙人球浇水，一看，说："是不是有人给我浇过啊，都快死了。"

冯医生笑道："每天都有人来，实习的、小护士，还有别的科的，帅哥就是招人惦记。"

小胡医生说："梁哥，我建议你改养绿萝。"

梁承只顾着端详濒死的仙人球，没注意别人打趣什么。

万组长端着保温杯踱过来，说："我再倒一点，让它安详地走吧。"

梁承直白地问："你有事吗？"

万组长开玩笑道："我来看看意见箱里有没有比较特别的意见。"

大伙笑起来，科室内部没有秘密，何况是一张写着"能不能做我男朋友"的表白小字条。

梁承回过味儿来，明白了这些人在八卦什么。

"哎，梁医生，"万组长说，"到底是谁，你心里有数吗？"

梁承回答："没数。"

有人问："那你不好奇吗？"

梁承放下仙人掌，一句话也没说便走出了办公室。

大伙面面相觑，怕是玩笑开过头把人惹恼了，毕竟梁医生的脾性众所周知。

万组长率先追出去，其他医生也陆续前往门诊部。

在心外科整片区域前的咨询台处，放着一个意见箱。

梁承立在那儿，撕下一张纸写了句话，明晃晃地贴在台面上，来往的同事都能看见：本人名草有主，勿念。

04

乔苑林是真的喜欢当记者，念书时假期结束根本不想上学，现在却不会抵触上班，迈入新闻中心的大楼只觉神清气爽。

也可能是他人逢喜事，干什么都来劲儿。他到十二楼派发了一圈礼物，连隔壁老干部活动中心都有份。

等人齐了，栏目组开每周例会。从选题、拍摄，到制作、后期，八达通各个方面的质感都大幅提升，组员的状态也焕然一新。

会议进行了五分钟，手机在裤兜里振动，乔苑林拿出来，在桌下悄悄点开刚收到的头条新闻。

关于安德鲁获奖，他刷了国内外几十家媒体的报道，居然一张照片也没翻到，至于个人专访和电视访谈，目前也没有相关资料。

这位生物学家实在是很神秘，据美媒最近联系的实验室得知，安德鲁拒绝了一切媒体邀约，下一步计划是回中国的故乡看看。

那不就是要来平海？

乔苑林点开另一篇报道，想知道安德鲁回国是受官方邀请，还是私人活动。刚翻了两页，一只粗糙的手掌“啪”地拍在他面前。

“乔大记者，”鲍春山抓他现行，“别光自己看，有什么好事给大家分享一下。”

“啊，我……”乔苑林吓了一跳，开始胡扯，“我正想选题呢，就那个华裔科学家，安德鲁。”

鲍春山笑了：“你做哪门子梦呢？十万八千里远的一个科学家，美国人都采访不到，你跟他连麦访问啊？”

乔苑林说：“主编，他好像会来平海。”

鲍春山道：“他只要踏进国门，全国的媒体都会抢。就算真落到咱们电视台头上，采访部能放过？《国际新闻》《时政新闻》《综合纪要》，哪个栏目你抢得过？”

乔苑林当然没抱希望，但嘴硬道：“万一呢？”

“万一他去你家里串门了，原来是你遗落海外的叔叔、大爷，你再来做梦。”鲍春山白他一眼，“休个假把脑子留山上了，给我专心点！”

复工第一天，乔苑林被骂得脑瓜子嗡嗡的，一散会就赶紧撤了。

八达通的面包车驶出电视台，导航向西，大志叔和摄影助理在后车厢检查设备，巍哥开车，乔苑林掏出早饭咬了一口。

走到一半，手机突然响了。老孟开玩笑地说：“小乔，是不是安德鲁联系你了？”

“哈哈，可能真是我大爷。”乔苑林咧开嘴，看了一眼来电显示便恢复正色，立刻接通，“喂，有情况？”

说了两句，他伸手暂停导航，一边问一边重新输入地址：“和同兴街的岔路口是吗？司机怎么样了？嗯……好、好，谢了啊。”

通话结束，巍哥问：“怎么个意思？”

“去这儿。”乔苑林指着新地址，“大型交通事故，警方刚到，咱们快去。”

巍哥打方向盘掉头，问：“你怎么知道？交警队有人啊？”

乔苑林含混道：“回头再说。”

等他们赶到事故现场，才意识到发生了多么严重的车祸，将近二十辆汽车乱七八糟地堵在十字路口，处于中心的一辆奥迪车已经严重变形。

十几人受伤，其中三人重伤，奥迪车司机被送往医院抢救。警车、救护车和消防车根本开不过来，整个路口彻底瘫痪了。

现场毫无秩序，伤者呼救，路人围观，救援人员忙得团团转。据目击者说，奥迪车司机肯定有精神病，病发才会酿成这场事故。

突发新闻考验的是速度，八达通的人是最先赶来的。大志叔紧急开拍，乔苑林掂了掂麦克风，随后摘下帽子便出镜报道了。

路况、事故诱因、救援难度、后续追责，他只来得及在心中拟稿，根据现场情况随时调整。

等这起车祸新闻发酵，包括交通栏目在内的各大新闻部门收到通知，采访部一组、二组来人后，所有人都傻眼了，第一手内容已经被八达通拿下。

乔苑林报道得口干舌燥，中途换成巍哥，他朝人行道上的一座书报亭走去。

同兴街附近有两个大医院，一个是市第二医院，一个是若潭医院。市第二医院附近有一片居民区，路容易堵，当时大出血的奥迪车司机便被送到了若潭急诊中心。

工作日没人清闲，也没人格外注意救护车拉来了什么人。

心外科里，昨晚转来的患儿重度发绀，心力衰竭，此刻被推进了手术室。

无影灯亮起，患儿羸弱的身躯几乎看不到起伏，手术台对面的医生叹了口气。

梁承在这一侧抬眼，说："监护人叹了八百次气，你又开始了。"

对方道："不好办啊。"

患儿一直待在县医院，错过了治疗的最佳时机。但梁承是不会唉声叹气的，他说："开始吧。"

孩子的父母在走廊等候，两个人心力交瘁地靠着墙。几个小时过去了，手术室上方的提示灯仍不肯熄灭。

术中抢救了一次，下午三点，梁承的嗓子粗哑低沉，终于道："缝合。"

患儿暂时脱离生命危险，被推入了重症监护室。梁承没力气脱下手术服，只摘掉帽子口罩，大口大口地灌水。

护士说："梁医生辛苦了。"

梁承低头签字，指关节微微僵硬，吩咐道："让小孩子躺的时候上半身抬高四十五度，注意腔静脉压力。”

他从手术中心出来，脑子里还想着患儿的情况，术后容易产生胸腔积液，必须及时做穿刺或闭式引流。

手机不在身上，回办公室他要给乔苑林打个电话，告诉他今晚不回家了。

梁承孑然一身这么多年，从此尝到了家的滋味。从手术台带下的情绪终于缓解，他兀自笑了笑，按亮电梯按钮。

“叮咚”，电梯门缓缓打开，里面的人鱼贯而出。

等人走光了，乔苑林灰头土脸地立在角落里，看见梁承，喜出望外地道：“哥？”

梁承以为累出了幻觉，忽然瞥见乔苑林毛衣上的血迹，清醒过来：“你怎么了？出什么事了？”

“我没事。”乔苑林长话短说，“我报道交通事故来着，太乱了，不小心蹭到了伤者的血。”

梁承不放心，走进电梯扶住他，说道：“去普外科检查一下，看看有没有伤口。”

乔苑林说：“我真没事，我要找一名重伤的司机，他第一时间被送到你们这里了。”

梁承带着他去找，急诊中心、外科、脑科，转了一大圈，竟然找到了眼科。

走廊里挤满了人，警方在等结果，家属和保险公司在扯皮，闲杂人等禁止靠近。

今天实在够乱了，乔苑林不想再添乱，说：“我先等一会儿，你去忙吧。”

梁承去护理站拿了包纸，让他擦擦脸，同时有些后怕地道：“太危险了，万一你们的车被撞了怎么办？”

“不会的。”乔苑林说，“事发前我在别的地方，听到风声就马上赶过去了。”

梁承感觉“听到风声”这句话有点奇怪，问：“有人给你放风？”

乔苑林确实有，若潭医院收到救援指示，不超过三分钟，他就接到了电话。所以这个人就在医院内部，并且熟悉各个科室部门。

梁承大概猜到了，果然，乔苑林翻开通话记录，上面显示着“万组长”。

医院是一座巨大的素材库，从上次的案件后，乔苑林就和万组长保持联系。他借用应小琼的话，说：“他是我的眼线。”

梁承失笑道：“你给了他什么好处？”

乔苑林把买卖做完了，才想起征求“筹码”的意见，问：“那什么，元旦之前你能不被投诉吗？”

梁承双眼一黑：“明白了，祖宗。”

05

梁承找同事打听了一下，奥迪车司机在急诊中心抢救后稳住了生命体征，但头部在两天前曾遭受撞击，前额有伤，于是又辗转到了外科和脑科。

经详细检查发现，他因头部受伤导致视神经受损，一定程度影响了视野范围。通俗来说他能看见，但看不全。而他并未察觉，今早开车上路，以匪夷所思的方式酿成了一场重大交通事故。

被抢救时，他意识残存，还在呻吟着：“分明没有车开过来。”

梁承淡定地讲完，问：“听懂了吗？”

乔苑林花费好一会儿才梳理清楚，看了一眼手表，时间不多了，要尽快整理报道内容交给栏目组。

若潭医院经历了混乱的一天，只有南花园保持着安宁静谧。湖边长椅上，乔苑林坐下来，腿上搁着笔记本敲字，梁承在旁边充当技术顾问。

“他视网膜没事吧？会不会失明？”

梁承说：“你是不是根本没听懂？”

乔苑林尴尬一笑，莫名地想起高中上生物课时他摆出沉浸其中的表情，微笑点头，结果段思存冷不丁地说：“班长，你是不是听不懂我在讲什么？”

全班人都看他，他顿时傻了。

段思存又道：“这是个难点，只有你看上去如沐春风，别装了。”

乔苑林一耸肩回过神来，念书多年，七中师生让人压力最大。他一边写，一边让梁承纠正，像当年被盯着改卷子。

所有内容整理完，他按下发送键。如无意外，新闻今晚就会在《平海八达通》播出，并且是最全面详细的报道。

回想这一天，简直是《尖峰时刻》，够刺激。乔苑林合上笔记本，放松四肢伸了个懒腰。

梁承在他后脑勺顺着毛一捋，说：“别累坏了。”

“嗯。”乔苑林明白，梁承不只是担心他累，“放心吧，我的身体比想象中好。之前在病房见的那些孩子，那么脆弱，我幸运太多了。”

梁承有同感，面对那些岌岌可危的小生命，他会怜悯，也会感恩，说道：“我今天给一个患儿做了手术，他还在重症监护室接受观察。”

乔苑林报道过类似的事情，别的帮不上忙，问：“父母打工不容易，医药费有困难吗？”

“组织了募捐。”梁承低声叹道，“我这个月工资就剩两百了。”

乔苑林“啊”了一声，马上掏出手机：“哥哥没钱了啊，我给你转账。”

梁承听出一股“怜香惜玉”的味道，压住他的手，说：“逗你的，公益部会负责，有爱心人士帮助。”

日暮时分，一对黑天鹅披着余晖游过来，岸上放着一篮子生菜，乔苑林热心地喂了它们几片菜叶子。

十分钟后，栏目组回复“没问题”，乔苑林可以直接下班了。

梁承陪他走出医院大门，衣服上的血渍风干变黑了，他自己都嫌脏。

“你今晚值班吗？”他问。

“不值。”梁承说，“但是要留在医院。”

乔苑林理解，说：“要照顾做完手术的小宝宝？”

梁承被乔苑林的用词搞得一愣，治疗的患儿大多瘦小可怜，甚至巴掌大，但他着实叫不出这么亲昵的称呼。

一辆出租车停下，梁承拉开车门，说：“到家好好洗个澡。”

乔苑林停在车门边，回到家怕这点血迹又招来一顿询问，于是改变主意道：“我去你的公寓吧？”

梁承看了乔苑林一眼，拿出公寓钥匙，捏着钥匙尖在对方面前轻轻一晃，回答道：“它以后归你了。”

乔苑林上车离开，开心地哼歌。司机悄悄瞅他一眼，估计没见过沾着血从医院出来，心情居然能这么好的人。

走到半路，手机响了，田宇请求语音通话。

乔苑林接通：“喂，田小宇？”

“苑神！”手机里略吵，田宇大声说，“别来无恙，你想我了吗？”

乔苑林懒得计算时差，问：“你那边几点啊？从来没这个时间联系过。”

田宇热乎道：“我想你了呗。”

“那你回国呀。”乔苑林也挺想念对方的，高中同学散落全球，聚个会都困难，“要不等我去加拿大，找你滑雪。”

田宇吃惊地道：“又是爬山，又是滑雪，你牛了！你毕业后长高没？我给你带了两件特产羽绒服，别买大了。”

乔苑林听得纳闷，里面传来一阵机场广播，说的是中文，他惊喜地道：“你真回国了？”

田宇刚下飞机，说：“算是出差吧，顺便探个亲。”

两个人约好了改天见面。乔苑林太高兴了，时来运转，一夕多栖发展，全面开花。

他到公寓洗了个澡，外卖送过来，恰好赶上《平海八达通》播出。

病房里一阵骚乱，患儿的妈妈体力不支昏倒了，躺在走廊的长椅上输液，护士苦口婆心地劝他们回家休息。

两个人不肯走，梁承大步经过，走进了重症监护室。

孩子躺在病床上，一直在睡，梁承检查了排尿量和血球压积，血液黏稠度和肺血管压力还好，暂时没有低心排综合征的不良症状。

他一出来便被孩子爸爸拦住，此时医生的话就是圣旨，可惜说得太专业对方听不懂，更不能信口保证什么。

“医生和护士会照顾他，家属不能进去。”梁承保持一贯风格，“所以你们在这儿帮不上忙，不如回家睡一觉养足精神。”

患儿妈妈虚弱地说：“我不走……”

梁承说：“只是建议，你们可以不采纳。不过我要提醒你们，孩子的医药费有公益部解决，但不包括这两袋输液费用。”

钱是穷人的痛处，孩子爸爸难堪而无力。

护士小声道：“梁医生……”

梁承按住男人的肩膀，说：“振作一点，把钱省着给孩子买奶粉。”

半夜下雨了，若潭由内到外趋于冷清。梁承从护理站顺了包西梅，味道比话梅酸，他吃了强打着精神写病例报告。

后半夜他又去了趟病房，患儿状况稳定，他吩咐些事项后回办公室拿了备用钥匙，准备回家。

柏油马路上一片湿润，开暖气有点早，车里浸着雨后的寒气。

公寓高楼几乎全黑着，大堂保安在撑着眼皮刷小视频，负责任地说：“梁先生刚下班啊，哎？我接晚班的时候好像见你家里亮着灯。”

梁承道：“我弟弟来了。”

电梯上升，梁承怕吵醒乔苑林的美梦，小心翼翼地打开门，换鞋进卧室，床上平坦得仿佛没躺着人。

他停在床边，试图拿个枕头去沙发上凑合着睡一觉。

乔苑林感觉到一股寒气，醒过来，睡眼惺忪地说:“哥，你刚回来吗？”

“嗯，外面在下雨。”

乔苑林伸手碰了一下梁承染着潮气的衣服，掀开被角，说道“冷不冷？快点暖暖吧。”

梁承说：“我还没洗澡。”

乔苑林无语地“哎呀”一声：“讲究什么，又没人嫌你脏。”

CHAPTER
04

第四章

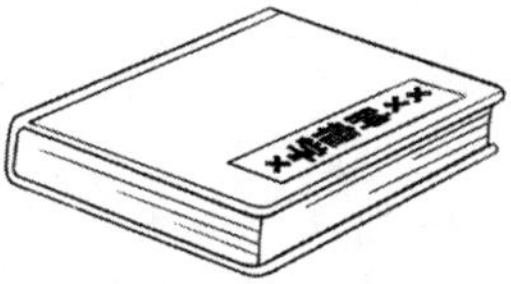

身　世

女人没吭声，拿起来翻开了封皮，扉页上写着一个名字。
这时乔苑林返回，先是庆幸书没丢，
继而觉得这本书可能真的很难买，或者已经绝版，
不然对方怎么会看得愣住。
他出声道：“你好，这本书是我的。”
女人抬眸看他，问：“你叫梁承？”

01

上班迟到了将近两个小时，乔苑林坐在工位上打开电脑，握住鼠标，目光停在缠着铃铛的手腕上。

乔苑林对着显示器发呆。

鲍春山从办公室出来，在讲电话，态度罕见地和善："张老师，您说得对……我没逼他，是这孩子不严格就不上进，我是他妈，我了解他。"

乔苑林瞄了一眼，估计小乐在学校又顽皮了。

"我不是虎妈，就算是又怎么样？虎毒不食子！"鲍春山强忍着，"小乐的确起步晚，但我要求他年级前十怎么啦？您觉得他做不到？"

好家伙！乔苑林心想，小乐那脑子考年级前十？

鲍春山进了茶水间："什么压力不压力的，我又没让他一步到位，我说的是循序渐进！"

乔苑林顿觉醍醐灌顶，产生了一个想法。

周五，梁承的车送去保养了，下班搭地铁回明湖社区，刚好在门口碰见乔苑林下车。两个人每天会聊微信或打电话，不过这几天没有时间见面。

乔苑林忍不住笑意，说："难得你准时下班。"

三尖瓣闭锁的患儿情况好转，梁承心情不错。

乔苑林说："我明天约了同学，田宇你记得吗？"

梁承想了想："你高中同桌？"

两个人一起走回家，天冷了，贺婕晚饭煲了一大锅羊蝎子，在饭桌上问："你们明天休息吗？"

“休息。”乔苑林说，“晚上出去玩，我高中同学回国了，要聚一聚。”

乔文渊有印象：“是田宇吗？他是做什么工作的？”

乔苑林回答：“他在一家挺不错的游戏制作公司，做后期的，这次回来好像是出差。”

乔文渊问：“他爸妈在国内？”

“嗯。”乔苑林道，“还有他奶奶、姑姑、大姨什么的，他这礼拜光走亲戚了。”

梁承说：“别玩得太晚，用不用接你？”

“唔，”乔苑林不利落地回答，“不用接。”

梁承扫了他一眼，没说什么。

吃完饭，乔苑林偷懒跑了。梁承帮忙收拾了餐桌，然后将药片倒在掌心，端上一杯温水走向卧室。

门开着，房间没人，他进屋听见乔苑林在阳台上打电话。

“咱们七八年没见，当然要彻夜玩个痛快。”乔苑林戴着耳机，豪爽地道，“你不用操心，酒店我都订好了。”

梁承停顿在床头，怪不得不用接，这是要玩通宵不打算回家了。

乔苑林又道：“我选的是主题房间，体验比较好。”

梁承眉头一皱，主题房？什么主题？

“对了，只有一张大床。”乔苑林说，“反正也不正经睡觉，实在累了就睡一会儿。”

梁承的眼皮都开始跳了。

通话结束前，乔苑林嘱咐道：“东西你记得带全，先说好，我可没经验，你不能太欺负我。”

梁承：“……”

乔苑林从阳台回屋，见梁承捧着一把药片直挺挺地戳着，他走过去喝了药，故意冲梁承吹了一口气。

“苦吗？”他问。

梁承阴沉着面孔，想盘问清楚，又觉得问出口像是在怀疑对方，半晌，只说："不苦。"

手机待办提示响了，乔苑林"哎呀"一声道："我这个月的工作总结还没写，今晚不交的话'暴躁姐'得弄死我。"

梁承一头雾水地出屋带上门，一时不知道该去哪个房间。

贺婕说："外套团在沙发上会皱的，谁的啊，挂起来。"

梁承走过去，将乔苑林乱扔的大衣提起来，衣领朝下，从兜里掉出一张卡片。

他捡起来一看，悦龙酒店8043，是一张房卡。

夜里大风降温，梁承辗转反侧听了半宿风声。早晨他去上班时，乔苑林还在房间里呼呼大睡，仿佛要为晚上养足精神。

其实乔苑林很冤枉，他凌晨赶完总结，提心吊胆地发给领导，零点零五分收到鲍春山发飙的长语音。

他一觉睡到午后，下午才出门，和田宇约在市中心的百货商场见面。

一下车，乔苑林远远地看见熟悉的身影，挥手喊道："田小宇！"

田宇比高中时高了一截，更结实了，头发烫过，其他没什么变化。他兴奋地喊道："苑神！"

两个人紧紧拥抱，勾肩搭背地进了商场，以前他们就爱一起逛街买球鞋。

他们边走边叙旧，乔苑林当年毕业后没选择留学，全班同学大跌眼镜，时至今日，田宇依然觉得意外。

"为什么啊？"田宇问，"反正梁助教辞职后你就像变了一个人。"

乔苑林说："说来话长，我现在挺好的。"

田宇想起朋友圈的照片，问道："是不是因为梁助教回来了？"

"你怎么一回国就八卦？"乔苑林笑道，"走，我给你接风！"

正值换季，两个人逛了一圈买了些衣服，乔苑林请客吃晚饭。

田宇开着他爸的车，吃完后两个人兜风欣赏平海的夜景。

他们一路聊得口干舌燥，乔苑林说：“去酒店吧。”

心外科的办公室里，不用值班的医生已经走光了，梁承忙完还没走，留在位子上翻来覆去地按手机。

孟主任进来拿保温杯，说：“小梁，还不走啊？大周末的。”

梁承敷衍道：“嗯，就走。”

洗刷得锃亮的奔驰车驶出医院，车速比平时慢，似乎没想好要开往何处。梁承习惯性地撑着头，抵着手指啃咬指腹的茧子。

乔苑林正在做什么？

和田宇见了面，去酒店了？

他们是高中同桌，那时候关系就不错，乔苑林为田宇写活动日志，田宇成天蹭乔苑林的零食。乔苑林曾经为了躲他，还去过田宇家写作业。

田宇虽然没心没肺，但是性格开朗，和他相处起来很开心，而且在乔苑林被他伤了心之后，乘虚而入地送过老山参营养液。

前面一辆车乱晃，梁承烦躁地拍了一下喇叭。

他很少这样对一个人感到烦心，此刻却着实被影响了情绪。呼一口气，他打开了电台试图转移注意力。

凄凉的男声飘荡在车厢，无病呻吟的歌词听得梁承更烦。他不想再瞎琢磨了，一脚踩下油门，给足劲儿地在路口拐上另一条大道。

半小时后，奔驰车停在悦龙酒店门口。

梁承下车后望了一眼酒店大楼，规格比他想象中小一点。从旋转门进入大堂，他忽然有些踟蹰不前。

关心则乱，就算是亲兄弟之间也会有隐私，他这样找来一定会惹乔苑林生气，不知道会酿成怎样的后果。

前台的服务生看见他，问道：“先生晚上好，您有什么需要帮忙的吗？”

梁承回过神，不由自主地说："我要去8043找朋友……他们到了吗？"

服务生查询系统，说："房间已办理入住，是两个人。"

梁承道："嗯。"

"先生，您要过夜吗？"服务生误会他也要入住，解释道，"因为是双人主题房，不可以单独加床的。"

梁承说："什么意思？"

服务生建议道："如果需要，最好是换成三人主题房。"

梁承难以置信，还有三人的？

他没继续废话，电梯要刷卡，他径直走进楼梯间，两级一步上了八楼。走到8043房间门外，他做了个深呼吸。

梁承抬起手时，再一次有些犹豫。这时，房间里传出一个男人的说话声："你先把衣服脱了。"

紧接着是乔苑林的声音："你着什么急，我正脱呢。"

梁承假设自己是乔文渊，血管都绷紧了。他按下门铃，按完一秒钟都等不及，用力地敲门。

很快，门打开，田宇衣冠整齐，一脸惊讶地说："哎？梁助教！"

梁承沉默地推开门，走进房间里，随即愣住。

大床上，乔苑林脱下自己的外套，刚试穿上加拿大特产羽绒服，看见梁承，他整个人都蒙了，话从嘴边漏出来："挺合身的……呃。"

床边是两张拼在一起的电脑桌、一模一样的两台大屏显示器、耳机、键盘、电竞椅，梁承逐一扫过，拿起桌上的介绍卡片，上面写着：双人主题电竞房，和兄弟携手开黑吧！

这都什么玩意儿，梁承问："你们是要……"

乔苑林说："玩一下他参与制作的游戏。"

梁承强装镇定地点点头。

乔苑林却道："那你呢？"

梁承转过身，看向完全没搞清楚状况的田宇，以当年做助教的口吻，马后炮地说：“我来……欢迎你回国。”

02

一向沉稳自持的梁承竟然闹了一场乌龙。

乔苑林看穿后似笑非笑，他裹着羽绒服，从床上一步跨在梁承面前，把人顶得退后，问：“好看不？”

梁承佯装从容，说：“好看。”

乔苑林抱臂环在胸前，又问：“你不想解释一下吗？”

梁承自知理亏，抬手抹掉乔苑林鼻尖的汗珠，说：“这么厚，平海应该穿不着。”

“别转移话题。”乔苑林哼了一声，微微瞪着他，却也不再计较，“那今晚……”

“你们好好玩吧。”梁承说，“不嫌我老土的话，让我当观众。”

田宇正想显摆一下作品，人越多越好。开机后，他介绍了游戏设定、发行量，着重强调了后期制作的地位。

梁承一知半解，他没碰过任何游戏，从小到大活着都艰难，根本不存在娱乐这件事。因此，爱玩的年纪没条件，如今年近而立，就更加不了解这些，否则也不会闹出今天的笑话。

听完，乔苑林佩服地道：“同桌，你好厉害啊。”

梁承心里又冒出一点不平衡，说：“本质不就是打打杀杀？”

田宇道：“梁助教，这游戏里的学问可多着呢！”

他们玩的这个游戏和一般的大型游戏差不多，音效激烈，朋克画风，平常情况下后期处理不明显，田宇一上场先用了一遍特效道具。

乔苑林打游戏也不多，很菜，但他喜欢代入角色的感觉，可以奔跑跳跃，尽情体验现实中做不到的事情。

两个人玩得很投入，梁承靠坐在床头受了冷落，找存在感地道：“田宇，你这趟回国是出差吗？”

田宇道：“嗯。”

梁承问：“要跟国内的游戏公司合作？”

“不是游戏。”田宇熟练地操控着键盘，“嗐，其实我从制作公司跳槽到专门的后期团队了，这次要参与一个纪录片的制作。”

如果是在国内拍摄，那有可能会在国内播出。乔苑林立刻道：“是在电视台播出吧，会上哪个频道？”

田宇否认道：“好像不会在国内播出，已经在美国拍了一部分，还有一部分需要在平海拍摄。”

“跨国纪录片呢，可以放我们国际栏目。”乔苑林比电视台台长还上心，“啥题材啊？”

“那可牛了。”田宇说，“一位生物学家的个人传记，美国刚获奖的那个，听过没？这纪录片就是拍摄获奖前后的研究工作。”

乔苑林差点将鼠标甩飞，大吃一惊地说：“安……安德鲁？”

游戏也就玩了二十分钟，乔苑林的注意力彻底跑偏到了纪录片上。

乔苑林拉着田宇问长问短，可惜田宇目前掌握的信息也不多，他目前只是负责后期工作的团队中的一员，和纪录片的出品方算是雇佣关系。

梁承更没兴趣，不知不觉已经在床上睡着了。

因为这件事，乔苑林暗自兴奋了好几天，虽然这事跟他八竿子打不着。

周一上班，他照常跑采访，下班前递交了一张请假条。

晚上家里只有他和乔文渊，家庭重组后，父子二人第一次单独相处，都不太适应，乔文渊索性进了书房猫着。

乔苑林在客厅里写稿子。打雷了，深秋的雨一场冷过一场。他懒得起身，给乔文渊发微信：阿姨带伞了吗？

书房传来打电话的声音，乔苑林竖耳听着，挂线后又发了一条：阿姨今晚值班？

乔文渊从书房出来，说：“你那么关心的话，可以自己问她。”

乔苑林抵触地丢开手机，对“母亲”这一角色，他早已不敢充满期待地拨出一通电话，生怕惹来厌烦，这大概是亲妈给他留下的病。

乔文渊回房泡澡了，客厅里安静片刻后响起淅沥的雨声。乔苑林写完稿子，枕着抱枕躺在沙发上消磨时间。

十点多，一辆出租车停在楼前，他起身拿了把伞出门迎接。

妇幼保健院有点事情，贺婕不确定几点能忙完，便没让乔文渊接她。下了车，她见乔苑林趿着拖鞋踩过一地雨水走过来，感到有些意外。

雨伞倾斜，乔苑林张了张口。

贺婕挽着他的臂弯，先道：“谢谢儿子。”

乔苑林有一瞬间的恍惚，这句“儿子”模糊了血缘，那么亲近，那么顺其自然，让他都不好意思了，微微撇着头走回家里。

乔文渊进厨房给饭菜加热。贺婕貌似累坏了，衣服也不换，在餐桌旁等，只倒了一杯热茶焐着。

乔苑林看出一份低落，关心地道：“阿姨，你没事吧？”

贺婕收回散乱的神思，倾诉般地回答：“妇幼保健院有个出生刚两天的婴儿，被抛弃了。”

乔苑林明白了对方的情绪，问：“那孩子怎么办？”

“报了警，找不到父母的话，只能送到福利机构。”

乔苑林低声安慰：“也许会有不错的家庭领养，会有一对真正爱孩子的父母。我知道你想到了梁承，虽然经历过不好的事，但那不是你的错。”

贺婕感激地望着他，说：“以前我偶尔会钻牛角尖地想，如果梁承的父母没有抛弃他，他现在会过着怎么样的生活？”

“那现在呢？”

贺婕说：“现在不想了，我会好好爱他，爱你。”

乔苑林毫无防备，又有点不好意思，说：“我挺幸福的……对了，我一直很好奇，梁承为什么姓梁啊？”

贺婕回答：“他生母姓梁。”

出生不久的婴孩被丢弃在医院的长椅上，襁褓中留了一张字条，上面写着“梁承”，而母亲已经不知所终。

乔文渊端着托盘过来，乔苑林与贺婕相视一眼，默契地没有继续谈下去。

第二天，乔苑林请了假没去电视台，一早就前往国金中心附近的星级酒店。

这里是平海市寸土寸金的商业中心，豪车络绎不绝，酒店大堂来往的人都格外光鲜靓丽。

乔苑林在半开放式咖啡馆找了个座位，打开一本肿瘤学相关的书，书名的副标题是一串专有名词，他读了三遍也没懂。

他是来蹲点的，田宇在这家酒店的会议厅参加筹备会议，据说安德鲁今天抵达平海，应该也会出席。

乔苑林想，既然上天让他知道了这件事，那他必须抓住机会试一试，否则一定会感到遗憾。

不过他有自知之明，八达通拿不下这种新闻，也与节目定位不符。但新闻中心有好多个优质栏目，如果真能采访到安德鲁，他可以联系孙老大来做。倘若安德鲁拒绝，那他见了大科学家一面，也足够荣幸。

乔苑林满足地啜饮一口咖啡，刚翻开封皮，微信收到一条消息。

梁承：你拿了我一本书？

乔苑林：嗯，你急用吗？

梁承：不急。别丢了，很难买。

乔苑林：好，明天给你搁回去。

梁承：你能看懂吗？

因为安德鲁的研究方向是肿瘤学，乔苑林投其所好，拿来装样子而已。

他回复：看个热闹，跟看小品差不多。

会议厅在十八楼，田宇中途休息下来一趟，说安德鲁还没来，目前会议是研究室的助理在负责。

乔苑林耐心等候，外面飘起小雨，酒店里的大理石地砖被来往的鞋底踩湿，清洁人员不停地打扫。

咖啡失去温度，墙上显示各国时间的一排钟表嘀嗒走着。经过的男人有老有少，有时髦的，有西装革履的，乔苑林端详过每一个人。

他坐得腰酸背痛，起身踱了一圈活动筋骨。下午了，酒店迎来一拨办理入住的客人。

酒店门厅高级轿车列成一队，服务生熟练地拉车门、拿行李。一阵繁忙过后，一辆出租车缓缓停下。

车上下来一名中年女人和一名老太太，估计是母女俩来平海旅游。

方才地砖上的水痕没来得及擦干，过了旋转门，女人落在后面低头打电话，老太太独自往前走，脚下一打滑有些摇晃。

乔苑林站得不远，及时上前扶住，说："老人家，小心。"

女人挂了电话，追上来，她衣着简单舒适，气质却并不平易近人，甚至是有些严肃地说："谢谢。"

"不客气。"乔苑林忍不住转身看过去。

女人扶着老太太离开，她们没去前台办理入住，而是朝着咖啡馆的方向走去，大概是想找个座位休息一下。

乔苑林双手插兜，忽然发觉少了点什么——他忘了拿那本书！

咖啡馆顾客不多，乔苑林坐过的位置在边角处，更为冷清。刚才的女人经过桌旁，瞥见桌上的书停了下来。

老太太说："别人落下的？"

女人没吭声，拿起来翻开了封皮，扉页上写着一个名字。

这时乔苑林返回，先是庆幸书没丢，继而觉得这本书可能真的很难买，或者已经绝版，不然对方怎么会看得愣住。

他出声道："你好，这本书是我的。"

女人抬眸看他，问："你叫梁承？"

乔苑林还未回答，就有一个外国男人从电梯间的方向跑过来，殷切的模样像是老板助理。跑到跟前，他轻喘着稳了稳呼吸。

女人注视着乔苑林，没有理会。

外国男人不明所以，问道："安德鲁，你还好吗？"

03

乔苑林绝对没想到安德鲁是一位女性。

他担心自己听错了，或有别的误会，谨慎地说："冒昧地问一下，你真的是生物学家安德鲁？"

女人的目光不曾移开，仍盯着他，没有否认。

乔苑林顾不得那么多了，本着宁肯认错也不能放过的心态，他马上自我介绍："你好，我姓乔，是平海电视台的新闻记者……"

话还未讲完，那个外国男人就用不太标准的中文打断道："这里不接受采访，请你离开。"

安德鲁摆一下手，示意男人不必阻挠，然后像是在确认之前的问题，问乔苑林："你不叫梁承？"

乔苑林以为她是怕搞错失主，回答道："梁承是我哥哥，这是他的书。"

外国男人去前台办入住手续，安德鲁又看了一眼扉页上的名字，合上书还给乔苑林。

乔苑林不死心地说："你获奖的事情很受国内关注，尤其是平海，作为本地电视台的记者，我非常希望能为你做一个专访。"

安德鲁面无表情，丝毫不动心的样子。她眼尾尖狭，眼睛轻慢地一眨，带着一种油盐不进、刀枪不入的冷漠。

外国男人办完入住手续后，朝这边走过来。乔苑林最后努力了一把，他没有名片，抽出一张餐巾纸，写下姓名和手机号，推到安德鲁面前。

“这是我私人的联系方式，我不会再来打扰你，也不会透露你的行程安排。”他说，“无论如何，非常荣幸见到你，欢迎你回平海。”

说完，乔苑林拎上包离开酒店。走出大门，到了繁华扰攘的商业街上，四周是巨屏的奢侈品广告和飞驰而过的豪华跑车，乔苑林停下，左手握住右手手腕。

他在学梁承把脉计算心跳。

苍天，虽然他一直在蹲点，但竟以这种方式偶遇了安德鲁！还扶了安德鲁的老妈——一个培养出科学家的老太太！

尽管安德鲁接受采访的可能性基本为零，可他依然激动。从业以来，他第一次接触这种重量级的人物！而且孙老大都见不到，他见到了！

乔苑林差点原地来个庆祝动作，冷雨渐大，拍打在脸上才让他平静了些。

若潭医院，一台冠状动脉旁路移植手术即将完成。

用血流探测仪评估血流情况，然后撤出固定系统。梁承目光沉着，仔细地进行胸壁止血及肋间神经阻滞。

“间断缝合复位胸大肌。”他道，同时摊开手，手掌被放上要使用的工具。

手术完成，无影灯熄灭的瞬间，视野骤然一黑，梁承垂下双眸缓了缓，离开手术室去换衣服。

外面雨下大了，梁承在自助机买了杯热咖啡。回到办公室，他打开电脑继续写一篇没完成的论文。

手机响了，他看一眼便接通：“喂？”

是乔苑林打来的，嗓门儿比平时大，梁承听着朝窗下望，说：“嗯，快下班了……带伞了没？我下去接你。”

“我已经进门诊楼了。”

“那你来办公室吧。”梁承说，“在电梯躲着点急救床。”

挂断电话，冯医生打趣道：“谁打来的呀？叫梁医生这么温柔。”

梁承全无知觉：“有吗？”

“确实有。”王医生说，“而且大半个月没接过投诉了吧。男人突然性情大变，要么被人甩了，要么被人收了。”

小胡医生最年轻，直来直去地问：“梁哥，嫂子是做什么的？”

梁承险些被绕进去，卡顿两秒后说：“行了你们，刚才是我弟弟小乔。”

乔苑林适时出现在门口，他来过好几次了，大家都认得。正好天气冷，他便按人头数买了两提热奶茶。

大家直呼体贴，各自捧一杯暖胃去了。乔苑林给梁承买的热巧克力，自己喝一杯加布丁的芝士牛乳。

梁承说：“旷工了？”

乔苑林笑眯眯地说：“今天请假了，忙完就想过来找你。”

梁承啜着热巧克力瞧他，移开眼片刻，又情不自禁去瞧，只见对方眼角眉梢都挂着高兴。

通话中就听出一股兴奋劲儿，梁承在桌下轻踹他一脚，问：“我的书呢？”

乔苑林从包里拿出来，说：“你这本已然不是普通的书，是被安德鲁翻过的书。”

梁承心想难怪，稀罕道：“真让你逮着安德鲁了？”

乔苑林正等着他问自己，立刻给他描述了在酒店发生的事情经过，结尾感慨道：“虽然有人会选择男名，但我之前真以为安德鲁是男人呢。”

梁承没表现出多大的兴趣，现在可以下班了。

梁承脱下白大褂，穿上黑色的羊绒大衣。从办公室出来，迎面在走廊上遇见公益部的同事，乔苑林先去按电梯，他停下来打招呼。

县城转来的患儿日渐康复，后续住院费也都解决了，因为是梁承负责联系和治疗，所以需要他签名。

同事说：“那对小夫妻也是实诚人，一定要当面感谢捐助者，求了我一百遍。”

原则上捐助人的信息是保密的，也不图别人千恩万谢。梁承道：“要不我帮你拒绝，我不怕扮白脸。”

“没关系。”同事笑道，“我征求过捐助者的意见，对方同意了。”

梁承摘下笔帽，翻开档册，几页之后翻到了捐助者的个人信息页。他停下看了一会儿，直接翻至最后。

签好名，他说：“辛苦了。”

路上，乔苑林跟田宇微信聊天，手机快没电了才作罢。车窗上沾着密密麻麻的雨滴，他费力地分辨驰骋过的街道。

“今晚不回明湖花园吗？”

梁承没反应，搭着方向盘也不太像心无二致的样子。乔苑林扭头看他，伸手戳他的手臂，喊道：“哥？”

梁承一激灵还了魂，应道：“怎么了？”

乔苑林奇怪地问：“你开着车想什么呢？”

梁承说了句“没什么”，让自己踏实下来，说：“去我那儿吧。”

他们时常加班，三更半夜回家打扰父母休息，来公寓住的话就自在多了，也不会有人唠叨。

回到公寓，地下车库弥漫着寒气，大堂值夜的保安穿上了冬季制服，招手道：“梁先生，有您的包裹。”

梁承偶尔拜托保安签收快递，但最近他没在网上购物。他查看了一下单子，地址和门牌号没错，不过收件人姓乔。

乔苑林连忙抱走，说：“我买了点日用品，想要放你这儿，没想到这么快就到了。”

两个人进入电梯，梁承感觉家里不缺什么，能准备的都准备了。他看了一眼快递，纸箱外面缠着黑塑料袋，密不透风，商品信息残缺不全。

乔苑林往后藏了藏，东西不好见人似的。

梁承说："别买'三无'产品，回家先放浴室，我给你消了毒再用。"

"哦。"乔苑林连抿了两下唇，"我自己会消。"

夜间气温很低，中央空调运转着，落地窗上凝结了一片水雾。

梁承先洗澡，水汽将浴室暖热，乔苑林再洗的时候就不冷了。乔苑林洗了好久，洗完裹着夹棉浴袍在洗手台上拆快递。

清洁、消毒、擦拭，免得梁医生挑毛病。

房子里安静无声，梁承在书房里研究论文。"咔嗒"，他敏锐地从镜片后面觑向门口，冲被推开的一道缝隙说："过来。"

乔苑林换了睡衣，披着小毛毯，踩着绒毛拖鞋，走到椅边。

他看向电脑屏幕，不知道上面是什么天书，说："你在忙吗？"

"嗯。"梁承本能地流露出一丝厌烦，"在写一篇论文。"

乔苑林望向他的眉心，不必紧皱便充斥着疏离感，果然气质这种东西是天生的。陡然，他脑中一闪而过安德鲁的表情。

梁承问："要不要陪我一起写？"

乔苑林摇摇头道："不了。"

梁承颇感意外，也不勉强他，独自挑灯工作。背后的夜空劈了几道闪电，银白线条绽放成花，然后消逝在风雨里。

一个多小时过去，敲击键盘的指腹冻得冰凉。梁承终于摘下眼镜，关机起身回房。

04

下过雨的城市洇成了干净的蓝色，早晨，天空中若隐若现地多了道彩虹。

九点多，乔苑林的手机响起来，来电显示"鲍主编"。

可能是鲍春山声音的穿透力太强，乔苑林醒了，在被窝里拱了两下，睁开眼见梁承一脸无奈地立在窗边替他挨骂。

“抱歉。”还有些低声下气，梁承说，“他身体不太舒服，要再请一天假。”

鲍春山有所怀疑，不想批准。

梁承道：“他昨天累坏了，毕竟要见到安德鲁不是一件容易的事，他办到了。”

鲍春山越听越觉得扯，问：“他累得电话都听不了？你是哪位？”

梁承回答：“我是他大哥，姓梁。”

鲍春山想了一会儿，挂了。

梁承心想这人怎么这么大气性，全然不记得自己把人家儿子塞垃圾桶那回事。返回床边，乔苑林嫌冷缩在被子里，脸蛋红得不正常。

梁承垂手摸他的脑门，很烫，立刻拿了体温计测试，三十八度五。

梁承给乔苑林吃了退烧药，再物理降温，真变成照顾病人了。

下午，乔苑林昏昏沉沉又烧起来，喝的粥也吐了。

梁承拿长款羽绒服裹住他，开车带他去医院输液。入冬连续降温，感冒发热的患者络绎不绝，输液室里每天都是爆满状态。

排队扎上针，梁承举着输液袋带乔苑林回心外科，把他安置在休息室的沙发上。

乔苑林一生病就没了聪明气，一副漂亮皮囊变得纯良老实，像禁不起磕碰的花瓶。他现在特别乖驯，因为虚弱。明明昨天还精神抖擞地送奶茶，今天就变成了这个熊样。

小胡医生中途推开门，扔来一个大苹果，说：“患者家属塞的，挺甜，梁哥你给乔记者削了吧。”

冯医生拿来了自己的毛毯和热水袋；孟主任特地嘱咐说，年轻人一定要注意身体；万组长闻讯赶来探望，拎着一盒从食堂买的清炖老母鸡。

小茶几上堆满了东西，梁承评价道：“真招人喜欢。”

“大家是看你的面子。”乔苑林烧退了一些，有力气说好听的，“我好多了，你去忙吧。”

梁承不走，说：“没事，调班了。”

乔苑林从小有大病小病只去三院，没他不认识的医生护士。碰见不熟悉各科室楼层的实习生，他还能反过来当向导。

现在可好，有事没事就来若潭。他乐道：“我不去三院用医保，在这儿偷偷当你的 VIP，这算不算背叛了我的老父亲？”

梁承说：“你要是今天去三院，乔叔知道了怎么办？”继而他又感慨道，“这么看来，我没父母管也挺不错的。”

他指的是亲生父母，以及成长于正常家庭应受的管教。虽然有贺婕，但经历过那些事，对方不会干预他的任何决定，也不具备法律层面的干预立场。

乔苑林曾尝试代入梁承的视角，可惜感同身受没那么简单。他问：“你想过找一找亲生父母吗？”

梁承干脆利落地回答：“不想。”

“你不好奇他们是怎样的人吗？”乔苑林看过类似的新闻，“父母抛弃孩子的原因，这些年怎么过的，是很多孩子一生的心结。”

梁承也曾想过，丢弃他的那一刻，对方心中无奈和解脱哪个更多一点？这些年因为没有他的存在，是如释重负，还是偶尔被愧疚裹挟？

思来想去，他发觉自己并不在乎，不憧憬，也不怨恨。他帮人讨过债，但父母欠他的这一笔债就算了吧。

至于好奇，梁承对着手机屏幕照了一下，开玩笑道：“我妈应该是个美女。”

乔苑林笑着点头赞同：“你爸应该也挺帅的，个子还高。”

梁承漫不经心地弯一下嘴角，不再谈论这个话题。药液快输完了，他撕开乔苑林手背的胶布，拔了针。

体温降到三十七度六，乔苑林没那么难受了，不过还是有点晕，扶着梁承慢吞吞地离开了办公室。

这个时间门诊没多少人了，走廊的座椅全空着，只有一个人影在诊室门口徘徊。

对方身形瘦高，衣着讲究整洁，头发打理过，但两鬓灰白，很难掩盖本身的年纪。他腿脚不太方便，拄着一根细长的绅士拐杖。

他停在一间诊室外，张望片刻后走向下一间，不像就诊，像在寻人。

相隔两三米，梁承停下来，凭经验问道："先生，你找谁？提前预约了哪位医生？"

那人闻声转过身。

乔苑林惊讶地说："段老师？"

段思存怔怔地望着他们，他已年近六十了，比当年苍老了许多，挺拔的姿态也因为拄着拐杖而稍微倾斜。

梁承面色无波，猝不及防却毫不意外。

像是早已预料到一般，他说："你捐款救助的患儿在病房，这儿没有你要找的人。"

05

那天公益部的同事来找梁承签名，他翻到信息页，便知道了段思存是捐款救助患儿的爱心人士。

孩子的父母致电表达了感谢，通话中提到医生，段思存才得知梁承在若潭医院工作。

他向前走，借助拐杖走得速度缓慢。

乔苑林先一步走过来搀扶住他，担忧地道："段老师，你的腿怎么了？"

"前几年发生车祸，就这样了。"段思存回答，"就是走不利索，不妨碍别的事。"

乔苑林问："阴天下雨会不会疼？"

"没事。"距离缩短为一臂远，段思存抬起头，"梁承。"

梁承揣着大衣的口袋，沉默着省略掉寒暄，事不关己的态度惹得乔苑林冲他使眼色。他只当没看到，说："咱们该走了。"

这个时间段出租车在交接班，很难打到。乔苑林估计段思存无法自己开车，说："段老师，有人接你吗？没有的话，我们送你？"

段思存说："好，谢谢你们。"

奔驰车驶入宁缘街的车流，车里没开音响，只有导航的温柔女声。梁承把着方向盘一言不发，段思存坐在后座也没有开口。

气氛比天气更冷，乔苑林兀自关心道："段老师，你离开德心这些年还当老师吗？"

段思存回答："我回大学任教了，算是回归老本行，出车祸后就提前退休了。"

"您还记得德心的学生吗？"乔苑林说，"同学们都出国了，就我没走。"

段思存叹了口气："是啊，物是人非。"

当年严格又狡猾的金牌教师段思存，如今锋芒尽收，言辞间甚至有些颓丧。乔苑林感觉得到，从副驾座上扭过头，说："段老师，我真的成了一名记者。"

段思存冲他笑了笑，神情是以往不曾展露的和蔼。

"虽然大家分开了，但每个人都在好好生活呢。"乔苑林努力调节气氛，"而且我和我哥都在啊，咱们这不就遇见了？"

梁承打断他："要拐弯了，坐好。"

导航结束在一处环境不错的社区，梁承将车驶到楼下，停稳但没熄火，好像只是跑了趟活儿的出租车司机。

段思存主动邀请道："去家里坐坐吧。"

乔苑林已经解开了安全带，他无意做客，只是怕对方腿脚不便想送一下，闻言看向梁承征求意见。

梁承说："不打扰了。"

"没什么打扰的，我就一个人。"

乔苑林有些意外，斟酌地问："段老师，你的家人没在身边吗？"

"我离婚了。"段思存语气坦然，稍停了几秒说，"没有要孩子。"

梁承觑向后视镜，余光里是乔苑林等他答应的单纯表情。他太阳穴轻微鼓胀，抬手掐了一把，将车子熄火。

房子占据一、二层，是小复式，有个足够晒太阳的迷你小院，适合老年人慢节奏的生活。

家政阿姨两天来打扫一次，此时家里没人。段思存打开灯，一条活泼好动的边牧飞奔过来，冲淡了房子里的冷清。

乔苑林从小被禁止饲养任何宠物，难免稀罕，说："段老师，你不像喜欢养狗的。"

"养个活物没那么孤单。"段思存苦恼地说，"这家伙精力无穷，我出车祸就是因为它挣脱了绳子，跑到马路上去了。"

乔苑林蹲在地板上逗狗，问："它叫什么名？"

段思存道："橙子。"

"啊？"乔苑林笑得比边牧还欢，低烧的脸红扑扑的，他故意咬重音向梁承挑衅，"橙子？橙子！"

有人陪玩边牧就疯了，叼着乔苑林的袖口不肯撒开，半拖半拽地拉对方上了二楼。

客厅只剩下梁承和段思存，霎时一片寂静。梁承伫立在进门不远处，没有坐一会儿的想法，似乎随时会转身离开。

段思存挑明去医院的目的，说："去之前在想会不会是同名同姓，想试试运气，没想到不但碰见了你，还见到了苑林。"

梁承道："这么巧？你救助了那个孩子。"

其实并非完全巧合，段思存已经救助这类患儿很多年，为许多贫困家庭的孩子或弃婴解决了医药费的问题。他说："我一个人用钱不多，也想通过这种方式……”

梁承不感兴趣地撇开脸。

段思存没有说下去，当年梁承不告而别，他的心境经历了几番变化。他总是想，梁承有没有继续读书？从事哪种工作？有没有可能实现理想，成为一名医生？

今天一切得以证实，他无须再幻想，也想象不出梁承从当时的处境走到这一步，付出了多少努力。

连语言都显得苍白，段思存问：“这些年过得怎么样？”

“挺好的。”梁承说，平静得不带丝毫情绪，比八年前的态度更加生疏，“我开始了新生活，过去发生的一切我都放下了。”

楼上“咣当”响了一声，梁承终于离开原地，走到楼梯前。

段思存在背后叫他：“梁承。”

梁承停下来。

将近六十岁的面孔，卸下伪装了半辈子的教授风度，只余一把心酸。段思存说：“今天你都没叫我一声。”

“你希望我叫你什么？”

梁承微仰着下巴，满含嘲弄地说：“‘段老师’，你不是听了好几年吗？”

边牧从楼梯上狂奔下来，哈着气。乔苑林跟在后面，张着被舔了一层口水的手指。他追得急，追到最后两级楼梯直接扑了下去。

梁承稳妥地接住他，转眼神色如常地道：“小心点，刚才摔坏东西了？”

“没有，是橙子的弹力球。”乔苑林的视线投向沙发，察觉段思存的表情不对劲，“哥，你跟段老师在聊什么？”

梁承说：“没什么，我们该走了。”

乔苑林想把手洗干净，可是梁承说走便走，他只好跟上，一边回头道别：“段老师，那我们先走了，有机会再来看你。”

段思存因为腿不方便，来不及站立，静坐在沙发上目送。

上了车，乔苑林挤了点消毒洗手液，揉搓着回望一楼的窗户。

梁承毫无留恋地发动引擎，面色冷峻，行事风格如同回到了八年前。

乔苑林想不明白，那年梁承离开后，不单是他备受打击，段思存也异常难过，状态特别差，班上同学都误会段思存家里出了事情。

半路，他忍不住问道："你为什么对段老师那么冷淡？"

梁承不作声，只专心开车。

"段老师真的很器重你，虽然八九年没见情谊淡了，也不能太生疏吧。"乔苑林继续道，"其实你当年对他就有些冷漠，不像学生对老师的态度。"

梁承开了口："别再说他了。"

"我只是觉得，"乔苑林解释，"过去你心里介意那些不好的事，生活没着落，所以难以面对喜爱自己的老师，可现在都过去了。"

梁承说："乔苑林，停。"

"我看得出来段老师见到你很开心，这么多年来，他培养了多少学生，最中意的一直是你。"

梁承音色低沉地说："那是他的事，我没兴趣关心。"

"为什么？咱们走的时候他很难过。"乔苑林有些激动，"他出车祸瘸了一条腿，这把年纪一个人，连陪伴他的家人都没有。"

梁承斩钉截铁地说："那是他的报应。"

乔苑林猛地看向他："……你在说什么？"

关于段思存，梁承一个字都不想再谈，回道："我天生硬心肠，别从我这儿找同情。"

乔苑林露出惊诧错愕的表情，不敢相信梁承会这样说，更无法接受这些话出自一名医生之口。他抿起嘴巴，心态临近崩溃。

两个人谁也没再说话，奔驰车一路急速驰骋，到明湖花园时喷出最后一片车尾气。

乔苑林没等梁承，率先进了门。乔文渊和贺婕都在家里，他昨夜未归，此刻两手空空也不像正常下班的样子。

乔文渊刚要问，乔苑林说："我不太舒服，先回房了。"

贺婕担心地道："看医生了吗？"

"医生在后面，你们问他。"乔苑林头也不回地进了卧室，甩上门。

梁承在院子里逗留了一会儿，点了支烟，用尼古丁抚平奓起一排尖刺的神经，镇定下来的同时有一点后悔。

等烟味散了散，他进去玄关，将乔苑林踢得东一只西一只的球鞋收进柜子。

贺婕迎过来问："苑林怎么生病了？"

"受凉发烧了。"梁承说着往卧室走。这时，乔文渊端着碗热粥从厨房出来，他停下脚步，不好逾越到人家的亲爹前面去。

将大衣和围巾扔在床上，乔苑林站在床尾丢飞镖，正中靶心后一屁股坐在床上，疼得他挺直了脖子。

他"嗞"了一声，绷紧双腿抵御着酸痛。

乔苑林正犯愁，重逢以来梁承没说过重话，甚至没对他语气不好过，致使他快忘记了两个人曾经互相冷暴力的滋味。

或许梁承和他之间有误会，可他不愿意先低头，车上那番话他真的接受不了。

正纠结着，乔文渊端着热粥进来，看了一眼墙上的靶子，说："还有力气玩飞镖，看来病得不严重。"

乔苑林道："就是发烧而已。"

"你本来就抵抗力差，还不注意点。"乔文渊把粥放在桌上，摸他额头，"是有点烫，怎么烧起来的？"

乔苑林躲开，扒拉刘海挡住脑门子，说："我没事。"

乔文渊奇怪地道："你怎么一股心虚劲儿？"

"没啊……我怵你们这些白大褂。"乔苑林挠挠眼角，"爸，我今天遇见高中班主任了。他离婚了，也没孩子，就一个人养着一条狗。"

乔文渊说：“你不用暗示，咱们家不许养狗。”

“你这理解能力怎么当院长啊？”乔苑林无语了，“我是说人家空巢老人孤苦伶仃。”

乔文渊又把他的头发撩向脑后，说道：“所以你得照顾好自己，别让我也那么可怜。”

乔苑林深有感触，但不忘趁机问：“爸，是不是只要我能好好活着，做什么你都会尽量接受？”

乔文渊立刻道：“你已经念新闻专业、当记者了，还想做什么？我怕自己再婚了委屈你，便纵着你，但不等于会溺爱你。你要是去杀人放火，我第一个报警。”

“哎呀，不是！”乔苑林小心翼翼地说，“比如我谈了个你不太满意……不是，令你意外的对象。”

乔文渊试图深究是怎么个“意外”法，外国人？岁数跟他差不多的？

乔文渊想细问并警告两句，可乔苑林虚弱苍白的模样着实惹人怜爱，便暂且唬他道：“对你好就行。”

乔苑林忽觉委屈地说：“要是那个人对我凶呢？”

门敞着，梁承出现在门口。

乔文渊一向不干哄孩子这种事，推卸责任地说：“就算你找了个母老虎，那也是你自己喜欢。别问我，让你哥给你撑腰。”

乔文渊说完就走了。梁承进来关上门，走到乔苑林跟前坐下。

乔苑林看着这人主动示好的低姿态，郁闷的情绪消了一半，但硬撑着不主动开口。

倏地，梁承低下头，露出罕见的驯服。

乔苑林有些不知所措。

“我早就知道，”梁承告诉他，“段思存是我父亲。”

CHAPTER

05

第五章

迟来的答案

梁承停下，注视着面前的女人，这张面孔沧桑却不难分辨，

又或许是某种特殊的磁场足以令他确认。

这场雪，是老天爷要给他一个迟来的答案吗？

01

乔苑林久久不能从错愕中缓过神，梁承的脸上没有玩笑的痕迹，也没人会开这种玩笑。

他把梁承拉起来，按在身边。梁承平视着空气，周身萦绕着丧失知觉般的落寞。

本以为一辈子不会说出口的，可段思存突然出现了。梁承不得不承认，自己的内心有些混乱。

梁承第一次见到段思存是在初二那年，在七中的初中部。

为了尽量晚一些回家，他放学后会留在教室里学习，直到值班巡逻的校警撵人。有一晚，他听见脚步声，出现的却是一位陌生的老师。

段思存站在教室门口与他对视，有十几秒那么久。他不爱理人，觉得奇怪才主动地问："有事吗？"

段思存不自然地推了推眼镜，说："我是新调来的老师，教高中生物。"

梁承道："这是初中部的校区。"

"那我找错地方了。"段思存却没立刻离开，"都放学了，你怎么还不回家？"

梁承垂眸看卷子，随口道："有道题不会，解完就走。"

段思存走到他桌旁，卷子上是一道物理大题，说："我帮你看看。"

梁承不太尊师重道地撑着头，手里来回转笔，在段思存说完两句后便写下解题步骤。一抬眼，他见惯了老师的赞赏表情，可段思存的目光令他不自在，他收好书包连"老师再见"也没说就走了。

初中部和高中部只隔着两栋职工公寓楼，从那之后，梁承经常在学校里偶遇段思存。他从不打招呼，而段思存每一次都会对他笑。

再后来，他以全市名列前茅的中考成绩直升高中部。高一入学前的迎新会上，他得知段思存是特聘的大学教授。就在当天，段思存申请了做物理竞赛实验班的班主任。

高中三年，全班都看得出来段思存对梁承的赏识，梁承也足够优秀，所以大家除了羡慕不觉得有什么。

梁承却觉得不适应，哪怕是贺婕，也有自顾不暇的时候，但段思存对他的好有过之而无不及。从学习到生活，对方的关心逐渐超过老师对学生的责任范畴。

他还记得段思存第一次发现他身体有伤，那反应足以令他从疑惑变成怀疑。

梁承了解自己的身世，从懂事起，养父就告诉他，他是被丢弃在医院的一件小破烂儿。他也曾幻想会有亲生父母将他带回去。

一直到高三上学期的元旦，大礼堂举办联欢会。梁承中途回教室躲清净，在书桌桌斗里发现一份礼物，是一对运动护腕，段思存留言叮嘱他劳逸结合。

他擅自闯入办公室，段思存的桌上堆满了学生送的贺卡。他怕别人看到，拉开抽屉要将护腕丢进去。

可他的动作停顿在半空，他看着抽屉里的一张相片——是段思存和一个年轻女孩的合影，段思存看上去大概三十岁。

梁承的直觉和疑虑驱使着他，他拿起相片翻到背后，一行娟秀的字写着“赠思存为念”，署名“梁小安”。

段思存不知何时回来了，紧张地立在门口。

梁承忘记了当时的语气，说：“我是父母领养的。”

段思存近乎承认地说：“我知道。”

梁承等待他说下一句，而段思存选择了缄默。顾虑、胆怯，总之权衡之下，他什么都没有说。

梁承关上抽屉，震荡出“嘭”的一声。

他没有追根究底、崩溃或大闹一场。

这是他唯一一次发出求救信号，却再一次被抛弃。

梁承当作一切未曾发生过，后来的细枝末节记不清了，再后来他杀了人，自首入狱。

段思存来探视他，他只见了一次，希望对方送他一些书打发时间，那些书就是八年前乔苑林偷拍过的课程资料。

那碗热粥已经冷了，乔苑林听完这一切后长久地静默。他报道过大大小小的新闻，此刻却难谈一句感受。

他起身半跪在床上，将手搭在梁承的肩膀上。

梁承一侧脸，说："我不想见他，八年前就不想。"

段思存当时有家室，照片上的女孩儿并非他的妻子。他忍不住以老师的身份接近，但根本没勇气相认。

乔苑林全懂了，懂了梁承的态度，懂了那条聊以慰藉的边牧为什么叫橙子，以及车上的那句"报应"。

梁承当年那么抵触当助教，也是因为……可终究是答应了，就为了他。在他日日高兴的时候，梁承忍受着什么？

乔苑林鼻头泛酸，心疼得整片胸腔一阵抽痛。

"对不起。"他内疚道，"对不起……"

梁承却道："不要跟我生气了。"

乔苑林胡乱地点头，无比后悔地说："如果时间能倒回八年前，我一定不逼你，我太坏了。"

梁承轻皱眉头，出狱后他过得很颓唐，当助教那段日子让他确定他想继续念书。他安慰道："这不怪你，而且每次借助教的身份欺负你，我都很开心。"

乔苑林说："你可以永远欺负我，但任何人都不可以再欺负你。"

所有憾事和秘密掩藏得太久了，梁承没想到有一天自己会说出口。

他庆幸乔苑林的存在，慰藉和陪伴，他才是更需要的那个。

吃过晚饭，怕长辈瞧出状态不佳，梁承早早回了房间休息。

乔文渊和贺婕在客厅看电视。夜深了，贺婕回屋洗澡，乔文渊想起忘记浇花，披上外套去了露台。

乔苑林跟过去，在寒风中打了个哆嗦。

“你又想着凉？”乔文渊道，“赶紧进屋，凑什么热闹。”

乔苑林开门见山地说：“爸，你能不能对梁承好一点？”

乔文渊一怔，他向来算不上慈爱类型的父亲，更和亲儿子闹掰过，自省道：“怎么，我有地方做得不妥？”

“是不够。”乔苑林不清楚他爸了解多少，“反正，贺阿姨疼我，所以你要疼我哥，以后多关心他。”

乔文渊问：“出什么事了？梁承在医院不顺心？”

乔苑林自己都没消化那些事，逻辑跟不上，便直接道：“我一直没告诉你，梁承就是当年在街上救我的高中生。”

乔文渊愣道：“你怎么不早说？”

他搁下水壶就走，想到梁承估计睡了又停下，回瞪乔苑林一眼，憋得慌地道：“你……马上二十五了，怎么还不会办事！”

乔苑林关掉一路的灯，走廊暗下来，他拧开门钻进了客房。

这间房面积小一点，飘着熟悉的皂角香气，关上门，床上的轮廓动了一下。

梁承浅眠梦醒，按亮台灯欠身。

“哥，我好像又烧起来了。”

梁承要去拿体温计，乔苑林先一步走过来，让梁承摸一下他的额头。

梁承说：“是有点烫。”

乔苑林却给他盖好被子，一副乖巧模样。

梁承真正感知到的讨好和在乎都来自乔苑林，他过去能一脸不耐烦地掩饰，如今可做不到了。

他想找回些面子，便算起账来："今天逗狗开心吗？"

毕竟是段思存的狗，乔苑林违心地回答："就那样。"

梁承说："我看你挺乐的。"

乔苑林道："我装的，边牧太笨了。"

"胡说，"梁承笑，"那是智商最高的狗。"

乔苑林犹豫一下，咧开嘴，说："那可不一定，你没逗过更聪明的吧？"

梁承眼神变化，叫道："林林？"

乔苑林："嗷——"

梁承摊开掌心："握手。"

乔苑林抬起手晃了晃铃铛，放上去。

梁承说："拜年。"

乔苑林勾着手掌举在半空，快速挠了几下。

梁承被他笑死，又命令："撒娇。"

乔苑林琢磨了两秒，肚皮朝上一顿扭动。

梁承说："不要这种。"

"嗷，事儿真多。"乔苑林骂了句人话。

微信响了一声。

职业使然，梁承必须及时查看消息，拿起了床头的手机。

乔苑林问："这么晚了，医院有事吗？"

梁承说："是你爸。"

"啊？"乔苑林探头看，屏幕上是一大段文字。

乔文渊发来：梁承，不知道你睡了没有，希望不会扰你清梦。叔叔不是一个善于表达的人，有些关心的话不会说，也不了解你们年轻人的烦恼，但有任何困难，工作上、生活上、情感上、经济上，我能帮一定会帮。你是苑林的救命恩人，现在也是我的孩子。我自认不算一个合格的父亲，愿意慢慢进修，爱护你们兄弟俩，让咱们这个家幸福美满。

梁承一时失语，反复阅读这段话。因为乔苑林的关系，他尊敬乔文渊，内心却没往继父子的层面倾斜过。

半晌，他问："我该怎么回复？"

乔苑林献出自己爱用的回复："好的，收到。"

梁承："……"

这一夜睡得无比踏实，梁承第二天醒来时精神很足，一开门，乔文渊穿着套运动装从对面主卧出来。

乔苑林还没起，他不露声色地关上门，说："乔叔，早。"

乔文渊想起昨天发的微信有点尴尬，咳嗽一声道："怎么不多睡一会儿？刚六点半。"

"不困了。"梁承昨晚没回复，也有些无措，"要去晨练吗？"

乔文渊说："在社区跑一圈，顺便买早点。你不爱喝豆腐脑吧，我看你每次都喝豆浆。"

梁承有些拘束道："要不我去买吧。"

乔文渊搓了一下手掌，搭上梁承的肩，说："咱爷俩一起吧，其实我挺羡慕家长带孩子踢球啊、运动啊，可惜苑林身体不好，我不敢冒险。"

梁承父爱缺位的成长中更未体验过这些，如今年近三十，竟有这样一次机会。他想试一试，揣着某种期待的情绪跟乔文渊走出家门。

他下台阶时问："乔叔，苑林会不会吃醋？"

乔文渊没透露乔苑林的嘱托，像煞有介事地回答："没准儿，他心眼小。"

"那……"

乔文渊道："那咱们多给他买一个糖饼。"

天边早霞橘红，梁承轻笑，大步跑进了阳光里。

02

请假休息的两天没开闹钟，乔苑林起晚了。他下床打开门，贺婕正在敲他的卧室房门，叫道："苑林，该起了。"

乔苑林赶忙收拾妥当出来。他以为梁承上班去了，结果对方和乔文渊在谈笑风生地吃早餐。

那爷俩同时看向他，不知达成了什么邪门的默契，异口同声道："给你买了糖饼。"

路上，乔苑林捧着两个糖饼，坐在副驾座上啃。

梁承频繁地瞧他，一会儿递张纸巾，一会儿给张湿巾，生怕对方把大奔蹭上油点子。

送到电视台门口，乔苑林吃撑了，下车时恋恋不舍地问："你今天晚上值班吗？"

"不用。"梁承说，"不出意外来接你。"

乔苑林问："那今晚我们去看电影吧？"

"好。"梁承对文娱行业一窍不通，不了解好坏，"我订餐厅，你买电影票。"

乔苑林走进新闻中心的大楼，等电梯的人很多，有一台电梯前的人相对少一点，可能因为孙卓立在门口。

他也不喜欢跟领导搭讪，不过孙卓是个例外。他走过去说："老大，早。"

孙卓从梯门中冲他点一下头。

乔苑林陡然想起安德鲁，张张嘴想要提一句，转瞬又闭上了。人群里不方便，重点是他留的联系方式估计早就进了垃圾桶，就算表明自己和对方见过面也没多大意义。

十二楼热闹得像菜市场，新增的赞助商是一个蚕丝被品牌，送来十几套被子给栏目组同事，大家正在瓜分试用。

乔苑林打了声招呼，回工位处理这两天积攒的工作。

梳理进度后，他翻阅采访备案，发现同一个人给栏目组打了五六次求助电话。

这种来电不在少数，因为以前懒得挖掘新闻，芝麻大的事情也拍，所以家长里短都找上了他们。

八达通一步步落魄，乔苑林来之后，即使不算扭转乾坤，也称得上力挽狂澜了。如今栏目的定位转型，会筛选更有价值的新闻。

乔苑林查看详细记录，了解来龙去脉后决定跑一趟，问道："被子分完了吗？"

编辑说："好看的分完了，剩一套深灰色的。"

乔苑林并不关心，收拾背包，说："分完来一组人。"

大家即刻准备，干杂活儿的助理先去备车，十分钟后，八达通的面包车蹿出了电视台。

影像店位于市区西北部，店面不大，经营了二十年之久。附近是大学城，三天前的夜里来了几个大学生，有两个吸烟，把抽完的烟头随手扔在了店里。

应该是无意，总之，没完全熄灭的烟头接触到底层货架的包装纸，烧了起来，火势迅速蔓延。不幸的是老板的腿有残疾，救火时摔倒，造成一条手臂骨折。

乔苑林以为老板是拜托媒体寻找那几个小年轻，到店里了解才知道，警方查找监控，当夜就抓到了人，也已完成赔偿。

原来老板曾是一名军人，退伍后救人致残，他也是一名资深影迷，喜欢收藏影碟，所以开了这家店。

平时，老板活跃于本地的残疾人网络群组，每周组织一次线下活动，为大家放映电影。现在受了伤不方便，他希望栏目组能帮忙。

乔苑林很感动，一口答应下来。

在影像店完成采访，他们跟着老板学习放映电影的操作流程。乔苑林记了一大张纸，预计观影人数时猛然想起今晚的约定。

估计梁承在忙，他发了条微信过去：晚上我去不了电影院了。

十几分钟后，梁承回复：要加班?

乔苑林：有个新闻。

梁承体贴地回道：没事，改天一样的。

乔苑林：不过可以去别的地方看。

梁承没读懂这句话，要开会了，于是收起手机没有多问。

每季度要开一次大例会，主要是听领导讲话。学术报告厅里大家按科室就座，一大片白大褂正在忙里偷闲地聊天。

梁承揣着本口袋漫画，从患者那儿临时没收的，他跷着二郎腿搁在膝头翻开。

小胡医生靠过来，主动透露道："肿瘤科传出消息，那个获奖的安德鲁，原来是一位女科学家。"

梁承早就听乔苑林说过了，回道："哦。"

"究竟啥事才能撼动你啊，我的梁哥？"小胡继续爆料，"咱医院肿瘤科的'一把刀'杨主任，不是美国回来的海归嘛，反正他拐两道弯儿的同学之前和安德鲁在一个研究室。"

梁承道："嗯。"

小胡还不死心地说："据说安德鲁念书的时候是因为性别歧视，索性起了个男性的名字。人们以为种种成绩出自一个男人，结果是女人，对方惊讶的反应会取悦她。"

虽然素未谋面，但梁承能想象出那种傲气，也能理解这种类似恶作剧的回击方式。

“唉。”小胡感叹道，“貌似安德鲁不婚不育，看来牛人都不理俗事，我就不行。”

梁承理解的俗事包括谈恋爱，终于附和了一句：“我也不行。”

毕竟“名草有主”的字条传遍若潭，每次打趣他时也不否认。小胡医生瞪着他，说：“难道和嫂子好事将近？”

梁承的注意力在漫画上，乐了。

“难道嫂子已经……”小胡医生问，“梁哥，你不会奉子成婚吧？”

梁承道：“念德心的学费你给掏？”

会议及时开始，再聊下去该研究要不要二胎了。

大例会沉闷而漫长，梁承贴着椅背纹丝不动，偶尔握拳抵在鼻尖下打一声哈欠。会议结束时快下班了，反正电影取消了不着急，他等同事差不多都走了才起身。

天空如墨，黑色的越野覆盖着霓虹灯映下的彩光，梁承放慢车速，犹豫是回明湖家园还是回自己的公寓。

往常的话，乔苑林不在他去哪儿都是一样的，现在却想，陪乔文渊和贺婕一起吃晚饭也不错。

还未作好决定，乔苑林就发来一个地址定位。

梁承在导航打开，定位显示是城北的一个广场。他问也没问，直接掉了头，向北加速疾驰。

途中等红灯时，梁承给乔苑林打了一通电话，没人接听。他不明所以地驱车将近一个小时，终于抵达目的地附近。

广场有些年头，性质就像晚屏巷子那一片民居，平时周围来往的车辆不多，今晚却有点堵。

梁承减慢车速，不清楚前方是否发生了交通事故，缓缓行驶了一段，看见不少堵着的车拐进了广场入口。

他打着方向盘跟上，广场占地面积挺大，四周是松林，林间掩映着一座建造了几百年的小宝塔。

广场的中心区域聚满了人，最前方拉着巨大的纯白幕布，不断有汽车开过来停在这里。

梁承找了处空位熄火，从车上下来。

前方人群中，乔苑林一排排地寻找过来。因为是户外工作，他在羽绒服里套着单位发的冲锋衣，整个人圆鼓鼓的，透着喜庆。

“哥！”他望见倚着车门的高大身影，迫不及待地喊。

梁承问：“乔大记者，这是什么情况？”

乔苑林笑道：“看电影啊。”

残疾人日常生活出门不便，要克服的困难是健全的人无法体会的。他们大都很渴望接触外界，因此每次放映电影都在户外，以此给大家一个出门的契机。

影像店老板的伤需要养一阵子，栏目组不能一直代劳，于是八达通在节目里欢迎市民一起来看电影。这样既让残疾人不拘于自娱自乐，同时能募集志愿者接替之后的放映工作。

今晚除了老板联络的残疾人朋友，许多市民也赶过来参加，广场逐渐变成了露天的汽车影院。

乔苑林在外面忙了一下午，冻得脸颊通红，说：“我们也一起看好不好？”

梁承帮他暖了暖，回答：“好，听你的。”

天冷，乔苑林去拿作为员工福利的蚕丝被。梁承举目四顾，他电影院都没去过，觉得这种方式有些新奇。

沉稳地戳了会儿，梁承学着旁边的人打开汽车后备厢，放两个靠枕，但目睹人家坐上去时蹙起了眉头。

脏不脏啊？消毒了吗？

然后乔苑林回来拽着他也坐了上去。

车身微微晃动，梁承垂着一双大长腿，帅中透着拘谨。乔苑林穿得太厚，笨拙地把蚕丝被盖在身上。

有些热心市民带了热水和零食，经过时瞅着他俩太寒酸，啪地丢来一包爆米花。

电影开始，放映的是希区柯克的《后窗》。男主角是一名记者，受伤后待在公寓无聊，偷窥对面楼上的住户时发现了一起谋杀案。

乔苑林早就看过这部电影，并深受启发，不然十六岁那年也干不出跨海跟踪的壮举来。

幕布前的最佳观影点坐满了残疾人士，乔苑林今天收到数不清的感谢，他感到满足，也有些疲惫。

身在寒冬，他却想起那个遥远的夏天，轻声问："你记不记得兰明教堂？"

梁承当然记得，他们帮助聋哑人举办集体婚礼，在教堂背后的梧桐树下和彩窗外，只有他们听到那一天的誓言。

03

电影进入尾声，乔苑林也要去准备收尾工作，率先从后备厢下来。

梁承的长裤因坐姿滑上去一段，垂着的脚踝冻得失去了知觉，立刻落地恐怕得跪下。他保持姿势，说："去吧，我等你。"

乔苑林打量着他，忽然快速搓热双手，弯下腰，一只手握住他的脚踝。

梁承意想不到，去推乔苑林的肩，说："不用。"

"我觉得用。"乔苑林一脸执拗，反复搓热三次焐上去，"你不是物理意义上的超人，冷了累了，不需要忍着。"

梁承微怔，暖意透过袜子传到皮肤，知觉慢慢复苏。

电影结束放映，乔苑林戴上工作证去广场前面了。梁承将后备厢收拾好，靠枕旁边有一部手机，估计是从乔苑林兜里滑落的。

他刚捡起来，手机响了，显示是一串本地的座机号码。

人群正朝广场外移动，梁承逆流，望不到乔苑林，先滑开接通了：“喂？”

里面是一道成熟的女声，说：“是乔苑林吗？”

“是，但他走开了一会儿。”梁承回答，“我是他大哥。”

手机里听不见声音了，梁承上车，关闭车门，隔绝外界的嘈杂，然而耳边依旧没动静。

他想拿开看看对方是不是已经挂了，陡然，对方问：“你是梁承？”

梁承颇觉意外，以为对方是乔苑林的哪个长辈亲戚，“嗯”一声，说：“您是？”

又是一段沉默，对方回道：“我是安德鲁。”

栏目组圆满完成今天的工作，乔苑林和残疾人士告了别，抱着一大摞志愿者报名表光荣下班。

他一上车，梁承递来手机，他随手放在扶手箱上，系好安全带便埋头整理表格。

梁承说：“有人打给你，我接了。”

乔苑林怕极了是单位让加班，问：“大晚上的，谁啊？”

梁承道：“安德鲁。”

乔苑林“唰”地看过去，赶紧拿起手机翻通话记录，最近来电貌似是酒店的座机。

他不敢抱有期待，说：“是打错了吗？还是？”

梁承发动车子，回答：“她约你见面。”

一百多张报名表散了一地，乔苑林蒙了半分钟，哆哆嗦嗦地伸出手腕道：“哥……把脉。”

梁承握上，心脏的确跳得挺猛，一路回到公寓也没减弱分毫。更让人无语的是，乔苑林之前管大堂保安叫大伯，今天一激动竟然喊人家大哥。

到了家，一晚上寒气侵身，梁承进浴室一边给浴缸蓄水，一边看天气预报。

近日有雨夹雪，平海每年冬天都会下一两场小雪，不痛不痒，来不及银装素裹就化成了冰花。

乔苑林推门进来，问："你说我见安德鲁要不要穿正装？"

梁承说："我哪儿知道。"

乔苑林又问："你见你们医院大股东的时候穿啥？"

"白大褂。"

乔苑林心说，问你也是白问。他走到洗手池前照镜子，头发有点长了，他转身问梁承："我把印儿分到这边怎么样？"

梁承刚拧开泡泡浴液的盖子，哗啦洒了小半瓶，浴缸产生大量泡沫，就要溢出来。他说："缓缓再兴奋，先洗澡。"

三天后，上午十点钟，乔苑林再次来到那家星级酒店。上一次见过的外国男人——也就是安德鲁的助理——在酒店大厅里等他。

进电梯前，孙卓发消息问他到了没有。

乔苑林已经将这件事反馈给新闻中心，一是怕自己擅作主张惹麻烦，二是怕应付不来这种分量的采访。

他不敢越级报告，一开始鲍春山不相信，后来直接替他告诉了孙卓。

因为不确定安德鲁的想法，叫他来也许只是谈谈，所以他一个人过来，免得冒犯了对方。

到房门外，乔苑林做了个深呼吸。他今天没穿正装，只在毛衣里加了件衬衫，还是因为贺婕说今天降温，让他小心伤风。

助理刷卡打开门，请他进去。房间是普通的家庭房，刚打扫过，那天他扶过的老太太待在客厅里。

安德鲁从里间出来，戴了一副眼镜，气质中的端庄暂且压过了冷淡。

乔苑林礼貌地问候，在单人沙发上坐下来，尽量以寻常的口吻道："我没想到你真的会联系我。"

安德鲁和母亲坐在一起，神色瞧不出在想什么，说："那晚接电话的人，就是你哥哥？"

乔苑林点点头："是，我当时在忙。"

安德鲁说："你们的姓不一样。"

"嗯。"乔苑林没有多言。

而安德鲁好像很感兴趣，问："你们是亲兄弟吗？"

"不是。"乔苑林不太愿意聊自己的私事，将话题往对方身上引，"您许久没回故乡，这些天在平海逛了逛吗？"

不料安德鲁说："没什么可逛的。"

乔苑林有些纳闷，他记得国外新闻说安德鲁怀念家乡才回国，而且不是还要在平海拍一部分纪录片吗？

他只得笑笑说："可能离开太久了吧。"

安德鲁似乎在回忆，说："快三十年了。"

乔苑林知道她今年四十九岁，所以离开时大约二十岁，在读大学？他试图了解一点对方的求学经历，问："你对这里的生活还有印象吗？"

老太太一直耷拉着松弛的眼皮，闻言灰白的睫毛颤动了一下，把手轻放在安德鲁的膝头。

乔苑林担心说错话，改口道："不记得也有可能，听说你全身心专注于所从事的研究工作，不会在意生活中的琐事。"

安德鲁思索了几分钟，矢口否认道："不，我记得很清楚。"

乔苑林抿一下唇，他没拿任何工具作记录，提前预设的交谈方向也没能成功切入，到目前为止的谈话简直琐碎无章。

他迅速扭转思路，既然安德鲁的母亲也在，那就先聊一聊在平海的旧事。

"当年……"

安德鲁加快语速打断他，突兀地问："你哥哥今年多大了？"

乔苑林一愣，回道："他马上二十九。"

“马上？”安德鲁说，“几月份生日？”

乔苑林内心疑惑，不明白怎么问起了梁承。他干脆直接说：“请问你约我来，是有接受采访的意愿吗？”

安德鲁摇头。

“我们可以详细谈一谈。”乔苑林道，“我只是个记者，有许多不足。但新闻中心非常重视，可以派更高级别的领导来和你接触。”

安德鲁说：“我没兴趣。”

乔苑林一下子想到梁承，对方也习惯这般淡淡地表示拒绝。他搞不懂哪里出了纰漏，暂时不再吭声。

外面下雪了，安德鲁起身踱到落地窗边，碎小的雪花打在玻璃上变成了水珠。

房间陷入不太正常的沉默，乔苑林十指交握，惴惴不安地看向作陪的老太太。对方察觉到他的求助，开了口：“她不爱交际，讲话直白了些，其实贸然给你打电话也有些莽撞。”

乔苑林越发听不明白。

这时安德鲁冷不丁地插话道：“梁承是不是出生在第五医院？”

乔苑林回头：“什么？”

安德鲁俯瞰楼下的街，问：“二月生日，对吗？”

乔苑林从沙发上站起来，大脑在混乱中牵出一条主线——那天捡到书，安德鲁问了他两次是不是叫梁承；今天的话题一开始就涉及梁承，为什么要对未曾谋面的陌生人如此关心？而梁承的个人隐私，她又怎么会知道？

也许安德鲁根本不是求证……是在暗示。

安德鲁最后问：“负责的医生是不是姓贺？”

老太太阻止道：“小安！”

乔苑林惊愕难当，被一声“小安”击碎了全部猜疑。段思存和年轻女孩子的合影背后署名“梁小安”，贺婕说过，梁承是他的生母留下的名字。

他看一眼老太太，又看看所谓的安德鲁，不知该作何反应，拿起包几乎是落荒而逃。

“叮”，电梯降至一楼打开门，乔苑林匆忙地向外冲。

手机响了好几声他才察觉，是梁承打来的，他站定让语气尽可能平稳。

“喂，哥。”

“下雪了，我去接你。”

“你不上班吗？”

“忙晕了？今天周日。”

乔苑林大脑一片空白，说：“不用……不用接我。”

“马上到了，门口等你。”

挂了电话，梁承在路口转弯。他本来载贺婕去超市采购，雪越下越大不好走，他便顺路接乔苑林一趟。

贺婕坐在后面，说：“这几天开车小心点，路滑。”

“嗯。”梁承道，“我还挺喜欢下雪的。”

贺婕笑了笑说：“你出生时就是个雪天，我一出门摔了一跤，差点没去上班。”

“幸亏你上了。”梁承说，“不过平海很少二月份还下雪。”

贺婕温柔地看着他：“那是那年冬天的最后一场雪，老天爷在欢迎你。”

梁承也笑了一声。

乔苑林立在酒店门口，空中飘着雪，奔驰车的轮胎轧过地面一层薄薄的白绒，停在门厅下。车窗降落，他没料到贺婕也在。

一片巴掌大的树叶吹落在挡风玻璃上，梁承下车清理掉，绕过车头走向酒店门口的垃圾桶。

旋转门那里，安德鲁追了出来，镜片上蒙上雾气，她摘下眼镜，正对上梁承无意扫来的目光。

乔苑林心跳漏了一拍，慌张地看着他们。

梁承停下，注视着面前的女人，这张面孔沧桑却不难分辨，又或许是某种特殊的磁场足以令他确认。

这场雪，是老天爷要给他一个迟来的答案吗？

安德鲁向他迈近一步。

梁承出乎意料地平静，甚至倨傲，捏着树叶说："借过，你挡了垃圾桶。"

04

梁小安没机会开口说一个字。

梁承丢完垃圾大步返回车上，她透过挡风玻璃看驾驶位，看乔苑林登上副驾座，然后看到了坐在后面的贺婕。

两个女人都已不再年轻，此时一同苍白着脸。贺婕也望着她，目光更加震惊。

奔驰车缓缓驶离酒店，梁小安在倒车镜中缩小成一个模糊的斑点。

路面上的雪化成泥，电台在即时播报哪个路段发生了交通事故，提醒司机绕行。车上的三个人仿佛听得心无旁骛，但全程没有人说话。

明湖花园的大门外卸了一棵松树，物业管理员正在核对几箱装饰品的数量。梁承减速经过，自言自语道："快过圣诞节了。"

乔苑林死机的大脑一动，努力搭腔："在英国的时候都怎么过？"

"自己待着，或者加班，没什么特别。"梁承回答，"今年我们可以一起过。"

乔苑林说："好。"

家里没人，乔文渊一早去医院开会了。梁承从后备厢拎出采购的三大袋东西，乔苑林抱起新鲜的两捧花。

贺婕殿后关门，她习惯脱下外套后立刻收进衣柜，也经常念叨他们乱扔衣服,今天却随意地搭在椅背上,拿起装着食物的购物袋进厨房归置。

乔苑林解开花束，一枝一枝修剪多余的叶子。他惴惴不安地想，今天的事该怎么说？就算说了又该怎么办？

梁承立在餐桌另一侧,早已在乔苑林的状态中捕获端倪,低声问:“她就是安德鲁？”

乔苑林只得承认道：“是。”

梁承挑了一下眉,不经意撞见梁小安时很平静,但梁小安就是安德鲁，对方所获的成就倒是令他有些惊讶。

他猜测过种种，体面的、潦倒的，总之没大胆到把亲生母亲设想成名噪一时的科学家。他蓦地笑了，不得不叹服造化弄人。

“嘭”！玻璃碎裂的声响。

梁承和乔苑林冲进厨房，一瓶新买的蜂蜜摔碎了，地板上一大摊浓稠甜腻的液体，玻璃碴溅得到处都是。

贺婕单手撑着料理台,另一只手维持原状举在半空,长发垂下丝缕，眼中闪过的不安叫梁承回忆起他们最痛苦的岁月。

他走过去握住那只手，说：“妈？”

贺婕紧紧地抓住他，毫无准备地再次见到梁小安，犹如当头一棒，提醒自己梁承与她没有血缘关系。

她感到害怕，在法律上她连养母也不是了，没有资格阻止任何事。对梁小安的身份，她如果选择隐瞒会不会很卑鄙？

倏地，梁承说：“我都知道。”

贺婕呆住：“什么？”

“我知道她。”梁承说，“还有我的亲生父亲，我早就知道。”

蜂蜜黏糊糊的很难清理，梁承蹲在地板上擦拭了许久，双手都染上了甜味。他冲洗了五六遍，手背搓得泛红。

雪下大了，梁承走到客厅的窗前，望着渐白的院子。乔苑林扶贺婕回卧室休息，出来将一瓶花摆在窗台上，立在他身边。

"我没事。"梁承如实道，"虽然我也没想到自己会这么平静。"

乔苑林问："你想怎么做？"

梁承说："还没打算。"

乔苑林无比后悔去找安德鲁，如果那一天他不去，也许他们永远不会产生交集，梁承的新生活就不会被打扰。

"对不起。"他愧疚地说，"我实在是个麻烦精。"

梁承欣赏着檐下的簌簌雪花，问："那麻烦精，你有什么好的建议？"

乔苑林今天人都傻了，智商直线掉到五十以下，他说："我不知道……"

"逗你的。"梁承恢复一贯的沉稳，"这件事只能我自己解决。"

乔苑林想，梁小安既然挑明了，大概不会无动于衷，而当年的行为是否有苦衷，又是否足以获得谅解，他通通不在乎，道："无论你怎样处理，我都站在你这一边。"

"真的？"梁承抹掉窗户上他哈气哈出的水汽，"万一她要带我去美国当'科二代'，我也动心，你同意吗？"

这似乎并非不可能，乔苑林刚安定几分的心又慌了，恳求道："你别吓唬我，咱好好建设祖国不行吗？"

院门"嘎吱"一声打开，乔文渊开完会回来，一身黑色男装严肃端正，他戴着皮手套，却不太相称地拎着一袋五颜六色的杂豆。

踩过有些厚度的雪，他抬头看见窗内的两个人，说："你们哥儿俩有赏雪的闲情逸致，就不能把院子扫扫？"

乔苑林拉开窗，佯装无事，问："买那么多豆子干吗？"

"打豆浆。"乔文渊将豆子拎高冲梁承晃了晃，"急诊来个肠胃炎，说是喝了外面买的豆浆，看来不卫生，以后咱们在家煮。"

乔苑林有些吃味地说："那外面的糖饼卫生吗？"

贺婕不知什么时候从房里出来了，她绾起头发，镇定之中有一份坚强，说："也够呛，我给你做吧。"

雪花飘进来，梁承眯起眼睛，觉得一切并不算太坏。

周一早晨，乔苑林去电视台上班。昨晚梁小安的助理电话联系过他，他没接听，又发消息给他希望再见一面。

他坚定地拒绝了。

不过，今天进新闻中心大楼时他有点犯怵。

一到八达通，鲍春山就叫他去办公室。

乔苑林硬着头皮进去，不敢坐，戳在桌前。赴约的时候壮志凌云，肩负着整个电视台的希望，结果……

“站着干吗？”鲍春山的语气都和善了点，“和安德鲁的见面怎么样？”

乔苑林背着手做检讨状，说：“不太好。”

鲍春山问：“怎么不太好，谈得不顺利？”

“嗯，没谈什么。”

“什么叫没谈什么，难不成她叫你去喝茶啊？”

乔苑林把千疮百孔的心一横，说：“反正，白去一趟。”

鲍春山急了，她清楚乔苑林是个伶俐能办事的，对每个采访的认真度更不需要质疑，说：“你不要使性子，人家是生物学家，正吃香，难伺候也是能理解的。”

乔苑林道：“我真的伺候不了。”

“被欺负了？”鲍春山关键时候护短，“你倒是把话说清楚，出了什么问题啊？你如果没错，我不怪你，咱栏目组给你撑腰。”

乔苑林当然不肯说，比荆轲出发刺秦王的表情还坚毅。

内部电话打进来，鲍春山接通，应答几句挂了，烦躁地道：“行了，你去采访部找孙主任吧。”

乔苑林灰溜溜地挪地方，有一阵子没到采访部，强颜欢笑地跟旧同事寒暄过，然后进了主任办公室。

上次他在这里和孙卓大吵一架，被发配到十二楼，今天估计更没好果子吃，孙卓不会直接把他开了吧？

平海新闻界混不下去，实在不行只能去投奔林成碧了。可是坐车到邻市至少要三个小时，他不想去。

乔苑林胡乱寻思着，拉开椅子坐下。

桌对面，孙卓满心期待地说："别磨叽，说说。"

说啥啊说，乔苑林在鲍春山那儿历练得无惧挨骂，干脆把脖子一横，破罐子破摔地道："黄了。"

孙卓一口气没顺上来："怎么就黄了？"

乔苑林说："我跟梁……不是，我跟安德鲁八字不合，命里犯冲。"

"什么玩意儿？"孙卓道，"让你去采访，没让你去算卦，你核算生辰搞对象呢？"

安德鲁的亲儿子可好不容易才苦尽甘来，乔苑林捋了把头发，思及梁承，浑身是胆，从桌上撕了张便笺，抽了支笔，写完往孙卓面前一拍。

他道："这是酒店地址和安德鲁助理的号码。老大，你另找别人负责吧。"

孙卓被他的态度搞得火大，问："你到底吃错什么药了？"

"后悔药。"乔苑林嘟囔，"我一开始就不该去找安德鲁，不对，我就不该遇见你，不该看见你拿的安德鲁的资料。"

他扯开椅子站起来，情绪顷刻溢满，替人委屈，代人愤恨，提高嗓门嚷道："为什么非采访她啊？她有什么可采访的？获奖就了不起吗？敢不敢让人知道做过什么事？无语了我！"

孙卓吓得攥着扶手，问："你疯了？"

事已至此，乔苑林一副死猪不怕开水烫的模样，最后说："这活儿我干不了，不然我只能辞职。"

从采访部离开，乔苑林在长廊中徘徊了很久很久。这一早晨真够疯的，却挺痛快，他一半担忧一半颓丧地回到八达通。

组员已经出发了，他留在办公室磨稿子，工作效率极低地过了一天。

晚上梁承在医院值班，夜深人静时会禁不住走神，接着无可避免地回想起酒店门口的那一幕。

生物学家，移居美国多年，梁小安的物质条件足以负担一个孩子，可为什么不要他呢？

段思存当时又在哪里？什么时候知道了他的存在？他们为什么没在一起？谁的过错多一些？谁的无奈更多？

梁承不得而知，掐住眉心强迫自己停止思考。

他跟同事知会了一声，离开诊室去自助机买了一杯咖啡。打开手机，他本能地寻求慰藉，给乔苑林发微信：睡了吗？

乔苑林几乎秒回：没呢，在泡豆子。

梁承：给我煮豆浆？

乔苑林：我做豆腐脑自己吃。

梁承：那是乔叔给我买的。

乔苑林显摆道：阿姨在和面，明早给我烙糖饼。

梁承：哦。

乔苑林：红糖的。

梁承：红糖很好吃吗？

顶部显示正在输入，停停缓缓大约编辑了数次，乔苑林最终回复不长的一句：不知道，但我会等你一起吃。

梁承心里的空荡被填满，这比一杯热咖啡管用得多，足够他安稳地度过后半夜。

清晨交了班，梁承没回公寓蒙头大睡，等到明湖花园楼下，时候尚早，家家户户还黑着灯，就他们家亮着灯。

他满怀疲惫地进了门，香气扑鼻，餐厅里的三个人同时望了过来。

乔苑林跟十六岁时一个德行，就差把"邀功"刻在脑门上，说："黄豆、红豆、黑豆，不加糖，过滤了两遍。"

贺婕受影响也有点嘚瑟，问："吃糖饼吗？我第一次做，感觉不比外面卖的差。”

“我俩不爱吃甜的。”乔文渊说，“来，昨晚剩的饺子煎了煎。”

梁承在玄关看着这幅温馨的画面，回答：“都好。”

但他心如明镜，乔苑林在单位一定受到了压力，贺婕依旧忐忑，乔文渊知晓后虽然关心，却找不到立场多言。

这一刹那，梁承作好了决定，他要弄清楚一切，然后给这件事画上一个分明的句号。

他也明白了异乎寻常的淡然从何而来，因为他从孑然到有了后盾。

05

梁承约了梁小安周六见面，还有段思存。

前一晚下班回来，他宣布了这一消息。家里二老正在扫院子，导致贺婕不小心打翻了一只空花盆。

梁承尚有心情开玩笑，说：“妈，不至于吧。”

“就是。”乔文渊拍拍贺婕的肩头，“梁承心里有谱，你甭紧张。”

贺婕却不是紧张自身，叮嘱道：“我没事，你怎么着都行，反正千万别让自己受委屈。”

梁承回卧室换衣服，乔苑林盘坐在床尾不知道恭候多久了，立即说：“明天几点？我陪你一起去。”

“不用。”梁承温和而坚决，“我一个人去。”

涉及隐私，乔苑林不好强求，便让了步，道:“有事一定要给我打电话。”

梁承答应了。手机收到餐厅的回复短信，他不想去酒店见梁小安，也不乐意去段思存那儿，于是约在了海鲜汇。

第二天傍晚，约定时间是七点钟，梁承刻意推迟了半小时出门。

他猜测段思存和梁小安会提前到，阔别三十年，两个人难免情绪波动，他没兴趣旁观，让他们先见面缓冲一下。

正值晚高峰，海鲜汇进出的客人络绎不绝。梁承一阵子没过来，捏着平安结一进大堂就碰上大老板，叫了声“玉姐”。

应小玉高兴地说：“坐哪儿啊？还是找小琼？”

“不了。”梁承大方地说，“约了人，订了间包厢。”

“成。”等梁承往里走，应小玉跟前台吩咐：“告诉老四，梁承来招待朋友，让他亲自挑几样好货。”

包厢在走廊尽头，梁承停在门外，推开前做了个深呼吸。

案几、花瓶、长毛地毯，明黄色的灯光下一切无所遁形，包括两张神情错杂的面孔。段思存和梁小安相隔几张椅子，错愕已平复，相顾无言，此时一齐站了起来。

梁承面无波澜地扫过他们，径直到圆桌另一侧落座。包厢外欢声笑语，这里静得似乎能听见心跳声。

他倒了半杯茶，饮一口，对梁小安直入主题：“既然向苑林打听，你想找我？”接着他瞥一眼段思存：“你之前找到科室，也是一个意思吧。”

梁小安定定地看着他，在酒店那日匆忙，当下似乎要把他的汗毛发丝都洞察一般。段思存也没矜持多少，他不敢相信梁承会主动邀约，更未料到会再见到梁小安。

“梁……承。”梁小安一字一顿，“你真的叫梁承。”

梁承说：“如果跟我妈改姓贺，今天你大概还不知道我是谁。”

梁小安想到贺婕，问：“贺医生收养了你？”

贺婕已经向梁承坦白，当年他被遗弃在医院，梁小安消失得无影无踪。她在医院不止一次见过类似的例子，年轻女孩儿走错路，大概率不会回头寻找，所以她没提过梁小安的事。

“是啊，不至于沦落成孤儿。”梁承道，“她也一直记得你。”

梁小安沉声道：“贺医生是个好人。”

梁承说：“所以你当年的确走错了路？”

不待对方反应，他近乎拷问道：“丢掉我以后，一切回归了正轨吗？”

梁小安瞳孔收缩，事实无从申辩，她端起茶杯，掩饰红白交错的脸色。沉寂半晌的段思存抬起头，说：“是我的错。”

当年段思存将近而立，念完博士后留校任教，是学院里最年轻、最受欢迎的老师。梁小安年仅十九岁，读大三，是学院里梁教授的女儿。

梁小安天资聪颖，却不谙世事，在学校里没什么谈得来的朋友。段思存也不爱交际，他们初次见面是在实验室中。

两个人变得熟悉，可能是因为梁小安不把段思存当作有权威的老师，段思存也难以将这个傲气且出众的女孩儿当一般学生看待。

在意识不到的时候，段思存对梁小安由欣赏变成爱慕，梁小安在学校有了一个想每天见到的人。

他们成为知己，心意互通，纠结过，暧昧过，终究不能控制地逾越了师生关系。

梁小安一向自我，不在意俗事。可段思存不一样，在甜蜜幸福的同时，愧疚感牢牢地压着他。

他无法磊落地面对其他人，这份感情承受着日复一日增加的心虚和不安。感情最终输给了理智，他单方面决定分手。

梁小安一帆风顺的人生第一次遭受重击，性格使然，她决不会去挽留一个男人，也没有表露出分毫不舍。

后来某一天，她发现自己怀孕了。她偷偷隐瞒，父母发现时月份已经大了。

梁小安从小被寄托了太高的期望，任何人或事都不可以阻碍她的前程。梁教授接受美国高校的橄榄枝，给她办了休学，等孩子生下来，举家离开平海，去了美国。

两年后，段思存已经结婚成家，收到梁小安迟来的通知，或者说是报复，她告诉他两个人有一个儿子。

凭着仅有的信息，段思存找到梁承，却只敢遥远地惦念着。等到梁承念初中，他去七中任教，妻子很不理解，从此和他产生了矛盾。

段思存接触到梁承，知晓了梁承的生活，但没胆量相认、拯救。

他才明白，与梁小安分手时也是一样的，他屈服的并非道德，根本就是他的懦弱。

听罢,茶水已经冷了,浅黄色的茶汤落在眼底,梁承放上盖子,发出“咣当”一声。

包厢外，应小玉巡视一圈经过，在走廊拐角撞上老四。

“哎，老板，”老四直接问，“梁承在哪间？”

应小玉说：“你要干吗？”

“上次旅游他就没叫我，我打个招呼。”老四不满道，“顺便问问他点啥菜了，没见着菜单我给他挑啥啊。”

应小玉觉得不寻常，说：“就要了一壶茶，好像在谈事，先别管了。”

老四“哦”了一声，掉头去中厅的休闲区躲懒，跟负责一层包厢的经理边聊边刷微信。

没一会儿,应小琼挟着寒风过来,原本在大排档忙呢,结果一路飞驰,熄了火差点吐方向盘上。

找到老四，他问：“什么叫梁承出事了？”

老四说：“简称，就是梁承出来谈事了。”

应小琼道：“你是不是加勒比头号大傻啊？”

老四忙说:“不点菜也不叫服务员进去续热水,跟一男一女在包厢里,岁数有五六十吧。”

“他爸妈？”应小琼以为是乔文渊跟贺婕，挺来精神，“我去瞅瞅他后爹什么样。”

老四越过应小琼的肩头，白眼一翻道：“你先瞅那个吧。”

应小琼转身，郑宴东敞着大衣走进来，一边走一边环顾大堂是否有空位。他迎上去，说：“郑仵作，你这个月光临八趟了。”

“我又没欠账，还是会员呢。”郑宴东咬着支没点燃的烟，“怎么，嫌烦？”

应小琼道：“你一个法医整天来，人家以为我们餐厅有凶杀案呢。”

郑宴东提议：“那我躲着点儿，上你办公室吃？”

应小琼不跟他打嘴炮，心里闪过一丝担心，说道：“梁承也来了。”

圆桌上的玻璃转盘反着光，梁承对着光晕放空，分秒消逝，此起彼伏的“对不起”把他唤醒。

段思存像在忏悔的信徒，一只手按着受过伤的那条腿，将长裤压出褶痕。梁小安冷静得多，可眼神飘忽，口中絮絮地反复道歉。

梁承无力地说：“这算是认错吗？”

两个人噤声，梁承又问：“你们觉得道歉对我来说有多大意义？”

梁小安道：“我这次回国就是想找你。”

“找我是为了什么？”梁承觑着她，“三十年了，你实现理想事业，记起来当作绊脚石扔了的孩子？”

梁小安躲避他的视线，说：“我没忘。”

“那你记性真好。”梁承嘲讽道，“现在你找到我了，下一步呢？看我过得怎么样，富足还是拮据？念过书还是文盲？看看我能不能配得上你生物学家的身份？看我需不需要一个妈？”

梁小安微微涨红了脸，说：“我想象过你的生活，很庆幸……”

“你庆幸什么？”梁承姿态端肃地靠着椅背，“庆幸我没进孤儿院，完成了学业，如今过得还算光鲜潇洒？你心真大啊。”

段思存不忍听下去，说道：“梁承……”

“要不你来说，你不是挺清楚吗？”梁承盯着梁小安：“你有没有想象过，我被人打得满身是血，我杀了人，坐过牢。蚂蚁尚且有个窝，我曾经都不知道哪儿才是容身之处。”

梁小安惊颤了一下，她的生命里甚至没有过那种人，她下意识地否认道：“不会……不会的。”

梁承凝视着她："可我说的都是真的。"

梁小安抛弃了他，一路乘着长风走到现在，再找到他，却不知道他是一步步踩着悬崖爬上来的。

段思存摘下眼镜，两行浊泪滑过颧骨，这副样子叫梁小安不得不信。她捂住剧烈起伏的胸口，道："我愿意补偿你。"

梁承料到了，说："给我经济补偿吗，还是事业上的帮助？"

"只要你提出来。"

"我不愿意，也不稀罕。"梁承轻蔑地朝段思存抬抬下巴，"要不你跟他学学，救助孩子减轻愧疚，也算做了点善事。"

段思存被看穿，掩面弓下腰，完全没有求得原谅的底气。

梁小安站起身，绕过桌子走到梁承的椅边，伸手想触碰，还没靠近梁承就偏头躲开了。

"梁承。"她叫。

梁承抬眸道："这个名字是你给我唯一的东西。"

梁小安缩手后退了半步。

而梁承精准地戳破原因，说了出来："承担的承，你们犯下的错误和后果，连同未知的命运，都要我来承担。"

梁小安扶着椅背，终于咬着牙哭了，现在一切轮到了自己头上。

梁承起身，尘埃落定地说："到此为止吧，我跟你们再无瓜葛。"

梁小安揪住他的袖子，哭着说："我是你妈妈，你给我一次机会，你告诉我……我该怎么做！"

段思存也说："梁承，让我弥补你。"

梁承抽出手道："好，那我告诉你们。"

他掀起茶杯盖子，拔高了音量说："亲生父母对我而言，就像杯底的茶叶末子，瞧着心烦，喝到嘴里会吐，就一个办法，泼出去了才清静！"

说完，他抓起平安结离开。

段思存崩溃地伏在桌上，梁小安追了两步跌倒在地，不切实际地仍想挽留，说道：“梁承，你……你姥姥陪我一起回来的，她想见见你。”

“哪门子姥姥？”梁承最后道，“给我煎过鸡蛋还是煮过汤圆？”

打开门走出包厢，曾经的渴望、好奇和怨恨都丢在背后，梁承如寻常食客离席透风，垂着的拳头却捏得骨节发白。

拐角一转身，应小玉立在那儿，轻声问：“要走了吗？”

梁承“嗯”了一声。

应小玉跟人打交道眼色厉害，什么都没打听，只说：“茶水姐请了，改天再来好好吃一顿。”

梁承往外走，到必经的中厅，老四叉着腰晃荡出现：“嗨。”

“嗨什么嗨。”

“没啥，随便嗨嗨。”老四摸了摸他的大衣料子，“这就走啊，路上慢点。”

梁承穿过大堂，吧台里应小琼和郑宴东中断谈话，朝他望了过来。他拳头慢慢松动，停下说：“我没事。”

“谁说你有事了。”应小琼避开梁承微红的眼角，拎出一份打包好的外卖，“怎么不点菜啊，是不是砸我们海鲜汇的场子？”

梁承接过，说：“谢了。”

郑宴东说：“谢我，本会员付的账。”

梁承走出海鲜汇的大门，寒风扑面，夜色浓黑，街边昏黄的路灯下，乔苑林静静地站在那儿。

他彻底松开了拳头，走过去。

“什么时候来的？”

“跟踪。”

“呵，重操旧业。”梁承松开手，紧绷的面孔牵起一丝笑意，“怕我会受气吗？”

乔苑林缠着两条围巾，摘下一条搭在梁承的颈后，回答：“觉得你会需要我，希望没有自以为是。”

余温足够暖和，梁承裹上围巾，说："我们回家吧。"

门口挤着那几个瞧热闹的熟人，梁承目不斜视地说："别理他们，越理越来劲儿。"

乔苑林忍不住，转过头，既是回应，也仿佛是对梁承过去一切的告别，喊道："拜拜，我把他领走了！"

CHAPTER
06

第六章

篮 球 宝 贝

在乔苑林的怒视下，梁承出列，一步步地朝他走过来。
余光里，志愿者小胡也在靠近，
并端着一托盘五彩缤纷的玩意儿。
他戳着，心脏扑通扑通地加速跳动，
直到梁承在万众瞩目下走到他面前。
乔苑林顿悟了，篮球宝贝貌似是他。

01

梁承洗漱完，乔苑林在床上还没起。他发觉这家伙近几天消极怠工，便残忍地掀了被子。

乔苑林其实醒了，压在枕头上闷吼：“你要冻死我啊。”

梁承捞起衣服坐到床边，扭着乔苑林的一条细胳膊将他拽起来，给他套上毛衣，说：“年底过完生日就二十五了，能不能懂点事？”

这口吻忒像他爹了，乔苑林一哆嗦，当即决定：“今年起，我改成八月五号过生日。”

梁承瞅着他因静电飞起的烦恼丝，拿起牛仔裤，叹着气命令：“你自己穿裤”，然后去收拾床头柜上的一沓资料，“熬夜整理，不是急着交吗？现在又磨蹭。”

乔苑林无病呻吟，像期盼生一场小病好休息两天的中学生，努力地找症状，说：“腰挺疼的，要不我……”

梁承打断他：“别碰瓷。”

乔苑林不服气地道：“我案牍劳形，累得腰椎间盘突出不行吗？”

梁承很难不乐，问：“那请个病假？”

这正中乔苑林下怀，他说：“你能给我开病假单吗？”

梁承极有职业操守地甩下一句“不能”，把被子收走晒在阳台上，惹得乔大记者一早晨没再搭理他。

到了若潭医院，一楼大厅人来人往，梁承习惯性地环顾一周，瞥见挂号处扶着腰排队的大爷，还有点想笑。

不过他清楚，乔苑林反常地抵触上班，八成是因为梁小安的采访。

电视台和领导哪管那么多，就知道乔苑林不仅没完成任务，还不识好歹地拒绝了大科学家。

进办公室换了衣服，梁承打开电脑，逐一确认了院内系统通知，撕下便笺按轻重缓急列下今天的活儿。

仙人掌死后他没再养，换成一盆患者送的不知名小花，挺香的，每次停留三分钟以上都熏得他皱眉。

冯医生风风火火地进来，嘴里抱怨着："服了，有些患者可真鲁莽啊，什么都不当回事。"

小胡医生问："谁又不听话惹我冯姐了？"

"就上礼拜刚出院那个，姓张，开装修工作室的。"冯医生吐槽，"这不追踪回访嘛，好家伙，带一帮员工旅游登华山去了。"

小胡医生道："牛，看来搞装修蛮赚钱，人都飘啦。"

冯医生道："可别累着他，愁死我了。"

梁承不爱搭话闲聊，但一字不差地听着。他若有所思，移动鼠标点开几个月前的诊断记录。

助理医生敲开门，说："梁老师，手术中心那边准备好了。"

梁承应了一声，恰好浏览到要找的诊断记录，临走前多看了一眼，默默记下来。

手术中心今天有点忙，一排手术室没一间空着。梁承的患者是二尖瓣反流，要做经皮"缘对缘"瓣膜成形术。

鞘管经股静脉入下腔静脉，从右心房和房间隔进入左心房。梁承手稳心平，在手术台上的音调比平时低："给我二尖瓣夹。"

通过彩超和 X 线透视，他将二尖瓣夹送到左心室腔，再缓慢地拉回左心房，顺利夹住两个瓣叶的边缘。

检查反流效果后，他扣紧瓣叶，一边动作，一边对旁边的实习医生说："现在取出鞘管。"

手术结束差不多到中午了，梁承出来跟家属聊了几句，交代了术后要做的评估体检。

下午还有另一台手术，时间并不宽裕。他省略午饭，穿着手术服在环廊上的休息区喝水。掏出手机，他点开了拨号键盘。

凭记忆按下一串号码，响了六七声，电话那头接听了。

梁承舔了一下嘴唇，礼貌乃至谦逊地开口，总之对他而言称得上是求人的语气。经过的护士不禁偷看他，估计在琢磨“投诉帝王”吃错了什么药。

“您好，我是若潭心外科的梁承，您有印象吗？”

八达通的面包车蹿进电视台，懒得去车库，溜着墙根随便一停，大家饿得蔫头巴脑，要去食堂看看有什么吃的。

乔苑林没胃口，一个人从侧门进入大楼。

上次在孙卓办公室里一通发癫，当天就传遍了采访部，他最近在新闻中心的知名度可以媲美男主播。

依据规章明文也好，按照不成文的规矩也罢，他以下犯上肯定不会就这么算了。虽然梁小安约他是醉翁之意不在酒，但后来拒绝采访是他的主观行为，完全有悖领导的指令。

至于惩罚为什么迟迟没下来，他猜得到，也听二组的老同事透过风——孙卓对采访还不死心，而梁小安想利用他接近梁承，也没把事说死。

所以，在旁人眼里他暂时还有用。

乔苑林从小很少逃避困难，一向选择迎难而上，这次却真的感到无奈。

他心不在焉地晃到了剪辑科，怕谁来谁，孙卓刚审完片子，讲着电话走出来一眼捕捉到他。

“那就这样，祝好，打扰了。”

孙卓挂了线，不悦地说：“工作时间瞎转悠什么？”

乔苑林毫无上一次的嚣张，老实说：“采访刚回来，正要回十二楼。”

孙卓阴阳怪气地问：“采访哪位大人物了？”

乔苑林一凛，感觉处分要来了。他将刘海往脑后一掀，慷慨赴死似的说：“老大，你给我个痛快吧。”

“那谁给我个痛快？”孙卓举起手机作势要砸他，“采访安德鲁的事彻底没戏了，你还不够痛快？我看你是咱们电视台的痛快神！”

刚才那通电话……乔苑林有点蒙地说：“不是说安德鲁有意愿，还在协商吗？”

孙卓生气地道：“我们哪有资格跟人家协商，人家提条件我们只能照办！她要你去采访，我最后问你一次，你干不干？”

乔苑林决绝地说：“我死也不干。”

孙卓像一头快累死的大黄牛，粗重地吐出一口气。他知道安德鲁并非真心接受采访，再联系乔苑林强烈的反应，能猜测到背后一定另有隐情。

直到两小时前，他接到一通名为回访他父亲的身体现况，实则为乔苑林说情的来电。高冷的梁医生彬彬有礼，和当初成天“怼”他爹的样子判若两人。

孙卓终于有了眉目，其实梁承没坦露隐私，仅给了足够撇清乔苑林的解释。可他了解对方的经历，大概能猜到真相。

此刻，孙卓揣着明白装糊涂，故意问：“就那么不愿意？”

乔苑林没有一丝动摇，回答：“具体原因我不能说，但是我……”他选了孩童之间才用的词，直白坦荡，“我讨厌安德鲁。”

孙卓停顿数秒，借用听过的一句话，道：“有个同行说过一句相当务实的话，采访一位成功人士，自己也可能跟着成功。”

乔苑林当然懂得这个机会千载难逢，可就算把梁承换成陌生人，他照样会拒绝，因为他已经做不到客观地看待梁小安。带着主观色彩采访的记者，有违职业操守和他自己的原则。

乔苑林摁着胸前的工作证，说：“恕难苟同，我不稀罕那样的成功。”

这件事再无商量的必要，孙卓点头吩咐道：“行了，准备收拾东西吧。”

乔苑林心里“咯噔”一下，被失落席卷，他后退给孙卓九十度鞠躬，说：“无论如何，谢谢老大对我的栽培。”

还没直起身，孙卓道：“北京又要开会了，圣诞节过完就去出趟差。”

乔苑林愣住，不是要开除他，收拾东西是派他出差？他难以置信、受宠若惊地说：“可……可是采访部才有资格……”

孙卓这回真踹了他一脚，说：“你以为我会让你一辈子待在八达通？”

连做两台手术，几名医生累得不想说话。冲完澡，梁承连举吹风机的力气都懒得使，顶着毛巾在更衣室里穿衣服。

手机有三条未读信息，他点开，透过屏幕能感受到乔苑林满血复活了。

乔苑林：我过几天要去北京出差！

乔苑林：哥，今晚我请客！

乔苑林：我果然是电视台的痛快神！

梁承纳闷孙卓是怎么交代的，能把人扭转成这副德行？

下班前，他去病房转了一圈，嘱咐了术后的注意事项，出来后在护理站签字，有两名住院医生在一旁聊天。

他听了一耳朵，是关于篮球赛。

年底太忙，若潭不像公立医院那样举办大型联欢会，只会每年在这时候搞两个活动：一个是员工大体检，一个是内部运动会。

后者旨在号召大家勤加锻炼，项目多而不严，也就篮球赛最像回事。

其中一名住院医生说：“哎？梁医生，你可是去年的 MVP（指对团队贡献最大的人）。”

梁承不咸不淡地说：“好像是。”

另一名医生说：“MVP 可以行使一项特权，梁医生你想要做什么？”

梁承正疲惫，回道：“想让运动会取消。”

大家：“……”

签完字下班，梁承驱车到电视台门口，下车倚着车前盖透气，顺便翻网上的餐厅评价。

乔苑林拎着电脑包走出大楼，一眼望见高大的车和英俊的人。快到梁承面前时，他加快步子，心情太好克制不住，伸手猛地拍了拍梁承的后背。

梁承无语，抬眼觑向院内。

乔苑林顺着梁承的视线转身，见雷君明脸色尴尬地走了出来。

梁承若无其事地说："你先上车。"

乔苑林很久没和雷君明面对面地说过话了，如果遇见也会绕路，他坐上副驾座。

雷君明不可避免地经过车前，扮着大方打招呼道："梁医生，来接苑林下班？"

梁承说："嗯，住址一样。"

雷君明早有预感，道："听说你们是重组家庭。"

梁承格外耐心地说："是，算一家人。"

"看得出来你对苑林很好。"雷君明道，"不过，有些行为算不算越界了？"

他以为梁承会被激怒失态，不料，梁承认真地说："那多有乐子啊。"

雷君明不愧是记者，转换角度问："所以你只是拿苑林找乐子？"

可梁承不按常理出牌，回答："你误会了，是他拿我找乐子。他说戏弄我这种高精尖人才，特别有满足感。"

雷君明怔了怔，说："看不出梁医生是这种性格。"

"还好吧，整天开刀见血，生活里得小清新一点。"

乔苑林在车里听着，恨不得找条地缝钻进去。等梁承上了车，他说："爽了吗？高精尖人才？"

两个人今天都没吃中午饭，饿着肚子找了家网上评价不错的餐厅，结果到达后要等位子。

门廊里坐着三十多号人，来都来了，梁承拿出手机刷医院工作群的消息，大家在讨论运动会的项目安排。

乔苑林装了一小桶爆米花，坐在旁边吃，偶尔给梁承一颗。

梁承问："洗过手了吗？"

"没洗……"乔苑林不再投喂，自己吭哧吭哧地嚼。

掠过最新的几条群消息，统计项目的负责人在问 MVP 有什么特殊要求。梁承突发奇想，问乔苑林："医院要举办篮球赛，要不要一起参加？"

上次打篮球还是在七中，毕生难忘，乔苑林犹豫地道："可我不是你们医院的员工啊。"

梁承说："没那么严格，允许带亲友。"

实际上，有孩子的会带孩子增进亲子感情，感情稳定的带对象趁机约会，单身人士则带兄弟帮忙替补。

乔苑林动心，奈何他不会打球。

梁承说："让你当开球嘉宾。"

这也太隆重了，乔苑林惊喜道："真的吗？"

"嗯。"梁承说，"我是去年的 MVP，有特权。"

乔苑林高兴得不得了，双喜临门，去装了第二桶爆米花。

梁承戳开负责人的头像，把他的要求私聊回复给对方。

很快，负责人回复：梁医生，开球恐怕不行。

梁承：为什么？

负责人：新接到通知，荣誉院长要亲自为大家开球。

梁承：他都快七十五了。

负责人为难地道：要不考虑下别的？

梁承很坚决：别的不适合。

他抬起头，花里胡哨的爆米花机旁边，乔苑林在给一个小孩儿介绍各种口味，偶然回头看他一眼，目光晶亮灿烂。

手机收到一条新回复，对方提议：篮球宝贝怎么样？

02

饱餐一顿后，乔苑林要去附近的百货商场逛街消食，逛着逛着梁承发现，他们一直在看各色球衣。

高中时，乔苑林经常陪田宇买球衣，很是羡慕，没想到有机会轮到给自己买，兴致十分高昂。

梁承酝酿了一会儿，委婉地说："不算正规的比赛，其实不用这么破费。"

"那怎么行，我可是开球嘉宾。"乔苑林听不进去，"你们穿什么颜色的？"

梁承回忆道："去年是蓝色，另一队红色。"

乔苑林一听颜色浓烈，现在是冬天，其他观众穿的衣服大多是深色系，便说："那我选白色，当嘉宾会比较瞩目。"

梁承含混道："你一定会……很瞩目。"

店内顾客不少，有老妈带着青春期的儿子，或者大学生情侣。乔苑林一向主意大，把梁承"寄存"到沙发上，不需要参考意见地独自挑选。

梁承打开微信，编辑"篮球宝贝具体干什么"，按下发送键。

乔苑林搭理他一下，问："哥，你是几号啊？"

"忘了。"

"那我随便选了。"乔苑林拿了同款不同码的两套，进了试衣间。

负责人发来一条语音，梁承戴着耳机点开，里面说："不用干什么，咱们举办篮球赛是为了让大家放松，赛前给加个油，跟吉祥物差不多！"

刚听完，乔苑林换好一套出来了。宽大的球衣更显得他身形单薄，但肩颈平直，四肢修长，有股形容不出的少年感。

他照着镜子说："穿这身成吗？"

梁承满脑子“吉祥物”，回答：“嗯，好看。”

手机又响了，负责人道：我们没有准备服装，不用很正式，随便穿裙子或裤子都行，玩得开心最重要。

梁承：还是穿裤子吧。

负责人：能和别人区分开就行。

乔苑林回试衣间换好衣服，出来见梁承移动到玻璃展柜选配饰。他走过去，挑了一对护腕。

全部选好一起结账，乔苑林抢着买单：“你让我当嘉宾，当然我付钱。”

恨不得三句话不离“嘉宾”，梁承哪好意思，掏出钱夹撒了另一个谎：“我来吧，MVP 可以报销。”

乔苑林听什么信什么，说：“你们医院福利也太好了吧！”

接下来几天，乔苑林想起来就乐，无比期待，将球衣洗净、烘干、熨烫，挂在衣帽间每天起床都摸一摸。

梁承看在眼中，虚在心里。

这也不能全赖他，要赖就赖荣誉院长横插一脚。

平安夜当天是星期六，若潭医院门诊大楼后面那一栋楼是康养中心，里面有一个偌大的篮球馆，门口挂着庆祝条幅。

馆内热闹得像过春节，院职工携亲友纷纷涌入，球场上和观众席的人越来越多，小孩子满场疯跑。

更衣室却很冷清，大家换完衣服去热身了，狭长的空间里只剩下梁承和乔苑林。

乔苑林畏寒，在球衣里穿了件纯白 T 恤。他光着脚坐在长凳上，等梁承换好，说：“哥，给我拿一下袜子。”

梁承从柜子里拿出一双新的，包装很眼熟。乔苑林认出是逛街那天买的，一拆开，竟然是高及膝头的长袜。

他没穿过这种，莫名地抗拒道：“像踢足球穿的，买错了吗？”

“没买错。”梁承思考后认为袜子能帮助区分，“穿上，长筒的暖和。”

乔苑林道：“我想穿普通的。”

梁承蹲下又问一次：“要不要穿？”

乔苑林说不出“不”了，凭直觉问：“你没有作弄我吧？”

梁承假装咳嗽，低头给乔苑林穿袜子。干干净净的白色，带着一圈蓝色的边，和他的球衣很搭。袜子偏厚，纯棉的，严实地包裹住纤细笔直的小腿。

乔苑林不太自在，但确实暖和，缩回脚蹬进新球鞋里，催促梁承快去热身。

球馆内紧锣密鼓，参赛队员要统一列队上场。乔苑林先走出来，好像第一次进城，激动又迷茫。

前方不远处，小胡医生年轻力壮，却熬个夜班就能“跪”，今天只当志愿者，正抄着大喇叭喊：“各位职工及亲友按科室就座，看好私人物品，比如孩子！磕碰可以治，丢了不负责！”

随后接上万组长的声音：“每人可领一个助农爱心苹果，来西南角排队！祝大家幸福平安，为若潭发光发热！”

乔苑林心想这两个人的口才不干采访有点可惜了。他去排队领苹果，万组长特意给他挑了个大的。

为了方便等会儿上场，他就站在球场的边界线处，捧着苹果当篮球练习。一抬手，差点砸着经过的一位老爷子。

乔苑林忙道：“对不起啊。”

老爷子穿着打高尔夫的 Polo 衫，依稀透着股气宇轩昂的风度，停在旁边，问：“你打什么位置？”

乔苑林说：“我不打，我是职工亲友。”

老爷子笑道：“看你穿得这么精神，不上场可惜了。”

“我会上的。”乔苑林也笑，比跑过的小孩子还雀跃，忍不住提前透露，“我等下给他们开球。”

老爷子反应慢半拍，然后惊讶地笑出了一脸纹路。

乔苑林估计对方也是职工亲友，半晌却不见有人过来找，说：“您一个人吗？哪个科室的？要不我先帮您找个座位吧。”

“不要紧。”老爷子舒展双臂，“唉，我年轻的时候也爱打篮球，人一老干什么都不行了。”

“我从小就不行。”乔苑林自嘲地安慰道，手指着胸口，“心脏不太好，不敢剧烈运动。”

老爷子轻拍他的脊背，说：“这医院心外科不错，聘请的都是精英，改天来看看。”

“我认识梁医生。”乔苑林啥都跟人家聊，“他还是去年篮球赛的MVP，所以我才能当开球嘉宾。”

老爷子点点头：“真好，我自己来的。”

乔苑林闻言把苹果递给对方，说：“那这个给您，排队容易撞着。等比赛开始，咱俩坐在一起看吧。”

老爷子接过，回道：“谢谢你，不过……”

乔苑林问：“不过什么？”

老爷子说：“咱俩可能还得一起开个球。”

话音刚落，一声长哨吹响。

馆内逐渐静下来，无关人员散开，负责人拿着麦克风，清清嗓子宣布道：“第十五届若潭篮球赛即将开始，下面热烈欢迎运动员入场！”

一蓝一红两队选手进场，全医院运动神经最好、个子最高的男医生都在这儿了，引起一片尖叫声。

梁承打头，沉静地环顾场上，很快就捕捉到了前方的一抹白。

乔苑林尚未回神，一起开球是什么意思？

这时，主持人立在场中，攒足了气地说：“接下来隆重介绍我们今天的开球嘉宾——秦礼先院长！”

乔苑林陷入新的震惊，院长是开球嘉宾，那他是什么？

周围掌声雷动，他跟着拍手，然后身旁的老爷子走了出去。

乔苑林目瞪口呆，只听老爷子握住麦克风，说：“希望大家玩得尽兴，开心第一，比赛第二！”

满堂喝彩中，主持人继续下一项道：“比赛开始前，有请上一届MVP，心外科梁承医生，与篮球宝贝互动加油！”

负责人没能满足梁承的要求，于心有愧，特地增加了这个环节，以望弥补一二。

所有人都好奇地望着场上，乔苑林还未脱离上一波的冲击，迟钝地扭脸看向梁承，用眼神质问：开球嘉宾不是我吗？你要跟谁互动？你们挺高级啊！还有篮球宝贝！

在乔苑林的怒视下，梁承出列，一步步地朝他走过来。余光里，志愿者小胡也在靠近，并端着一托盘五彩缤纷的玩意儿。

他杵着，心脏扑腾扑腾地加速跳动，直到梁承在万众瞩目下走到他面前。

乔苑林顿悟了，篮球宝贝貌似是他。

这比开球嘉宾更引人关注，他白衣胜雪，映衬得满面通红，额头迅速蒙上一层亮晶晶的汗。

小胡医生立在中间，梁承从托盘里拿起一条印着院训的绶带，套在乔苑林身上，又拿起两团彩色毛绒球，塞到乔苑林手里。

最后，因为是圣诞节，还有一个麋鹿角形状的发箍。

梁承犹豫了短暂的一秒，双手拿起来，倾身戴在乔苑林的头上。

观众席上亮起闪光灯，拍照的快门声接二连三，有人大喊“看这里”。乔苑林几欲昏倒，却条件反射地回了头。

这和他想象中参加奥运会拿奖牌的情景大相径庭。

小胡医生在一旁递来话筒，请他为MVP送上专属祝福。

在众人的注视下，在梁承抿唇的等待中，乔苑林屏住呼吸，咬牙切齿地说：“梁承，你有种，祝你取得好成绩！”

小胡医生问：“梁医生，你有什么想说的吗？”

梁承拿过麦克风，用全场馆都能听清的音量笑着说：“谢谢篮球宝贝！”

忽然，秦院长掂了掂手里的苹果，说：“小伙子，过来咱们一起开球。”

乔苑林晕晕乎乎地跟荣誉院长一起开了球。比赛开始后，他和老爷子去座席第一排当观众。

没坐多久，旁边的大姐打开前置摄像头，想跟篮球宝贝合照。乔苑林配合拍完，又跑来一个小孩儿，之后源源不断有人求合影。

他感觉开球只爽了一刹那，但是当吉祥物能快乐到球赛结束。有个姑娘夸他的麋鹿角好看，他摘下来送给了对方。

这搞得裁判大喊：“梁医生，注意力保持集中！”

乔苑林活跃一圈后回到位子上。听到秦礼先咳嗽了几声，他拧开一瓶水，说：“院长，谢谢你让我一起开球。”

秦礼先润了润嗓子，说：“是小梁求我的。”

离开更衣室，梁承没去热身，在球场后门截住了院长的车，希望秦礼先答应让乔苑林一起开球。

“仗着我器重他。”秦礼先哼道，“还敢威胁我，如果不答应就会影响他发挥。”

乔苑林不知道还有这一出，问：“您在乎他发挥得好不好？”

“谁让他是心外科的。”秦礼先回答，“我当心外一哥的时候，他也就是个高中生。”

乔苑林抚着绶带上的院训，说：“他高中就立志当医生了。”

秦礼先转头看过来，苍老的双目精神矍铄，笑道：“我早就知道了，而且我也知道你心脏不好。”

乔苑林惊讶地问：“您怎么知道？”

那时候若潭的门诊大楼还没盖这么高，心外科的办公室在四层。秦礼先靠着一杯浓茶值完夜班，清晨在窗户前伸懒腰。

楼下的宁缘街上，一名高中生救了一个小孩儿。

今时今日，小孩儿已长大成人，少年已经成为医生。

“不过梁承说，”秦礼先道，“你们遇见，是他更幸运。”

03

下半场赛况激烈，观众离席涌到球场两侧的界限外，里三层外三层地围着。乔苑林盘腿坐在一角，他跟着紧张，把绶带的流苏边薅掉了一截。

梁承运球过人，肩臂凸起肌肉形状，一跃投进个三分球。

七中的球场没这么肆意，学生只能挤出宝贵的时间打一场，也许一边拍球一边为没写完的作业焦虑。

乔苑林透过当下的场景幻想，如果那一年梁承在安安稳稳地念书，他坐在场外，梁承飞奔而过时总会分神瞥他一眼。

假如人手不够，梁承便漫不经心地一勾手，将邀请说得像命令：“小屁孩儿，过来。”

那他一定不会逃跑了，会颠儿颠儿地过去厚着脸皮请求道：“我不会，你可不可以教我？”

除了篮球，还有生物、实验、骑摩托，都让梁承教他。他会请梁承吃东西，两人一起分食一份豪华葡萄罐头。

“嘭”！篮球进筐落地，伴随着结束的一声哨响。

场上欢呼沸腾，小胡医生举着大喇叭高喊：“今年的胜利依旧属于蓝队！梁承医生！我的梁哥蝉联 MVP！”

乔苑林被拉回现实，爬起来朝梁承冲过去，走到一半在人群中止住脚步。

小胡医生超过他，奔到梁承面前，采访道：“梁医生，托你的福，科室每人得到一张健身年卡，大恩大德，没齿难忘！你就是我们心外之光！”

梁承早已大汗淋漓，用护腕揩了一把，喘息着锁定白色的身影。

小胡医生递来喇叭：“梁医生，说说你此刻的心情！”

他大步跑向乔苑林，将人抱离地面，转一圈庆祝。

小胡医生兴高采烈地道：“哇！梁医生拥抱了篮球宝贝！画面非常温馨！”

乔苑林顾不上别的了，说：“哥，你好厉害。”

梁承的气息还不稳，笑着说：“不好意思在这么多人面前输。”

比赛结束了，梁承到座席第一排休息。他灌了半瓶水，乔苑林一边用手掌在旁边扇风，一边说：“我领的苹果送给秦院长了，你先坐，我去看看还有没有。”

梁承伸手拽住他，说：“每个职工发了一箱，够你吃的。”

人潮渐稀，大家收拾东西散场。乔苑林望见秦礼先在几排之后向他挥手再见，说：“都是院长，秦院长比我爸和蔼多了。”

“真容易收买。”梁承道，“因为他让你一起开球？那是你招人喜欢。”

乔苑林被哄得高兴，却也服了这人，道：“你就装吧，明明是你私下去求的。”

梁承模仿他说话道：“老头儿怎么还泄密？无语了我。”

那高挺的鼻梁上又冒出几颗汗珠，乔苑林轻轻地刮掉，说：“原来秦院长早就见过我们，当年你救我的时候，他就在心外科，是当时的一哥呢。”

梁承默默计算了一下，说：“我救你是十一年前，他那一年都六十出头快退休了，还一哥？”

乔苑林察觉自己被糊弄了，道：“原来是一爷。”

突然飞来两团毛绒球，精准地砸在他们俩的脑袋上，秦礼先在过道骂了一句：“浑小子们，我还没走远呢！”

等人逐渐散尽，偌大的球馆空了、静了，梁承和乔苑林返回场上，捡起篮球，只陪对方一个人玩。

离开之前，梁承立在乔苑林的背后，投进最后一球。

他们有些迟，清扫更衣室的阿姨等着下班。乔苑林磨磨蹭蹭地没来得及换，匆忙套上衣服就走了。

手机有一通未接电话，是田宇打来的。

无论安德鲁如何，乔苑林一直都想感谢田宇的帮忙，而且大过节的，对方在奶奶家估计很没意思。

他拨回去，刚响两声就接通了，说："田宇，最近忙不忙？"

"别提了。"田宇道，"安德鲁的纪录片好像不在平海拍了，内容压缩了一半，不清楚是什么情况。"

乔苑林问："那你的工作受影响吗？"

田宇一向是乐天派，说："等团队协商完安排吧，我好清闲啊。不管了，圣诞节快乐！"

乔苑林看向驾驶位："我和梁承在一起呢，要去吃晚饭。"

车里能听见手机里的声音，梁承直接比了个"OK"的手势，于是乔苑林把话说完："你也出来吧。"

田宇事挺多的，说："不如你把拂姐也约出来，我好想她。"

乔苑林挂断电话后打给姚拂，对方刚收到客户打的尾款，欣然答应。

四个人凑伙吃铁板烧，田宇和姚拂都知道他们的情况，所以乔苑林很自在。但梁承想起当助教的那段日子，感觉自己像是带着三个学生开小灶。

田宇喝了一瓶清酒，说："拂姐，高二你说长大了就会考虑我！"

乔苑林只当在看小品，嚼着牛舌道："你好长情，高中同学我都忘记三分之一了。"

田宇狂吃一口鸡肉串，道："平海的冬天，竟比加拿大更让我心寒。"

田宇问："生物课代表总记得吧，她不是毕业的时候向你表白了吗？"

梁承一直默默地补充体力，闻言停筷，眼风扫向桌对面确认道："表白？"

田宇吓得赶紧说："大概是苑神拼命补习生物给了人家错觉……怎么说呢，生物就是害人。"

乔苑林附和道："对对对。"

姚拂冲这两个尿包翻白眼，说："不要追溯过去的事了，展望一下未来不好吗？"

说到未来，乔苑林有一丝担忧，但之前所做的努力很快又让他心中更加坚定。

明湖花园门口的圣诞树五彩斑斓，一群小孩子在下面玩耍。到单元楼下，窗户灯光暗黄，乔文渊和贺婕已经休息了。

梁承和乔苑林轻手轻脚地进了门，客厅留着一盏台灯，茶几上并列放着两份礼物。这是新家组成的第一年，父母借着节日为他们准备的礼物。

乔苑林拿起礼物盒上的卡片，说："是阿姨送给我的。"

另一个盒子没有精致的包装，很符合乔文渊的作风。梁承打开，里面是一条名牌男士皮带。

乔苑林怕拆坏了，抱着礼物回卧室的衣帽间。他解开绑成蝴蝶结的丝带，拿剪刀小心地剪开包装纸。

梁承趿着拖鞋不请自来，说："我看看是什么东西。"

盒子里是一整套家居服，柔软暖和，里外共三件，还附赠眼罩和袜子，很符合妈妈送给孩子礼物的标准。

睡袍兜里塞着一只小信封，乔苑林打开，抽出一张天蓝色的卡，是海岛游乐园的家庭分享年卡。信封上贺婕写着：等天暖了，我们一起去游乐园吧！

乔苑林喜欢得来回翻看，他拿出藏在衣柜底层的小储物箱，把这张卡和重要的证件放在一起。

而梁承却注意到里面那个灰色的丝绒盒子。一枚纽扣要留一辈子吗？

第二天早晨，乔苑林还在梦中，梁承先睡醒了，进浴室洗漱。

餐桌上摆着一锅热腾腾的疙瘩汤，贺婕盛好四碗，抬眼见梁承衣冠整齐地走过来，问："睡得好吗？"

梁承点点头说："嗯，挺好的。"

乔文渊端着一盘小笼包从厨房出来，说："咱们医生睡眠都浅，能一觉到天亮实在不容易。"

木制餐椅很凉，梁承拿起椅垫，顺手摞在旁边的椅子上，说："皮带挺合适的，谢谢乔叔。"

贺婕往屋里瞧，问："苑林还没起床吗？不知道他喜不喜欢我送的。"

说罢，乔苑林穿着一身新睡衣亮相，睡眼惺忪，步伐缓慢。他走来坐到梁承身旁的位置，回答："我特别喜欢。"

贺婕乐道："喜欢就好，怎么睡一觉跟挨了揍似的？"

乔苑林胡编道："我梦见了金牌打手，他一晚上打了我……三次。"

梁承夹起一只小笼包献给乔苑林，说："给，补补。"

乔文渊看不过眼，对乔苑林说："你自己不会夹？多大人了？"

"年底了，我终于二十五了。"乔苑林咬一口，"别骂了，我真的好累。"

乔文渊督促道："别犯懒，年底大家都忙，必须坚持住。"

乔苑林烦他打官腔，说："今天星期日，家里也没有你们三院职工，你不要训话。"

"臭小子，"乔文渊道，"死活要当记者，那就好好干，不能比别人差。"

梁承在一旁听着，念及乔苑林高中时代的用功，似乎乔文渊对他一向要求严格，并不因为身体问题而放宽标准。

贺婕也有同感，劝道："老乔，孩子健康开心就好了。"

乔苑林却先一步说："没事，我能做到。"

他早已习惯父母的高要求，一开始会哭，爷爷、奶奶和姥姥、姥爷甚至联合起来抗议过，不舍得让他这么拼。而乔文渊和林成碧不为所动，教导他哪怕付出加倍的努力也要赶上其他人。

他们一个做医生见过许多病痛，一个跑新闻遍观众多遭遇，都认为社会残酷，人的歧视比疾病更令人痛苦，所以绝不能落后、弱小和愚钝。

乔苑林喝一口疙瘩汤，他基因里的强韧使他接受并赞同，也使他坚持到现在。

梁承剥好煮鸡蛋，道理他都懂，但顶风作案地将鸡蛋再次放进乔苑林的餐碟，说："在外面上进，在家里可以喊累。"

乔苑林看向乔文渊请示。

"乔叔，"梁承尊敬中藏着一分强势，"咱们分工合作吧，你负责监督他，我负责照顾。"

乔苑林一愣，急忙收敛了目光。

乔文渊也迟疑地咂摸了一会儿，最终无奈地妥协道："别给他惯出王子病了。"

吃过早饭，梁承帮忙打理院中的一株梅花，乔苑林坐在墙角一片空地晒太阳，拿着他的手机看同事们发的朋友圈。

04

圣诞节一过完，乔苑林要去北京出差，同行的总共四个人，他和记者二组的组长负责采访工作。

前一夜，乔苑林在家收拾行李，电脑已经关机锁进了背包，他忽然想起这个月的工作总结还没发。床头搁着梁承的平板，他打开借用。

门大敞着，梁承拿着便携药盒进来，弯下腰塞进行李箱的夹层，说："配了十天的量，应该绰绰有余，一顿一格。"

乔苑林登录账号，打开文档，假设道："万一待半个月怎么办？"

"自己去协和医院找大夫开。"梁承懒得跟他逗闷子，低头检查箱子里的东西，然后打开证件夹核对。

乔苑林进入邮箱，正要退出梁承的账号，系统提示有十几封新邮件未读。

全都是英文，来自海外，基本上是梁承在英国的同学前两天发来的，祝他圣诞快乐。

乔苑林道："你这人怎么看都不看，哪怕群发个'Thank you（谢谢）'也行啊。"

梁承心说一天天上班都够忙的了，晚上还得伺候你这个丢三落四的糊涂蛋，哪有那个英国时间去回邮件。

他把短袜拿出来，去换成几双能护住脚踝的，敷衍道："那你帮我回吧。"

乔苑林一派少爷样，趴在床尾点开一封邮件，内容很温情，回忆了与梁承在医学院的求学时光，表示非常思念。

自从见过安德鲁，乔苑林对名字背后的性别就不确定了，问："哥，夏洛特是男生还是女生？"

梁承卷着袜子一顿，没抬眼地说："女生。"

"哦。"乔苑林并未想好接下来问什么，便问了句废话，"你的同学？"

梁承"嗯"了一声，主动说："英国人，对我表示过好感，我拒绝了，就这样。"

乔苑林反而不好接腔了，他猜梁承在英国念书时一定很出众，不过也很难接近，大约就像伦敦的阴天。

滑过一排发件人，他纯属好奇地问："那你在英国有什么难忘的人吗？"

梁承想了想，回答："有，一个中国男人，叫约翰。"

乔苑林一骨碌爬起来，问道："为什么难忘？"

"因为……"梁承将固定带子扣紧，"我跟他经常见面，从一个月两三次发展到每周两三次，课业忙的时候没空，就会惦记。"

乔苑林问："你之前怎么没提过？"

梁承将行李箱合住，眉梢漫上忽悠人的笑意，答非所问道："对了，约翰早就结婚了。"

乔苑林一脸惊讶地道："结婚了！"

梁承起身撑住床沿，倾向乔苑林面前，说："约翰是一家中餐馆的老板兼大厨，宫保鸡丁做得尤其地道，每星期不去吃两顿我就胃疼。"

乔苑林气死了："你又耍我！"

乔文渊打门外经过，梁承赶紧站好，眨眼间已是命令的口气："乔治，限你五分钟搞定，上床睡觉。"

第二天早晨，密云堆在天际，好在天气预报说北京今天是个大晴天。

乔苑林跟同事约定在航站楼门口集合，梁承开车送他到机场。劳模组长已经到了，他松开安全带，车门"嗒"的一声解了锁。

叮嘱的话一路上说到烦了，梁承伸手拍拍乔苑林，说："行了，去吧。"

乔苑林下车前别有深意地说："这一次去北京，我心情很好。"

目送人影消失于航站楼内，梁承发动车子，驶离机场去上班。

医院办公室凑着些闲杂人等，有楼下超声科的、楼上药学室的，围成一堆叽叽喳喳地分照片。

篮球赛当天的照片洗了两百多张，包括各位职工。他们先拿来给MVP在的科室挑选，这些人都是等不及的急性子。

照片铺满桌，梁承钩着平安结进来，掠过时兴致不高地瞥了一眼，过曝的、面目狰狞的、构图匪夷所思的，不知道的还以为是若潭的集体黑历史。

王医生道："救命，那天谁负责拍照啊？"

"影像科的畅哥。"冯医生回答，"他CT拍得挺好的。"

小胡医生马后炮地说："那天真不如拜托乔记者掌镜，人家是专业的。"

梁承闻言停下脚步，修长的手指在桌上一拨，犹如大海捞针。他面露嫌弃地收回手，去位子上换白大褂了。

大家挑选完陆续离开，待办公室恢复冷清，梁承过去仔细翻找起来。

他平时几乎不拍照，大多数照片都是打球中抓拍的，没几个正脸。

他直接略过，翻了一会儿，终于找到一张乔苑林的——头戴麋鹿角，在涌动的人群里张望场上，大概是在看他。

梁承将照片收走，放进办公桌的抽屉里。有人敲门送来一沓表格，通知下午轮到心外科的职工体检。

填完基础信息，梁承发现证件照用完了，便去院内的复印室重拍。不少同事在排队，他排在末尾，手机突然振动，收到一条微信消息。

乔苑林：我快要登机了。

梁承编辑道：落地再说一声。

乔苑林：嗯，我在首都机场留个影，发给你。

梁承：好。

乔苑林：我好像从没见过你的照片。

梁承想起那一堆黑历史，回道：我没有照片。

乔苑林：现在拍吧。

队伍前面没有人了，梁承按灭屏幕坐到椅子上，两边的打光布白得晃眼，他犹疑了一瞬后看向镜头。

忽然，摄影师从三脚架后面直起脖子。

梁承奇怪地道："嗯？"

摄影师提醒说："梁医生，证件照不用笑得那么帅气。"

周围发出一阵哄笑，毕竟"投诉帝王"可不是如沐春风的类型，开会发言时都冰着一张俊脸。

此刻，梁承却大方地扬着唇角，笑容里增添了几分玩世不恭，显得有些痞气。

乔苑林顺利抵达北京，熟悉的干冷大风吹在身上，让他想起念书时每个难熬的秋冬。

平海的温度也连续降低，城市上空积着一团云，三天后飘下又一场雨雪。

乔苑林不在，梁承不必接送，也没人可以抬杠，两点一线的生活像两个人重逢之前一般枯燥。

他大多时候就近回公寓，随便吃点什么，两个人都不忙的话，他会和乔苑林视频聊一会儿天。

傍晚医院来了个心衰的病人，情况不太好，梁承忙完离开医院时将近十点钟。雪地泥泞，车又被限号，他在路边冻了十分钟才打到出租车。

他想吃口热乎的，跟司机说去海鲜汇。

商圈的人流比平时少一些，况且冬天的夜宵店正值淡季，顾客寥寥，刚换班的服务生都闲着没事干。

梁承随意挑了个卡座，要了一碗虾子面，加二两鲜肉。点完餐，他抱臂靠着沙发，闭目养神。

过去几分钟，有人在他面前打了声响指。

梁承缓缓睁开眼，郑宴东已经解开大衣扣子，在桌对面坐了下来。两个加完班饥寒交迫的男人，都以同情的目光瞅着对方。

服务生端来一壶茶，郑宴东懒得纠结，说："给我来份跟他一样的。"

梁承问："你真是会员吗？"

郑宴东斟上两杯热茶驱寒，不答反问："你不是又要我请客吧？"

梁承姿态依旧，环在胸前的手臂线条流畅。他微抬下巴，浑身的气质令人想狠狠地投诉他一番。

他分析道："你们检验鉴定中心距离这儿至少四十分钟车程，而且是在不堵车的条件下。这么晚了，就为了吃口饭，值当跑一趟过来？"

郑宴东优雅地饮茶，偏头望向大堂角落的某一处，说："这儿离法院近啊，我去办事来着。"

总经理办公室的门打开，晚高峰结束，应小琼补了一觉，披着羽绒服走出来巡逻。大堂里没几个人，他轻易对上投向这边的视线。

应小琼踱过去，桃花眼犯困地眯着，问："你俩约好的？"

梁承说："不约而同。"

虾子面端上来，应小琼粗鲁地把梁承往里面推一点，也坐下来，说：“两个一米八几的人就吃碗面？小婷，再添个煎鱼和白子拌饭。”

一桌人无言地吃着，郑宴东的手机响了，他接通叫了声“程队”。

梁承往旁边扫了一眼，应小琼没什么反应，攥着勺子往嘴里塞了一大口米饭。

郑宴东挂断后，应小琼说：“程怀明？”

郑宴东点点头，说：“他们有个案子送检，死者在二监蹲了十年，出狱不久遇害了。”

应小琼咕哝道：“你晦气不晦气？”

“我要嫌晦气就不当法医了。”郑宴东问，“你是觉得被杀晦气，还是我提了二监晦气？”

梁承代为回答：“平分秋色。”

郑宴东笑起来，不似大学生时代的阳光，更沉稳一些，说：“说出口确实很缺德，但我真的挺好奇你们两个在二监是怎么认识的。”

这个“认识”指的是交好，乃至延续至今的情谊。去云栖镇旅游的时候，郑宴东就问过这个问题，当时应小琼糊弄过去了。

此时梁承放下勺，说：“我大他五六岁，他敬重我，正好我有意收个小弟。”

郑宴东轻嗤一声道：“你不如说有人找你的碴儿，他拔刀相助。”

“你电视剧看多了吧？”应小琼道。

郑宴东趁机说：“在那种地方，梁承的性格应该不会主动跟人交好，尤其是和实打实犯了罪的人。”

应小琼一点也不生气，唇红齿白的他粲然一笑，说：“他虽然冷，但我热情啊，我外号是‘二监小太阳’。”

听不到一句正经的，郑宴东拿他没辙，说：“你不是一枝花吗？又成小太阳了？”

应小琼说：“火玫瑰，懂吗？”

半碗面下肚，热气翻滚升腾，堵在了嗓子。郑宴东也搞不清在执着什么，他掏出烟盒，烟已戒断许久，最近又犯了瘾。

餐厅内不允许吸烟，应小琼却纵着没管。等烟燃烧，扑来呛人的白雾，他绷着下颌把脸撇到了一边。

酒能壮胆，尼古丁能乱人心志，郑宴东隔着一片缥缈的烟雾凝视应小琼，顷刻不想继续兜圈子了。

“应哥，”他问道，“你是被冤枉的，对吗？”

应小琼这次没有回避，说：“我故意杀人，案子判了，牢蹲完了，这就是事实，我不否认。”

“如果案子判得有问题呢？”

梁承蹙紧眉心，抬眸间已舒展得不露痕迹。他从郑宴东的烟盒里抽出一支，兀自咬上，吞吐起烟雾来。

应小琼道：“就算有问题能怎么样？又关你什么事？”

郑宴东说：“我想弄清楚。”

“你也太闲了吧，全国坐过牢的人那么多，你干吗非弄清楚我的事啊？”

郑宴东冷静地说：“别人我不关心。”

应小琼怔了一瞬，说道：“谁稀罕你关心？老子嫌烦，你的关心能当饭吃、当钱花？”

郑宴东说：“要是能翻案呢？”

应小琼突然恼了，吼道：“程怀明都翻不了！”

郑宴东的太阳穴猛地跳了一下，终于猜到缘由，道：“他对你承诺过作为当线人的条件？他没办到，所以你跟他掰了。”

应小琼忍无可忍，起身夺了郑宴东指间夹着的半支烟，掌心朝下生生捻灭在桌上，骂道：“滚！”

一刹那万籁俱寂，碗底残羹映着应小琼怨恨的脸色。

半晌，他移开手，用哑了的嗓子说：“别来海鲜汇了。”

郑宴东打开包，翻出随身携带的消毒棉片和创可贴，冒着挨一巴掌的风险捉了应小琼的手，擦了擦后用创可贴贴住那一点烫伤的痕迹。

明明神情镇定，可任谁都看得出郑宴东在服软，他问：“我以后真的不能来了吗？”

应小琼牙根发痒，消解了伤人的重话。他甩开郑宴东，最终什么都没再说，大步上楼去了。

窗外又飘起了雪，梁承侧目欣赏，回神时攒了一截烟灰。

他将烟摁灭在烟灰缸里，作为知情人开了口：“应哥的案子确实存在问题，并且他的遭遇和我的遭遇有一些关联，但涉及隐私和证据问题，我不能擅自透露。”

郑宴东能理解，说：“我今天冲动了，不过直觉告诉我他不该是坏人。”

梁承戏谑道：“怎么就不该？”

郑宴东答了句：“卿本佳人，怎会为非作歹？”

梁承略微无语，从钱夹抽了两张红钞放在桌上，说：“所以你这位热心仵作就为了搞清楚当年的案子，于是老往这儿跑？”

“也不全是。”

“还因为什么？”

郑宴东望向空荡的楼梯，狡黠地笑了，回答道：“整天面对死人，心里苦，下班了想来看看养眼的。”

梁承差点被这个理由说服了。

“不怨我吧。”郑宴东一脸无辜。

05

凌晨两点半，海鲜汇提前半个小时结束营业。一楼大厅的灯关得只剩下孤零零的一盏，莹亮的白光笼罩着卡座。应小琼从楼梯上下来，怒火消失后只余困倦。

桌上放着梁承付的钞票以及郑宴东留下的一盒创可贴。应小琼走过去一把抄起来，钱收好，创可贴不太稀罕。他翻了个面，盒子背后写着七个字：火玫瑰，别生我气。

应小琼骂了一声，背后有高跟鞋踩着大理石砖的声音靠近，他将东西塞兜里后转过身。

应小玉挽着外套，之前的动静她听见一二，说："没事吧。"

"嗐，能有什么事。"应小琼潇洒地道，"别那么惆怅地看着我，就算有事也跟你没关系。"

应小玉说："怎么能没关系？"

应小琼上前揽住她，拿出旁人见不到的温柔，说："你是我姐。走吧，不提乱七八糟的了。"

姐弟俩下班后往外走，应小玉想到什么，劝道："下次别骂小郑了，我看他是好心。"

"是操不着的闲心。"应小琼拉高羽绒服拉链，"他那种一家子教授出身的书香门第，公检法的、最高法院的，遇见我这种流氓当然好奇了。"

应小玉不同意地说："你不是流氓，我觉得他也不是那意思。"

餐厅门外地上一层薄薄的积雪，应小琼撑着门让应小玉出来，然后扭头盯着伙计落锁，心不在焉地道："管他呢。"

应小玉"唉"了一声。

应小琼没再挖苦地称他为"仵作"，说了心里话："总之，咱们跟大法医绝不是一路人。"

"嘀嘀"！刺耳的车喇叭声穿破静谧的雪夜。

街边停着一辆高档轿车，毕竟车主在大学一年级就开着雷克萨斯车到处跑了。郑宴东降下车窗，回道："不同路也不要紧，我可以导航啊。"

应小琼的第一反应是按住兜，免得创可贴盒子暴露一角，他喊道："你阴魂不散啊！"

后来郑宴东把这件事分享给梁承，天天对着死尸的一个男的，只敢在背地里用微信吐槽：他怎么那么爱骂人？

梁承转手就缺德地发给了应小琼。

从微信切换到日历界面，明天就三十一号了，今年的最后一天，也是乔苑林出差的第五天。

估计挺忙的，他们这两天没空聊一通电话。看这趋势，对方元旦不一定能回来。

梁承搁下手机，白天做了一台大手术，接了三个急诊中心过来的患者。今晚他值夜班，泡上一杯热茶去门诊待机。

经过专家诊室时，坐镇的孟主任说："怎么感觉你老在医院待着？"

梁承道："这周排的班比较密。"

"攒假呢吧？"孟主任经验老到，"但不能太累了，否则休息的时候光睡觉了。"

梁承应景地打了个哈欠，乔苑林回来他肯定要去接，可以再歇两天，就是不知道哪天是赴京乔记者的归期。

一夜过后总算迎来了晴天，早晨交了班，梁承回明湖花园蹭一顿现成的早饭。

公立医院年底会接受很多检查，乔文渊忙得好像老了七八岁，但不忘抽空关心一下儿子，问："梁承，苑林联系你没有？"

梁承说："这两天没，怎么了？"

乔文渊道："臭小子，说好昨晚打电话，我等他等到十二点，八成是忘了。"

贺婕说："孩子忙得顾不上呗，估计明天回来都悬。"

"我还准备订位子庆祝元旦呢。"乔文渊征求意见，"那还订不订？"

梁承在调闹钟，说："你们二人世界吧，我就算了。我眯一会儿，下午还得回医院做一台微创手术，元旦就在家睡觉了。"

电视一直开着，此时正在播放平海电视台的《早间新闻》，主持人连线在北京的采访记者，乔苑林的名字和画外音惹得一家三口同时抬头。

跟访大型会议相当辛苦，行程严格紧密，精神高度集中，要时刻和栏目组保持沟通，涉及政策的会议内容不允许出现一丁点误差。

五天时间，出差的采访组人均瘦了六斤。

下午，最后一场会议圆满落幕，乔苑林和组长马不停蹄地回酒店做整理，光内容核对就做了十几遍，眼睛看东西都出现重影了。

赶在时限内提交给新闻采访部，按下发送键，组长把圆珠笔一摔，成了被逼疯的劳模，喊道：“熬死爹了！”

乔苑林双手插入头发抱着脑袋，手肘将录音笔推过去，说：“摔这个吧，我现在看见这玩意儿就想吐。”

组长理智尚存地说：“可使不得，这个好贵！”

临时建的群组弹出孙卓发来的慰问，通知他们放假了。乔苑林神经一松，手掌抹了把脸，继而落在胸膛上按着。

有人敲门，是另外两名整装待发的同事，来叫他们出去庆祝。组长立刻去换衣服，和他们商量着狂欢到几点。

乔苑林无意扫兴，试图起身却乏力地陷回椅中。他不得不拒绝道：“你们去吧，我想在酒店休息一会儿。”

“别啊，”同事说，“那家餐厅特别难订，咱们吃了再去喝一杯，今晚可是跨年夜。”

乔苑林笑笑掩盖虚弱的气息，说：“我没劲儿了，在酒店做按摩缓一缓，晚上……想跟家里视频。”

他这么一说，大家不好再勉强。等同事出发后，乔苑林离开一片狼藉的书桌，挪到床头喝了一格药。手边没水，他干吞了，酸苦侵染了喉舌。

乔苑林掀开被角躺上床，盯着水晶吊灯不敢闭眼，感觉逐渐好一些才蒙头睡了过去。

走廊不断有人经过，大多数客人今晚不会闷在酒店里，鱼贯而出在庞大的北京城寻个消遣。乔苑林昏沉地做着梦,手伸到空荡的另一边摸索。

他被铃声吵醒，发现竟然将近十点钟了。

服务生送来干洗过的衣物，好心地询问需不需要送餐。乔苑林口干舌燥，把人打发了，拿了一瓶矿泉水进浴室泡澡。

手机响起视频通话请求，他憔悴得不敢见人，点了拒绝。

回拨过去，梁承一接通便不甘心地说："怎么看不到你人？"

"我在洗澡,看不了。"乔苑林说,"如果能买到票,我明天飞回平海。"

梁承说："没事，不急。"

乔苑林问："你下班了吗？不会今晚还要值夜班吧？"

梁承说："嗯，刚下。"

乔苑林心疼地道："好辛苦。"

"那你辛不辛苦？"

乔苑林一直在装蒜，梁承一关心终于忍不住了，说："累得想死，傍晚忙完一觉睡到现在，差点在首都殉职。"

梁承自动过滤他的浑话，问："是不是没吃晚饭？"

"没什么想吃的。"乔苑林可怜巴巴地说，"同事都去吃大餐了，我一个人在酒店呢，但我吃药了，再不回家真要去趟协和。"

梁承敏锐地问道："乔苑林，你不舒服？"

"本来没事了。"乔苑林说,"你猛地叫我大名,心里又突地跳了一下。"

梁承似是叹了口气，说："把酒店定位发给我，我给你点外卖。"

泡完澡换了衣服，乔苑林提前下去一楼大堂。沙发上坐满了人，他戴上卫衣的帽子，溜达到酒店门前的小花园。

周遭的摩天大楼灯火斑斓，他悬空双腿坐在花坛边上，揣手望着街上金光流淌的车河。

外卖员骑着电动摩托蹿进来，没刹稳便下车，从保温箱里拎出一大包外卖，他看着小票上的订餐人，皱着眉喊道："梁承朋友的！"

乔苑林一只脚都踩上地面了，吃惊地愣住。

“谁是梁承朋友啊？”外卖小哥喊，“梁承的朋友在吗？”

四周目光汇聚，乔苑林的“薄皮敏感肌”禁受不住。他将帽子上的带子抽紧，挡着脸，鼓起勇气走出两步，这时一辆出租车驶过来停下。

副驾一侧的门打开，梁承风尘仆仆地下了车。他们打电话时，列车即将抵达北京西站。

在外卖小哥的召唤中，梁承道：“别喊了，梁承本人来了。”

乔苑林拧了一下大腿，怕是自己梦未醒。直到梁承朝他越走越近，充满安全感的气息将他包围，他才在鼓鼓囊囊的羽绒服领子间仰起头，傻傻地问：“你怎么会出现啊？”

梁承说：“那要感谢中国高铁。”

乔苑林端详他的黑眼圈，口是心非地说：“在家休息多好。”

“那我买返程票，走了？”

梁承根本没动，乔苑林急忙抓住他的手肘，不让他走。

办理了入住手续，梁承带乔苑林到单开的房间。他仿佛对一切早有预料和准备，打开包掏出了听诊器。

乔苑林有点佩服地说：“你跨越千里上门看病来的啊。”

梁承戴好耳挂，焐热听诊头，探入乔苑林卫衣中。这是他第一次给乔苑林听诊，原则告诉和对待普通病患没什么不同，他却来来回回反复了三遍。

心脏、肺动脉瓣、肋下，他听到喷射性收缩期杂音，粗糙而凌乱。

乔苑林问：“还是沙瓤吗？几成熟了？”

梁承摘下耳挂，回答：“几成熟要详细检查，不过能确定很甜。”他捏住乔苑林的后颈揉了揉，“你必须好好休息。”

小时候三院心外科的叔叔阿姨都这样说过，乔苑林早已免疫，他点点头，说：“都听梁医生的。”

拆开外卖，乔苑林取下小票收藏在证件夹里，说：“不是海鲜汇的餐，不然能打折。”

“别冒那个险，应哥更年期提前了，极度暴躁。”

电视播着跨年晚会，梁承一边吃一边讲郑宴东和应小琼最近的纠葛。乔苑林是真的记仇，听得如痴如醉还不忘问一句：“老四呢，在直播界过气了吗？”

临近凌晨，他们和家里打视频电话，原本担心乔文渊和贺婕已经睡了，结果二老正在市中心广场看烟火表演。

他和梁承一起度过了这个年尾，窗外是北京的夜空。

CHAPTER

07

第七章

选正义，也选你

乔苑林狼狈地笑着，说："全部告诉我吧。"

梁承愣住。

"不要低估我。"

乔苑林郑重地说，"我选正义，也选你。"

01

昨夜睡得晚，梁承和乔苑林都累过了头，新年的第一天都睡到了日上三竿。

梁承刚起床，听见手机振动迟迟没停便揉着眼睛去接，摸索到后滑开通话键：“喂？”

里面沉默几秒，传来王芮之的声音：“是苑林吗？”

梁承霎时清醒，看了一眼来电显示。

乔苑林听见动静也醒了，钻出被窝发牢骚道：“干吗啊你……”

梁承捂着手机走过来，说：“你姥姥。”

足足静候了三分钟，王芮之总算听见了外孙的声音，带着因干燥而黏黏糊糊的沙哑。乔苑林说：“姥姥，我刚才睡觉呢。”

王芮之一贯宠爱他，说：“我打得不是时候，你再睡一会儿？”

乔苑林哪好意思，说：“不睡了，姥姥，元旦快乐。”

王芮之已经猜到之前接电话的是谁，说：“你跟小梁也快乐。宝儿，我想你喽。”

“我也想你。”乔苑林下床翻日程本，“我在北京出差，刚忙完，这两天买好票回去看你。”

“真的？”王芮之高兴地道，“那你带小梁一起来。”

两个人又聊了一会儿，挂线后，乔苑林全无困意，走进浴室和梁承一起洗脸，说：“正好歇着，咱们回家去我姥姥那儿一趟吧。”

“行。”梁承几乎没考虑，答应完想到一件事，“你姥姥和你妈住在一起？”

本来是，不过王芮之年纪大了，林成碧的那个孩子还小，太闹腾，她嫌影响休息就另租了一处。

乔苑林会错意，以为梁承让他一并探望，说："先不看我妈了，万一碰见那个孩子和他爸爸，怪尴尬的。"

梁承将错就错地点了点头。

下午出门闲逛，北京太辽阔了，地铁站内换乘没准儿得走两千步，景点多得逛哪个都顾此失彼，他们干脆去了乔苑林的母校。

算起来乔苑林毕业不满一年，学校风光如初。他是直升本校的研究生，在这座国内顶尖的学府度过了六七年的光阴。

图书馆、花园、一汪碧湖、肥肥胖胖的流浪猫狗，校园独有的美好一览无余，大学生活对乔苑林而言是一种辛苦的幸福。

路边有社团在摆摊搞活动，梁承问："你们新闻社难进吗？"

乔苑林道："当然了，我们社特牛。"

"雷君明都能当副社长，有多牛？"梁承损完人爽了，再说好话，"你这位尖子生在社里担任什么职务？"

乔苑林担任过记者、编辑，偶尔也负责摄影。因为新闻社的社员贵精不贵多，经常不够使。

新闻社承包了学校一切活动的宣传报道，搞得学生会宣传部很被动，却奈何不了他们。他们也没空理会，平时的每周要闻就够忙的了。

除却上课学习，乔苑林的业余时间都在跑新闻，如今回顾一下，貌似每一条都挺有八达通的味道：五道口某商场门前举办接吻比赛，他围观半晌，只为采访第一名的获奖感言；辩论会与其他学校的学生打擂台，输方要请胜方在本校食堂大吃一顿；约阿根廷留学生踢足球，结果被打得落花流水想集体跳楼。

乔苑林采访过许多人，说了一大圈绕回自己身上：

寝室是四人间，他是老四，只有他把毛巾叠成豆腐块；他丢过雨伞、U 盘、棒球帽，毕业年级摆摊卖旧物时买了一盆仙人球；体育课他不上，去实验楼看生物系的学生；路上听见有人喊的名字姓梁，他一定会停下来；牛肉锅盔其实不好吃，可他再也尝不到那年晚自习送到他面前的那种滋味。他去故宫、天坛、王府井，去一切人多的地方，去各大医学院，去胡同里看电线杆上贴着的二维码。

乔苑林停在萧条的槐树下，告诉梁承："婚礼那一天，我爸说贺阿姨的儿子在英国留过学，然后我见到的是你。"

那一刻他就动摇了。

勿忘我摆在他和梁承之间，他平生唯一一次那么迅速地吃完一顿饭，他不敢磨蹭，否则稍有空隙大概就会问出了口——你也寻找过我吗？

梁承此刻回答他："是，就像你寻找我一样。"

离开学校后，他们去本地商超买些特产带回去。乔苑林以前经常买传统糕点寄给王芮之，老太太很喜欢。

晚上订了机票，二号早晨退房，他们直接飞抵王芮之居住的城市。

乔苑林来的次数不多，即使来了也很少去家里，一般约王芮之和林成碧出来见面。这下老太太搬了出来，倒是方便了些。

社区地段不错，街上一排满足衣食玩乐的商店，但凡阳光明媚，露天茶室总是坐满了闲话家常的老年人。

王芮之迫不及待地来到街边等，她视力衰退，老花镜增厚，不过耳链依然银光闪闪的。

十几辆出租车疾驰而过，终于有一辆减速停了下来，她端详车内的乘客，立刻笑开了。

乔苑林推开车门，喊道："姥姥！"

王芮之小跑过去搂住他，仿佛外孙仍未长大，说："宝儿啊，快让我抱抱。"

梁承从另一侧下车，恍惚回到了晚屏巷子。当年的老太太苍老了一些，但还是爱美，大衣里穿着丝绒旗袍，蹬着半寸高的皮鞋，俨然未改模特队队长的风姿。

王芮之移动目光，唤道：“小梁？”

从前梁承在旗袍店租房子，生人勿近，每天照面却没称呼过对方。今时不同往日，他竟有点不知所措。

王芮之笑道：“不打招呼不让你上楼。”

梁承抿一下薄唇，说：“姥姥。”

王芮之一手拉着一个，独居难免孤单，她成日羡慕儿孙绕膝前的邻居，今天她这里一下子来了俩。

上楼到家里，房间是一室一厅，房主用心装修过，王芮之再添置些物件便显得更加温馨。旗袍店的缝纫机还留着，摆在光线明亮的阳台上。

乔苑林问：“姥姥，你现在还做旗袍吗？”

“做，就是做得特别慢，眼睛不好使了。”王芮之回答，“而且那缝纫机年头久了，总出故障，维修店也不乐意过来修。”

梁承干过这活儿，说：“等会儿我帮你看看。”

厨房煲着给他们的汤水，王芮之跟着心热，她问：“你们……怎么样啊？”

乔苑林抓了一下耳郭，只道：“我挺好的啊。”

梁承说：“我也挺好的。”

王芮之捂着嘴乐，笑话这两个人：“当年要么抬杠，要么吵架，在二楼‘丁零当啷’的麻烦死了，长大成人都变得腼腆啦？”

乔苑林傻笑，打开礼物盒拿糕点，递过去说：“姥姥，你尝尝好不好吃！”

“好，姥姥尝尝。”王芮之接过咬了一口，望着他认真地回答，“宝儿，我跟你爹妈不一样，不挑三拣四，你买的我都爱吃，只要你开心比什么都强。”

梁承在一旁心念微动，想说点什么，然而不待他组织好语句，王芮之先转向了他。

“小梁，你是个命苦的孩子，好在都熬过来了。”王芮之温柔地说，“你们都好好的，这辈子刚过去一小半，好日子来得迟，但未必就比别人少。”

梁承哑然，不知该说什么，他笨拙地说：“谢谢姥姥。”

王芮之掀开茶几上的珐琅彩盒，里面搁着两个包好的红包，她说：“新的一年了，而且苑林正式参加工作，小梁也喊了‘姥姥’，那我得有个表示。无论如何，你们都已经是大人，以后有什么困难得互相帮持，一起解决。”

乔苑林保证道：“我们能处理好。”

梁承说：“我不会让他受委屈。”

“好，都乖。”王芮之递给一人一个红包。

乔苑林接住捏了捏：“好厚啊，单张面值是一百的吗？”

梁承也说：“会不会太多了？”

王芮之暗道，还有人嫌钱多？她回答：“趁我没后悔，快收好了。”

梁承和乔苑林对视一眼，收下了。

老太太进厨房张罗午餐，那时候有煮粥、炒粉，炖肉、汤圆，在一楼的小餐桌上留下了不少回忆。

潜意识中，她总觉得梁承和乔苑林是两个孩子，一个大一点，一个小一点。遇见凑一块儿，把不算幸运的自己变成对方最大的幸运。

吃过午饭，梁承在阳台上检查缝纫机。

乔苑林随王芮之进了卧室，床上放着一个旧相框，里面夹着姥爷生前的照片。准备好今天要说的话，王芮之一早就将相框翻了出来。

“我得告诉他一声，你知道他多疼你，肯定也想听。”

乔苑林双手捧起相框，自己来说，说完和梁承之间的种种，又讲工作上的事，不过净挑开心的。

王芮之边听边笑，感觉外孙子人见人爱。她忽然问了句悄悄话：“宝儿，后妈待你好吗？”

提起贺婕，乔苑林的语调跟着变得柔和：“阿姨待我很好，她的出现弥补了我一些遗憾。”

王芮之再明白不过，心疼地摸摸他的头。

乔苑林也问悄悄话："姥姥，那你的小外孙和我，你更在乎谁？"

问出口他才感觉不妥，手心手背都是肉，何必让老人家为难。不料，王芮之回答："宝儿，你妈妈有了另一个孩子，这改变不了。可我永远最在乎你这个心肝肉。"

乔苑林早已放弃向林成碧索求爱意。王芮之爱他，也觉得亏欠他，但他知足了。

他有了贺婕，而祖孙俩都明白，那个健康的孩子则弥补了林成碧的遗憾。

乔苑林深呼吸了一下，说："姥姥，你不是想搬回平海吗？"

"是啊。"王芮之说，"我的老朋友都在平海，可你妈不同意，说我岁数大了，她不放心。"

乔苑林道："我可以照顾你啊，那你想我了怎么办？"

王芮之从床底拉出一口箱子，将相框放回去。箱子中有姥爷的遗物和旗袍店剩下的零碎玩意儿，还有几本相册。

她拿出一本，说："我想你的时候就翻你的照片。"

梁承刚好修好缝纫机走进来。

三人围成一圈，王芮之翻开相册的硬壳子，第一页是乔苑林的出生照，他生下来就亮着一双黑葡萄似的大眼睛，绝对是全产房最漂亮的娃娃。

后来他到满月、一周岁，虽然瘦弱但脸颊肉嘟嘟的，特别像牛奶汤圆。再大一点，身穿背带裤和小衬衣，怕冷戴着各色毛线帽，斜挎一个粗过胳膊的卡通水壶。

乔苑林五岁住院时穿病号服的，贴着退烧贴泪眼婆娑的，和姥爷玩放大镜的，被年轻的乔文渊抱着却一脸不高兴，坐在地上拆林成碧相机的……从孩童到少年，偶然翻到乔苑林十三岁的照片，初见时对方的模样顿时涌入梁承的脑海。

王芮之慷慨地道："小梁，中意哪张，拿走。"

梁承说："这一本都给我吧。"

王芮之笑道："你倒不客气，抢劫呢。"

后面还有七八页，乔苑林一下翻过去，不是他了，是林成碧年轻时的照片。

他指给梁承看，介绍说："这就是我妈。"

照片拍摄于近三十年前，是林成碧大学毕业前与两三名同窗的合照，样子青春伶俐，旁边的男生面目斯文。

乔苑林记得看过这张照片，问："这是我妈的大学同学吗？"

"是她念法律时的同学。"王芮之戳着上面的人头，"都是尖子生，你妈那性格，成绩差的她瞧不上眼。"

乔苑林有点印象，说："旁边这人貌似全系第一，小时候听她夸过。"

"嗯，好像是。"王芮之也听过，"叫什么来着……"

梁承盯着那个人，面色晦暗，低垂的双眸漫上一股压抑的戾气。

他伸出手，意图翻过这一页。

恰巧王芮之记起来，说："姓赵，叫赵建喆。"

02

回平海的车票是傍晚的，王芮之送乔苑林和梁承到社区门口，有些舍不得他们这么快就离开。

梁承说："姥姥，下次休假再来看你。"

"你们工作忙，一定要注意休息，想吃什么提前告诉我。"王芮之勉强到梁承的肩头，便拍拍他的臂膀，"代我向你妈妈问好。"

一辆出租车停下，乔苑林被车灯晃得眨了几下眼睛，他张手与王芮之拥抱，说："姥姥，我走了。"

王芮之小声地问："真不要见见你妈？"

乔苑林摇摇头，略显僵硬的笑容笼罩在一片晚霞里，被渲染得自然了些。他低声道：“姥姥，暂时别把我回来的事情跟我妈讲。”

王芮之顺着他的意思，说：“我明白，等你准备好自己看着办。”

梁承和乔苑林坐进车后座，出租车很快驶离了这条街。乔苑林盯着副驾驶座的椅背，有些木然，那张合影残留在脑海，挥之不去。

怪不得贺婕讲述一切的时候，他觉得赵建喆这个名字耳熟，原来他老早就听过，并且是从林成碧的口中。

林成碧和赵建喆是大学同学，曾经关系很好，至少她表达过对赵建喆的欣赏。

那林成碧是否了解赵建喆的本性？当年知不知道赵建喆的死因？又会不会听说过梁承的存在？

无数疑问缠绕着乔苑林，在念及“梁承”时按下了暂停键。

对于今天这个毫无防备的插曲，梁承一个字都没说，沉疴或是逆鳞，总之，乔苑林纵有千般思绪，也不会在对方面前提起那个罪人的名字。

他叫道：“哥？”

梁承道：“嗯。”

乔苑林问：“红包里具体有多少，数了吗？”

梁承说：“改天去银行，抽空一起存个折子。”

乔苑林道：“不花啊？”

梁承怕司机师傅听见，靠近一些用气音说：“姥姥的一片心意，存起来留作纪念。”

“哦。”乔苑林仰头，“那你的心意呢？”

梁承哼笑着骂一声“财迷”。

天逐渐黑了，窗上映着他的面目和消失在地平线的最后一道光。

他扣紧十指，把今天的波澜捏碎，就这样吧，永远不要提，一个死人不可以打扰他的生活。

他们乘坐高铁返回平海，乔苑林满打满算走了一周，一踏上月台猛吸了两口潮湿的冷风。

出站口人头攒动，贺婕挽着乔文渊站立在人群第一排，老远就朝他们挥手。放在父子闹掰的前几年，乔苑林绝不敢想象这一幕。

回家的路上，乔文渊开车，贺婕微偏着头嘘寒问暖："累坏了吧，休息几天啊？"

"三天。"乔苑林不想藏着掖着，直言道，"其实我们不是从北京回来的，今天去探望我姥姥了。"

乔文渊虽然是前女婿，但是个注重孝道的传统爹，说："嗯，你姥姥岁数大了，你没事就去陪陪她，反正坐高铁方便。"

关于林成碧，乔文渊是一句都不提的。当年离婚分得干净，各自都成了家，非特殊时刻不需要有什么旧情，这样对彼此都好。

倒是贺婕，因为不企图替代谁，所以关心地问："没看你妈妈吗？"

乔苑林又想起那张合照，压着背包说："没，她挺忙的，有机会再去吧。对了，姥姥向你问好。"

贺婕很是意外地说："向我吗？"

"对啊，姥姥想感谢你。"乔苑林有理有据地胡诌，"阿姨，你喜欢旗袍吗？让我姥姥给你做一件，但你在家要跟我统一战线。"

贺婕配合地说："统一战线具体要干什么？"

乔苑林说："比如，他们要吃饺子，我要吃面条，你就得支持我。"

"没人拦着你吃面条。"乔文渊听不下去了，"不过他姥姥做的旗袍确实好看，以前同事家闺女结婚，她就是找老太太定做的，据说狠狠地艳压了男方他妈。"

贺婕笑道："那我等孩子结婚也穿。"

"苑林还早呢。"乔文渊说，"梁承，你什么时候有信儿？"

保持沉默也没躲过去，梁承都不明白话题是怎么从"探望长辈"拐到"孩子结婚"的。他薅住乔苑林的后领子，拽回这个罪魁祸首，回答："没遇见过中意的姑娘。"

乔文渊叹了口气，传授经验道："慢慢来吧，别相亲，不靠谱。"

回到家，乔苑林吃完药就睡下了，半夜醒来一次，辗转至天明再没睡踏实。

第二天，他背着包去了电视台。

其实他尚在假期，到了办公室也没什么可做的。回采访部后他一直在忙，难得有空像今天这样静静地在位子上坐一会儿。

他拉开背包拉链，从夹层中抽出了那张合照。工作环境能让他安心，帮他从专业的角度思考问题，况且，他不敢在家里拿出来。

乔苑林肆无忌惮地看着照片中的面孔。昨天他悄悄地从相册中偷走，不确定当时是出于怎样的想法，或许潜意识中，他把这张照片当成某种证据。

源自记者的本能，他想通过照片探寻点什么，而作为儿子，他又有类似毁灭证据的私心，不愿意承认林成碧和这样的人有过交集。

乔苑林越发烦躁，两只拳头撑着太阳穴放空自己，未察觉有人从后接近，不客气地将他连人带椅子转了半圈。

短暂的眩晕闪过，他见是孙卓，便马上站了起来。

孙卓纳闷地说："不在家歇着，来办公室发呆？"

乔苑林随便找了个借口，说："有个镜头放单位了，我来取。"

孙卓道："嗯，这趟去北京干得不错。"

乔苑林说："谢谢老大。"

孙卓推开袖口看了一眼手表，忙着回办公室处理工作。刚要走，瞥见桌上的照片，他止住步子，伸手捏了起来。

"这是我妈……"乔苑林支吾道，"和她的……大学同学。"

孙卓用陈述的语气说："姓赵。"

乔苑林有些惊讶："老大，你认识？"

"他挺有名。"孙卓回忆道，"法律系高才生，大律师，代理过一场很有戏剧性的案子，他本人连同他的事务所当时很出风头。"

比起赵建喆虚伪的生平，乔苑林更在乎林成碧对此人的态度。他问：

“老大，你记得这么清楚，接触过他？”

孙卓一向雷厉风行，此时的沉默显得不同寻常，但他接手过太多新闻，历练得只要他想，旁人就瞧不出一丁点情绪波动。

许久，他终于考虑完毕，回答：“他是你妈妈的同学，用得着我接触？”

乔苑林道：“所以……”

孙卓说：“大约是十年前，你妈给他做过专访。”

短短几句话，孙卓说完就走了，乔苑林试图平复的心情却比之前更乱。他企盼林成碧和赵建喆只不过凑巧是同学关系，但显然事与愿违。

在新闻中心待到头疼，乔苑林离开大楼，在电视台几栋建筑之间的后花园透气。亭子上盖着一层爬山虎，他仰枕着石头椅背，一片一片地数着泛黄的叶子。

手机响了，仍是关于会议的新闻推送。乔苑林不知道林成碧有没有看到他的采访，不由自主地点开了通讯录。

何必庸人自扰，那是他妈妈，直接问一问有什么难的？她是记者，那么热爱工作，如果知道赵建喆的行为一定会嗤之以鼻。

乔苑林拨出了号码。

几声铃响后电话接通了，林成碧的声音传过来：“苑林？”

“妈。”乔苑林的语言神经打了结，迟钝地说，“昨天，我去看姥姥了。”

林成碧道：“怎么不提前说一声，我也过去。台里就放一天假，我今天上班已经没空了。”

乔苑林说：“我去北京出差来着，刚回，没事先计划。”

“行吧，调回采访部了？”

“你知道？”

“傻儿子。”林成碧笑了一声，“我和平海的旧同事又没有相忘于江湖，打听你的情况，谁敢不告诉我。”

乔苑林认真地说：“你可以直接问我的。”

“好，那我问你。”林成碧转变语气道，“听说你拒绝了安德鲁的合作采访，是不是真的？”

乔苑林承认：“是。”

林成碧非常不理解，质问道：“这样的机会你不抓，你的脑袋瓜里在想什么啊？”

乔苑林反问：“这是什么样的机会？”

林成碧回答:“我告诉你,能采访到一个安德鲁,顶你跑几十个小新闻,你是不是在八达通消磨得没上进心了？”

也许是在纠结,乔苑林迟迟谈不到正题上面,说:“小时候你教育过我,平等对待每一位采访对象，但新闻本身分轻重缓急，要会权衡，我不认为采访安德鲁比要紧的小新闻重要。”

林成碧说:“那时你还小,我不能把成人社会的法则都灌输给你。儿子,老师眼里的学生还按成绩分着档次呢，记者眼里的新闻当然也有区别。”

“什么区别？”

“不要跟我装傻。”林成碧说，“成功人士为什么抢手？那是因为你能采访到他，你的名气和地位也会提升。”

孙卓曾道某位同行说过，采访一位成功人士，自己也可能跟着成功。乔苑林恍然大悟，因荒唐而苦笑了一声，道：“原来那位同行就是你……”

林成碧不解地问：“什么就是我？”

“那你采访过哪位成功人士？”乔苑林冷不丁地问，“你借到他的东风了吗？”

林成碧不说话了。

乔苑林再问：“例如，大律师？”

机身发烫，耳朵里却是一段答案不明的默然，这令乔苑林感到焦躁。他对记者的憧憬、职业的理想都源自林成碧，从未怀疑过。

可是，他们是何时产生了分歧？还是林成碧根本没变过，是他被母子亲情障了眼？

乔苑林难过到无以复加，仿佛神圣的东西将要受到冒犯。他畏惧了，说："我还有事，就这样吧。"

挂断不久，梁承打了过来。

乔苑林狠拍一下脑门，鼓了鼓紧绷的面颊，滑开通话键轻松地叫了一声"哥"。

公寓空置两天，梁承回去打扫卫生，问："你去单位了？忙不忙？应哥问要不要趁放假聚个会？"

乔苑林正想换个心情，说："好啊，去海鲜汇吗？"

梁承道："在家里。"

本来应小琼是邀请他们去海鲜汇撮一顿的，前几天晚上他发了飙，乔苑林也不在，所以想借着过节一起高兴高兴。

乔苑林听着电话走出亭子，单纯地说："在家好，不用拘束，那是不是要买点菜？"

"去趟超市吧。"梁承算了一下时间，"半个小时，我过去接你。"

乔苑林答应完挂了电话，一抬头，对面是台里的资料馆，保存着各个部门、所有栏目公开的报道资料。

离开之前，他拿着工作证走过去，做了预约登记。

03

梁承开车来电视台接上乔苑林，一起去超市采购。路口红灯，他停稳后说："今天不是休假吗？"

乔苑林寻了个借口："有点资料要交给孙老大。"

梁承对孙卓的印象主要来源于许久之前的医疗节目，再加上他为乔苑林解释那次，感觉孙卓不是一位不近人情的领导。

不过，领导的态度和属下的资质有莫大关系，他道："你表现好，他很器重你。"

乔苑林点点头道："我也很敬佩他。"

到了超市，梁承已经按照菜单列好了食材，照着买就行。两个人风风火火地采购了一大堆，乔苑林添了不少零食。

回到家两个人有点犯难。乔苑林可以说是十指不沾阳春水，完全不会煮饭，梁承不看重吃喝，厨艺一般，也没精进的想法，总之待客的难度略高。

乔苑林洗完两盘菜就烦了，溜去客厅，撕开一包虾条。

梁承在厨房说："你怎么回事？"

他理直气壮地说："梁医生，不是你让我好好休息吗？"

梁承说："大老远去单位一趟不见你喊累。"

乔苑林语塞，提议道："要不咱们叫个全家桶吧，摆在桌上起码瞧着不空。"

"干脆点海鲜汇的菜吧。"梁承更狡猾，"让应哥直接捎过来，还不用配送费。"

两人正合计着，门铃响了，乔苑林去玄关开门。

门外，应小琼戴着一副"黑超"，左手拎着一扎啤酒，右手托着一盒菲力牛排，进门嗅了嗅，没闻着香味儿，说："好歹先炖上汤啊。"

乔苑林热情洋溢地说："应哥，我带你参观。"

应小琼第一次登门，逛完一圈后绕到厨房门口。乔苑林要进去帮忙，他赶忙拉住，直觉对方是个能点燃烤箱、炸飞高压锅的主儿。

"吃你的虾条吧。"应小琼越俎代庖地洗了手，过去切菜。

乔苑林问："老四怎么不一起来？"

"你总跟他抬杠，不见还挺惦记。"应小琼笑道，"不过我没通知老四，他今晚不过来。"

梁承一顿，道："你没通知？我也没通知别人。""别人"是指郑宴东，上次他们在海鲜汇闹得有些尴尬，他打算问问应小琼的意思再说。

门铃又响了，应小琼道："不用问了，我把人叫来了。"

刀刃飞快地敲击在案板上，声色清脆。应小琼是喜怒皆上脸的性格，鲜少这样没表情地掩藏着情绪。

梁承微微侧目，隐约有预感，伸手拿胡椒粉时低声道：“应哥……”

“放心吧。”应小琼切下最后一片黄瓜，把根部拿起来咬一口丢进垃圾桶里，“咚”！尘埃落定，“咱俩可是经历过风浪的爷们儿，有分寸。”

郑宴东脱了大衣进来，认识这么久，这是头一回接到应小琼的电话邀约，而且他不久前刚被骂过，心里挺没底，冲梁承抬了抬眉毛。

应小琼对着料理台没扭头，说：“谁喷香水了？”

郑宴东小心地回答：“是古龙水。”

梁承也烦乱七八糟的味道，说：“跟尸体打交道不用很精致吧。”

别人是上班喷香水，郑宴东是下班喷，就怕被人闻出他跟尸体打交道，都快成强迫症了。他无视吐槽挽起袖子，主动去帮忙。

应小琼搁下刀，让了位置，说：“那我去跟小乔玩一会儿。”

人一走，郑宴东心里打鼓，问：“他叫我来聚会，又这态度，别是鸿门宴吧？”

梁承说：“你现在撤还来得及。”

“算了，致伤致残你给我包扎。”郑宴东小声说，“手上的案子结了，本来晚上打算和刑警队的人一起吃饭，这下不知道什么时候再跟程怀明打交道了。”

梁承明白郑宴东仍旧惦记当年的案子，他深深吸进一口气，说：“或许不用那么麻烦。”

阳台黑着，乔苑林提壶杵在一株杜鹃旁边走神。应小琼按亮壁灯，走过来搭上他的肩膀，他一激灵洒出一片水花。

应小琼说：“想啥呢？”

乔苑林道：“我妈。”

这么大的人一般耻于明说，应小琼却不嘲笑他。他想起梁承和一些传闻曾提过，应小琼和应小玉是孤儿。他反搂住对方，说：“还是兄弟好。”

一顿饭从下午烧到天黑，之前音像店的老板送了影碟，客厅放着老电影，四个人围着坐在茶几前。

应小琼开了三罐啤酒，从外套兜里拿出一盒豆奶扔给乔苑林。

节日已过，这次庆祝实在晚了一点，但大家聚在一起就很开心。酒过三巡，他们约定春暖花开时再一起去旅游。

话题从当下聊到八年前，乔苑林暂且抛下了心里的烦事。

忽然，郑宴东问：“小房东，我后知后觉，你当年是不是觉得我是个斯文败类？”

“呃……”乔苑林捏扁了豆奶盒子。

应小琼说：“怎么不觉得我是啊？我当年就你这年纪，风华正茂……”

“是，一身花衬衫。”乔苑林道，“我亲眼见你一脚把柳毅给蹬翻了，很震撼，败类还行，不敢往斯文那方面想。”

郑宴东乐得呛了一口，咽下啤酒顺气，然后开一瓶新的先给应小琼满上。趁气氛好，他说：“那晚是我太唐突。”

应小琼道：“不问了？”

郑宴东哪还敢，说：“等你想说再说。”

应小琼端起酒杯一口干了，轻狂又潇洒地说：“我今晚就想说。”

客厅里只余电影里的声音，郑宴东捧着酒瓶一脸意外，乔苑林好奇地抬起头，梁承放下筷子，擦擦嘴将纸巾揉捏成一团。

应小琼道：“其实上次发一通脾气之后我想了想，也是时候认命了。今天在座的都是哥们儿，我没必要避讳什么。”

郑宴东反而不安，伸手想阻止，被应小琼一把扣住了手腕。

而应小琼已经利落地说出来：“我杀的人叫常洛冰，在十六年前。”

梁承道：“应哥，考虑清楚。”

“没什么可考虑的，都过去这么多年了。”应小琼笑了一下，“我跟我姐是孤儿，被正式收容到福利院的时候我六岁，她八岁。年纪太大不容易被领养了，而且我俩不愿意分开，能一下收养俩的人家又少，所以就一直耗着。”

姐弟两个渐渐长大，直到应小玉十五岁那年被常洛冰看中收养，但不包括应小琼。

相依为命的姐弟不舍得分开，可是常洛冰愿意资助应小琼上学，所以应小玉动摇了。而应小琼希望姐姐过上好日子，也情愿一个人留下。

“我姐被常洛冰领养后，当时的负责人很快、很突然地离开了福利院，我还觉得遗憾来着。”

三个月后，应小玉在新家庭里第一次联系应小琼，告诉他一切都好。

应小琼以为姐姐真的过得很好，虽然无法见面，但他特别知足。常洛冰给他掏学费念书，等到初中毕业，对方要安排他去外地的寄宿学校。

领养人大多不愿孩子和过去的家属有联系，他能理解，只是就要离开平海了，走之前他希望和应小玉见一面。

而他这个请求被常洛冰拒绝了，无论怎么请求都不允许。他心里觉得不对劲，终于产生了一丝怀疑。

“我从福利院跑了，书也不念了，就想找到我姐，可等我历尽千辛万苦见到她……”

“她说不出来地憔悴，我一眼就能看出来。”应小琼死死地攥着郑宴东的手腕，蓝宝石表盘硌得掌心生疼，“她被常……整整三年，我什么都不知道。”

乔苑林捂住嘴巴，他曾听说应小玉被人欺负过，寻过死，可仍低估了事实的残忍程度。

应小琼哽咽道：“那根本不是领养，是常洛冰和早就不知所终的负责人进行的人口买卖。”

乔苑林拿了纸巾盒绕到应小琼身边，说：“应哥……不说了，咱们不说了。”

应小琼下颌紧绷，几欲咬碎一口白牙：“就算判刑也不能解恨，这条贱命我不要了，我要杀了他。”

一开始常洛冰没有死亡，抢救过来几乎是植物人的状态，挺了几个月后才咽气。

应小琼松开郑宴东，说：“我的的确确犯了罪，主观故意的，并不冤枉，我也做好了接受惩罚的准备。”

“不……”郑宴东努力整理思绪，“你是犯了罪，但常洛冰罪大恶极，判决的话……”

梁承始终沉默着，开口打断道：“证据不足，常洛冰没有定罪。应哥却被对方律师反告诽谤，以及诬陷他勒索常洛冰，官司输了。”

应小琼拿起啤酒对着瓶口灌下去，冰凉的液体沿着嘴角滑到下巴。乔苑林给他擦拭，他呼出一口淡淡的酒气，说：“从头到尾就是这样。”

郑宴东无比懊悔地说：“是我浑蛋，我不该多事。”

“你是关心我，我知道。”应小琼用力吸了吸鼻子，“来之前，我和我姐都决定彻底放下这件事，说出来倒轻松了。”

梁承没怎么吃喝，倒满一杯酒，说：“应哥，敬你。”

应小琼动了动唇，却没吭声，只弯起嘴角冲梁承一扬下巴，仿佛一切尽在不言中。

一扎啤酒全喝光了，乔苑林拧湿毛巾给应小琼擦脸，陪着骂脏话发泄。好几次他凑近应小琼拍了拍背，对方一把搡开他，说：“啊，老子没那么娇气……”

郑宴东叫好代驾，拿上外套，送应小琼回家休息。

梁承和乔苑林把他们送下楼，寒风一吹，应小琼打着哆嗦停下来。

今夜的冲击太大，乔苑林只觉千言万语都苍白，他上前搂住应小琼，说：“应哥，以后我就是你弟。”

“我弟，你想勒死我啊。”应小琼挣脱，捧住他的脸，“咱们第一次见是在岭海的仓库，你挎着个新闻编辑部的包，特像那么回事……你是当好记者的料，好好干。”

郑宴东扶应小琼上车，隔着窗冲他们挥手。

乔苑林挨着梁承，觉得刚才的话另有深意，问：“应哥是什么意思？”

梁承说："别多想，他喝醉了。"

汽车启动，驶离了公寓里前的窄道。应小琼坐正抹了把脸，他从郑宴东兜里摸索出鼻烟壶，闻了闻，恢复了几分清明。

过去片刻，他轻飘飘地说："小郑啊，解疑了吧？"

郑宴东才知应小琼没那么醉，也意识到这个男人远比漂亮的外表成熟。他跟着冷静下来，然后摇了摇头。

应小琼道："你也算个高才生，到底什么脑子？"

事实相反，是郑宴东太机敏了，他说："那场官司明明是重点，为什么一语带过？你和梁承的遭遇有关联，我思来想去，记得他的养父正好是一名律师。"

应小琼服气了，说："你适可而止。"

"我只是不懂。"郑宴东猜想着，"常洛冰死了，他的辩护律师也死了，按理说没什么不能提的，难道还存在不愿意牵扯到的人？"

应小琼降下车窗，在冷风中默认。

郑宴东明白了，他的探寻可能会曝光应小琼和梁承想隐藏的东西，所以他们选择自己来说，想让整件事到此为止。

他承诺道："放心，我不会再问一句了。"

应小琼哼了一声："那海鲜汇你还可以去。"

第二天，乔苑林从公寓直接去了电视台。

资料馆只凭工作证预约进馆，每次限定两小时。乔苑林昨夜睡得不太好，但不想耽误时间重新预约，便强打起精神来了。

开机登录内部系统，他调取林成碧离职前的全部采访。一般人物专访会把姓名放在标题里，他输入"赵建喆"进行检索。

结果仅有一条，他点进去，即为林成碧对赵建喆的专访。而副标题作为凝练的重点概括，透露了孙卓所说的"很有戏剧性的案子"——一场打了引号的“领养案”。

乔苑林微怔，目光扫到时间，恰好是十六年前。

04

两个小时，乔苑林意识不到自己怎么在资料馆度过了这一百二十分钟。系统到时自动关闭，他移开手，冷汗在鼠标上面留下一片水光。

访谈中涉及的“领养案”未透露几方当事人的真实姓名，但孤儿姐弟的背景、年龄、被领养时间以及案发节点，处处与应小琼的经历吻合。

在这里，弟弟叛逆难以管教，所以没有家庭愿意领养。在姐姐被领养后，二人联合诬陷领养人，意图勒索，失败后蓄意伤人酿成命案。

事发后，赵建喆作为常洛冰的代理律师，受全权委托向应小琼提起诉讼，并全盘否认了应小琼的供词。

这个案件之所以充满戏剧性，是因为一个孤儿在社会上处于绝对的劣势地位，很容易令人同情，而“事实”却是证据不足，伤人为真，最终领养人在混乱的舆论中胜诉。

访谈中有这样一个问题：孤儿年纪还小，有没有想过网开一面？

赵建喆毫不犹豫地否定了，他认为恶性事件不依法严惩，等于第二次作恶。通俗地讲，一个孤儿伤害了领养人，如果得到宽恕，以后谁还敢领养？

他说得大义凛然，理智得不容反驳。采访者也认同这一点，声称这一例个案其实维护了广大孤儿的权益。

身为设计和把关的监制，整个采访沿袭了林成碧一贯的风格。虽然她为人强势，但采访却不明刀明枪，更擅长将犀利的问题自然化，绵里藏针。

而赵建喆的应答堪称完美，思维敏捷，能言善辩，成功把每一处“刁难”化解成自我展示的机会。

他们默契地完成了一场访谈，采访者大胆质疑，克制赞美，挖掘出采访对象的多面性——专业理性、固执、不近人情，种种优缺点再通过一件精彩胜诉的案子展现出来，凝聚成一名优秀律师的形象。

从一般角度来看，这无疑是一次成功的人物专访。

偏偏那采访对象是赵建喆，采访内容是应小琼当年的亲身经历。

离开资料馆，乔苑林不想回采访部，也不想见人，他拐到洗手间，在盥洗台前捧了几捧水泼在脸上。

池中的水涡迅速流淌消失，他心里的风暴却愈演愈烈，始终无法平息。

采访的具体时间是案件审判结束时，赵建喆满口谎话。那关于被篡改的真相，林成碧知道吗？

乔苑林想，林成碧一定不知道，否则根本不可能有这个访谈，她肯定是被赵建喆蒙蔽了。况且，赵建喆多告知一个人，就多一分败露的风险。

乔苑林抬头照镜子，似乎看到了应小琼哽咽的模样。他伸出手指轻轻贴上去，弄湿了镜面，交错的水迹一片模糊。

十六年前，林成碧升了职，事业一帆风顺。他那时八九岁大，正在读小学，学会了“理想”这个词。

他的理想是当一名记者，像妈妈一样。

现在看来，会不会太荒唐了？

手机在兜里振动，乔苑林机械地掏出来，来电显示“梁承”。他恍惚了一瞬，挂掉了。

他险些忘记，梁承早就清楚应小琼的事情，那他们一定知道赵建喆就是那场官司的律师。或许他们能建立起深厚的情谊，也跟彼此的遭遇有关。

那昨晚他为什么草草略过不提呢？

梁承是否也早就知道这个专访的存在？早就知道林成碧和赵建喆认识？在他眼里，他妈妈是怎样的一个人？

乔苑林理不清头绪，手机再一次振动，他直接滑开“喂”了一声。

是乔文渊打来的，他问：“苑林，这周末你有没有空？”

乔苑林说：“怎么了，有事吗？”

乔文渊道：“往年这时候该做体检了，我怕你忘了，你这周有空我就提前给你约上。”

乔苑林脑袋乱糟糟的，说：“等春节放假吧。”

“别等了。”乔文渊不是跟他商量，“听梁承说，从北京回来前你不太舒服，早点做了安心。”

“我那几天只是累着了。”有同事进洗手间，乔苑林不愿被看到如丧考妣的脸色，低下头，“爸，晚上回家再说吧。”

乔苑林一整天没有过好，几乎钉在工位上没挪地方。凑巧孙卓给他安排了一点不要紧的文活儿，足够他消磨到下班。

回到明湖花园，他在社区广场坐了一会儿，家家户户飘着饭香，只有零星几个人匆忙经过。

微信家庭群组响了两三声消息提示音，他起身回家。

通明的房子里一股暖意，贺婕唠叨着捡起沙发上的外套，扬言谁再乱丢就给全家洗一个月衣服。乔文渊在厨房里狡辩着什么，乔苑林没听，伫立在玄关望着贺婕移动的身影。他不禁想到赵建喆那副意气风发的嘴脸，又忍不住想，林成碧和对方互相成就的时候，丝毫不知有一个女人和一个孩子在经受苦难吗？

贺婕向他走过来，已经喊了第三遍：“苑林！”

乔苑林猛地惊醒：“啊。”

“啊什么呀。”贺婕失笑，“你杵着干吗？找不着拖鞋了？”

乔苑林慌忙摇摇头，蹲下来拉开柜子。贺婕走开了，他依然在这个角落隐藏自己的失态。

大门打开，梁承拎着医院装CT片子的袋子，里面是年底要填写的各种工作报告。一进门，他差点踩到乔苑林，指尖戳了戳对方的发旋，说：

“怎么不坐换鞋凳上？”

乔苑林站起来，硬是咧开一点嘴角笑着，问：“你白天打给我有什么事啊？”

“哦，我记得你该体检了。”准确地说，梁承从八年前就记着，“你没接，我猜你在忙，就等回来再说吧。”

晚饭煮好，梁承和乔文渊在桌上同时提起了这件事，刚觉得心有灵犀，下一秒就产生了矛盾，一个希望去若潭，另一个认为当然是去三院。

乔苑林从小就去三院检查，蒙着眼睛都能顺利做完全套。乔文渊实在没料到半路杀出个程咬金，竟然跟他抢人。

梁承也够直白，说：“去若潭我可以亲自陪着他，比较放心。”

乔文渊一听有些乐，道：“他跟着我能有什么不放心？检查结果一出来我马上发给你，这样行吧？”

梁承还是不肯退让地说：“三甲医院病患太多，去若潭快一点。”

乔文渊说：“你们医院人也不少，够跟三院抗衡的。”

“您这么评价，”梁承的话锋拐着弯突飞猛进，“如果苑林以后需要治疗，在我们医院也不错？”

乔文渊一愣，发觉自己被绕进去了，刚要说道说道，贺婕忍无可忍地敲盘子，道：“烦死了，你俩搞推销抢客户吗？苑林愿意去哪儿就去哪儿。”

三双眼睛一齐望过来，乔苑林被迫回了神，他抉择道：“我就去三院吧。”

乔文渊满意了，一脸“亲爹毕竟是亲爹”的样子。

梁承多看了乔苑林两秒，分明是表达意外。

乔苑林埋头吃饭，一股奇怪的感觉包裹着他。

体检没定下具体日子，他敷衍说工作忙，草草喝了碗汤就躲进了房间。

辗转到深夜，乔苑林洗完澡一会儿躺着，一会儿窝着，无数次打开通讯录，只差临门一脚时又落荒而逃地退出。

手机电量不足百分之十，他登录微信，点开应小琼的头像，翻来覆去最终只编辑了几个字，不痛不痒地：应哥，今天怎么样？

应小琼回复很快：美极啦，妙极啦，简直OK顶呱呱。

乔苑林小心翼翼地说：那玉姐呢？代我跟她问好。

应小琼：你没看我朋友圈啊？

乔苑林不常看朋友圈状态，点开一刷新，应小琼和应小玉在苍茫雪地中的合影跃入眼帘，姐弟俩一起去东北滑雪散心了。

底下应小琼公开评论：别都让我捎山货，死沉死沉的，自己不会网购啊！

乔苑林瞧着这句精神十足的话，点了个赞，今天终于舒了一口气。

夜深人静，父母都回屋睡觉了，对面卧室光线大亮，梁承的鼻梁上架着眼镜，还在靠着床头写报告书。

房门打开一条缝，乔苑林闷了一晚上后偷摸露面。

梁承掀起镜片后轻薄的眼皮，转瞬垂下，笔尖都未停顿，等乔苑林挪到床边也不让出一块地方。

乔苑林无言地立了五分钟，像是没胆子，问："为什么不理我？"

梁承听出一丝反常，实际上从进家门看见对方蹲着发呆，他就觉得不太对劲。他不乱问，说："不是你躲在房间不出来吗？"

"我……我在……"乔苑林结巴着，他不想撒谎骗人，可是太多疑虑无从问起，更怕问出自己承受不了的答案。

这一天算是够了，他坐在狭窄的床沿，盯着地板，乖乖等梁承写完最后一张，还是说不出口。

05

手机充着电响起闹钟，梁承关掉，拔下数据线，然后进衣帽间拿了一身衣服，返回卧室时乔苑林已经醒了。

手机里接到组长通知，上午直接在采访地集合。

乔苑林回复“收到”，用力拍打几下脸蛋，自我警告不要再颓废，先好好工作。

乔文渊和贺婕提早出了门，一起吃小砂锅去了。两个小的懒得摆弄冷锅冷灶，干脆也出去吃。

乔苑林今天去老城区采访，第一站就在长林街旁边。梁承送他，奔驰车拐过街口，驶到晚屏巷子对面，靠边熄火。

两个人在吴记早餐填五脏庙，乔苑林要了海蛎饼、茶叶蛋、什锦炒粉和甜豆浆，点完拿餐巾纸擦筷子，说：“你不点吗？”

梁承问：“你要一长串没我的份？”

“我得多吃点。”乔苑林嘀咕，“累坏我了。”

梁承在心里骂他娇气，耐不住嘴上还惯着：“中午在外面别吃辣的、冰的。”

碗盘笼屉冒着袅袅的热乎气，味道如旧，他们两个人对着脸吃，偶尔往晚屏巷子里望一眼。

梁承的手机在桌上振动，他看完一边单手打字，一边说：“让应哥帮忙捎了老山参。”

乔苑林道：“应哥不会骂你吗？”

“发了一分钟语音私下骂的。”梁承道，“郑宴东说，担心他那暴脾气在东北挨削。”

乔苑林笑起来，余光瞥见巷口的电线杆。当年他搬来的第一天就扫了码，下的第一单是小玉大排档的外卖，一切似乎在冥冥之中都关联好了。

他那时候勇敢过头，有点疯，大概是全市首位执利器伤害一根电线杆的人，就为了将超人据为己有。

如今长大了，没道理变得瞻前顾后。乔苑林把脑袋扭正，畏缩了一天一夜后终于问了出来：“你早就知道我妈和赵建喆认识，对吗？”

梁承的箸尖不小心挑破了烧卖的皮，汤汁流泻，他“嗯”了一声。

乔苑林说：“我妈曾经给赵建喆做过专访，涉及应哥的案子，你们也都知道？”

梁承倏地抬眼，目光严肃地说：“乔苑林。”

“我在这儿。”乔苑林料到梁承会说什么，立刻接腔，“我是无意中发现的，也看过了。那晚一语带过，是怕我知道会难受吗？”

梁承放下筷子，明白了乔苑林昨天状态反常的原因，回答：“这件事跟你没关系。”

“采访是我妈负责的，我没办法不去在乎。”乔苑林说，“但她不是那样的人……她很可能不了解真相。”

梁承顿了一会儿，道：“应该吧。”

乔苑林的声音渐低：“当时证据不足，警方也被赵建喆蒙骗了，不然她不会那么做的。”

“怎么样都好。”梁承只想尽快结束话题，“这些事已经过去了，过去了十几年，你不要再调查和纠结它。”

乔苑林听话地没有继续谈下去，碗中滚烫的豆浆搅动出涟漪，烫得他舌尖发麻。

吃完早饭，梁承去上班，坐进驾驶位后落下车窗，嘱咐道：“别胡思乱想，你给我好好的。”

乔苑林压着下巴尖，立在道边探身进去，说：“我没事，你小心开车。”

奔驰车消失在拥挤的车流里，乔苑林回想着梁承模棱两可的话。应该是吧，为什么没有否认，难道林成碧真的牵涉其中？倘若无辜，又何必阻止他调查下去？

乔苑林缠紧围巾，穿过幽暗的窄巷去到邻街，步至巷尾踏入阳光底下，重重地换了一口气。

采访部为各个栏目提供素材，每天同时跟踪多则新闻，要分组、分阶段进行。今天他们要做资料采集，奔波四地一处处进行户外走访。

成年人百分之九十的烦恼来源于工作，但工作也能让人忘记百分之九十的烦恼。乔苑林十分投入，比预计时间提前一小时完成。

明天跟编辑组开会，今天要把资料初步过筛，这是一项腻歪人的细致活儿，他主动担了过来。

黄昏已至，天空的色彩不寻常地浓郁，半边马路隐没在橘红的光彩下。乔苑林愣是没欣赏一眼，打车回台里，在路上先列好关键点。

待残阳落尽，天黑透了，他到电视台正赶上下班时间，逆着陆续往外走的人群进入新闻中心。

他回到办公室便伏案忙碌，有纸质问卷，有电子文档，稍不注意就会乱套。

没多久，孙卓端着杯子去茶水间，瞅过来说："就你一个人？"

乔苑林专心时连领导也不理，头也不抬地答："摄像组还得拍一些，其他人应该就直接下班了。"

孙卓泡了茶回主任办公室，他管的事挺多，房间却不大，南墙上一扇小窗户对着后花园。他踱过去，视野正落在资料馆的大门。

分针圆满地绕了两圈，乔苑林整理完毕后仰头活动了一下颈椎。他将电子版文件打印、保存，和纸质的按项目用回形针分类别好。

孙卓夹着公文包出来，经过时问："弄好了？"

乔苑林点点头，说："老大，你先走吧，我等一会儿关窗。"

"明天开会，你把弄好的给我，我明早来了先看一遍。"孙卓吩咐，"桌子我没收拾，去搁我第一个抽屉里吧。"

乔苑林拿档册统一装好，进入孙卓的办公室。绕过书桌将文件放进抽屉里时，他低头听见计算机运转时散热的声音。

忘记关机吗？他碰了一下鼠标，显示屏陡然亮了。

居然没有密码锁，一篇打开状态的文档赫然摆在眼前，而后乔苑林看见了梁承的名字。

被领养的少年，误杀养父……这是一篇关于梁承和赵建喆的新闻稿，记者是林成碧。

乔苑林瘫软坐在椅子上，死死地盯着屏幕。

稿中陈述了事发经过和梁承的出生背景，对于赵建喆，则暗暗联系了十六年前的专访——一个揭露过孤儿对领养人犯罪的律师，被自己收养的孩子杀死。

倾向不言而喻，令乔苑林毛骨悚然。

办公室的门打开，孙卓去而复返，来拿桌角上刻意遗落的车钥匙。

乔苑林惶然地看向他："为什么会有这篇稿子？"

孙卓说："这是一篇未公开的废稿，这件事也没报道过。"

乔苑林手指戳着屏幕，指甲泛白颤抖，问道："究竟是怎么回事？"

"赵建喆出事后，我们多次联系警方希望进行报道，你妈妈是其中一名记者。"孙卓回答，"但梁承始终拒绝采访，直到判决下来，他忽然主动要求见你妈妈一面。"

乔苑林啪地落下手，说："所以我妈采访了梁承？"

"我们以为是的。"孙卓道，"结果他只答应见你妈妈一个人，没有笔记和录音，也没有签署自愿接受采访的协议书。"

"为什么……"

"没有人清楚，你妈后来写了这篇稿子。我认为失之偏颇，也不符合程序规范，只能给压下来。"

乔苑林一拳砸在键盘上。以梁承的个性，接受采访的可能性微乎其微。可他见了林成碧，然而却……当时发生过什么？

他站起身，步伐踉跄地往外走，说："我要下班了。"

孙卓担心他的状态，叫道：“小乔？”

乔苑林摇晃着停在门口，说：“无论如何，谢谢你压下这篇稿子。”

若潭医院心外科，门诊早已过了交接班的时间，奈何年末繁忙，该走的人仍待在诊室加班。

梁承刚送走一位中年患者，又迎来一位取了检查报告的老太太。检查报告他在计算机端看过了，清清嗓子给患者家属交代病情。

眨眼流逝了十多分钟，总算能喘口气，他压出两泵洗手液，搓洗着看表盘，决定五分钟没人来就收工。

实习医生经过门口，特意停下来说：“梁老师，您还不走吗？”

梁承道：“皇帝不急太监急。”

实习医生说：“我看见乔记者在外面，怕人家等久了。”

梁承有些惊讶，说：“你没看错？”

这一层 B 区外的环廊上，玻璃围墙映着乔苑林一动不动的影子，他抵达这里有一会儿了，垂着手哪里也没去。

周围有人滚动轮椅，有人步履艰难，有人急赤白脸地一路冲撞，他站在最容易看透世事的生死场上，却解不开憋堵在胸口的乱麻。

原来梁承在十一年前就见过林成碧，八年前就知道林成碧是他的妈妈。

他无力开脱，林成碧就算一时被蒙在鼓里，可梁承的案子根本没得解释，那篇废稿已足够践踏“记者”二字。

他们单独见面的时候，到底说了些什么？除了这些，林成碧还清楚多少？做过什么？

梁承时至今日闭口不提，就为了不让他为难和痛苦，为了保护他残存寥寥的母子情谊？

乔苑林快要疯了，良知不允许他装聋作哑，那颗脆弱的心脏也不想再被动地猜疑。他要把一切扯出来，把真相像手术台上、无影灯下的伤口，全部暴露个干净。

他打开手机，拨出号码。

上次两个人通话不欢而散。几声铃响后，电话接通了，林成碧应答一声便沉默着。

鼻腔有些潮湿，乔苑林听见稚嫩的孩童轻笑，说：“妈，在做什么？”

林成碧回答：“在陪康康看书。”

这样静好的生活被打碎会不会很遗憾？乔苑林抹了一下，手背蹭上鲜红的鼻血，他没理会，只道：“我要告诉你两件事。”

林成碧问：“什么事？”

“第一件，”乔苑林说，“我……”

前方走廊上，梁承边走边在人群中搜寻。

乔苑林听不清手机里的升高音调的问话，温热的血液滑落在下巴上。

他情不自禁地喃喃：“我很早就找到当年救我的人了。”

林成碧愣了一秒，几乎是叫喊道：“苑林！”

乔苑林说：“他叫梁承。”

四周不断有人向他看过来，他吸着鼻子朝前走，苍白的脸颊沾着血，在梁承惊愕的眼光中摆了摆手。

梁承的心跳都要停了，大步奔来，从白大褂中掏出纸巾，略显慌乱地给乔苑林擦拭。

是与非，命中注定与骨肉血缘，非要二选一，原来没有想象中那么难以抉择。

乔苑林狼狈地笑着，说：“全部告诉我吧。”

梁承愣住。

“不要低估我。”乔苑林郑重地说，“我选正义，也选你。”

CHAPTER

08

第八章

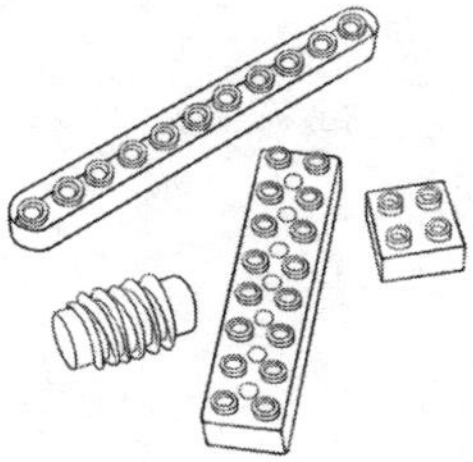

阳光下的救赎

乔苑林睁着蒙眬的眼，仿若在献祭，在认罪："我……"

只一字，梁承便捂住了他的嘴。

当年在月台上就作好了决定，他紧紧地盯着乔苑林，

说："别人的报应我管不着，我只能确定，

老天爷早就给了我补偿。"

01

坐在副驾座上，乔苑林笼罩于霓虹灯光的下半张脸愈显斑驳，血渍凝固，鼻腔里的毛细血管结成了小疙瘩。

他被梁承按着手掌，动弹不了，皮肤贴着梁承的手腕内侧，能感觉到快速跳动的脉搏。

他说：“我没关系。”

梁承眉头皱得更紧，他没闲心在乎别人怎么样，只想让乔苑林尽快检查。可乔苑林不听，那副脆弱的模样叫他狠不下心逼迫。他清楚，乔苑林的内里比绝大部分人都要强硬。那股执拗、强劲，完全是生出牙齿的小狗，一旦认准了、咬住了，万不肯放松。

手机不停地振动，不必看来电显示也猜得到是谁，乔苑林一通未接，索性关了机。

回到五十二楼的公寓，乔苑林直奔浴室洗脸，不知是户外奔波一天冻的，还是其他原因，双手在洁白的水柱下有些颤抖。

梁承脱了外套跟进来，挽起衬衫袖口，抽出一张棉巾润湿，一点一点地给他擦干净脸。

乔苑林耷拉着两扇睫毛，许久没剪的头发垂顺在眉间，说：“我……我在单位吃过药了。”

“嗯。”梁承端起他的下巴，帮他清理鼻腔的痂，“别的都不重要，不舒服必须及时告诉我。”

乔苑林往前挪半步，问：“冷。算吗？”

梁承闻到淡淡的血腥气，解下乔苑林沾了血污的围巾，说：“泡个热水澡暖一暖，我给你放水。”

梁承堂堂一位心外科的医生，今天却被鼻血吓得不轻，估计没什么不能答应的。他把乔苑林放进浴缸，拽来小板凳坐在外面。

微烫的水温泡软了四肢百骸，乔苑林靠着白瓷边沿，像一个煮融化的汤圆。

他不想再等了，说："告诉我。"

太久远了，沉埋至深，让梁承一时从何说起？半晌，他开口道："我和你妈妈只见过一面，在第二监狱。"

赵建喆人脉广，朋友多，梁承从不关心，也没资格问，贺婕与他一样。是十六年前的访谈令他对林成碧有了印象，但也仅限于"赵建喆的记者朋友"而已。

梁承如实说："做专访的时候，你妈妈并不了解真相。"

乔苑林低垂的眼眸完全睁开，结合早晨模糊的回答，他问："你的意思是，她后来了解了？什么时候？"

梁承回答："应该是赵建喆死了以后。"

十一年前的命案是躲不过的，按照贺婕曾经的叙述，她无法再忍耐，偷偷带了手术刀回家，那天晚上一定会有人出事。

乔苑林牢牢记得，说："阿姨说，是因为前一晚你不小心碰了赵建喆的档案，他要打死你，所以她终于下定决心……"

"对。"梁承冷静地回忆，"钢笔尖差点扎进我的颈动脉。"

赵建喆虐待过他无数次，那一次最凶残，像是疯了，几乎想要他的命。

乔苑林胆战心惊地说："就因为那份文件？"

梁承攥住拳头。他说："那是他和常洛冰犯罪的证据。"

那份文件包括常洛冰和福利院负责人签署的私人"领养"合同、赵建喆和常洛冰的保密协议，以及二人之间的账目记录。

在乔苑林震愕的目光下，梁承时隔十多年再度说起这件事："常洛冰生意做得很大，赵建喆本来就是他的代理律师。当初常洛冰有目的地领养孤儿，实际是为了买卖人口，就是赵建喆亲自拟的交易合同。"

多付的这一笔钱是以防事发，到时候负责人也脱不了干系，必然不会为受害的孤儿做证。

整件事中，赵建喆既是作恶的策划者，也是知情者，到头来还要恬不知耻地伸张正义。

那份文件很厚，梁承没来得及看完，赵建喆当时除了暴怒，更多的应该是恐慌。

梁承被打得伤痕累累，痛苦之外失去了其他意识。第二天，他天不亮就出门了，头疼，耳鸣，牵连着大脑神经，他就这样在学校浑浑噩噩地挨过了一天。

就这一天时间，当晚就出事了。

"我杀了赵建喆。"梁承说，"报了警，然后我在书房怎么找都找不到那份文件，直到警察来把我带走。"

乔苑林不敢想象对方该有多镇定，才能在失手杀人后继续寻找证据。可惜以赵建喆的手段，肯定先一步处理过了。

他急切地问道："赵建喆把文件藏到了哪里？"

梁承似是不忍，移开目光，盯着反光的瓷砖，说："他交给了你妈。"

乔苑林愣怔着说："什么……"

梁承是主动投案自首，很配合，在供词中告知警方关于文件的事情，但家里和律师事务所都搜查不到。而领养案早已尘埃落定多年，其他蛛丝马迹也难以寻觅了。

出事后贺婕的精神受到刺激，住院进行治疗和休养，当时是程立业忙前跑后地操心审判结果。

在收押期间，电视台多次提出采访，林成碧是其中一员。梁承一概拒绝，谁也不见。

直至判决结果下来，梁承进入第二监狱。贺婕拖着病躯去看他，哭得要休克，那是母子从一段灰暗落入另一段灰暗的交界点。

贺婕是绝望到动了杀心的，她自责得昏了头，胡言乱语地念叨太晚了，她应该早晨返回家里时就杀了赵建喆。

梁承转移她的注意力，问："什么返回？"

事发当天的早晨，贺婕有些魂不守舍，去上班的途中发现忘记带手机，她回家去拿。她回忆道："一出电梯，我在家门口碰见了那个姓林的记者。"

梁承确认道："他们约在家里？"

"好像是赵建喆叫她来拿什么东西。"贺婕混沌地说，"她在往包里塞档案袋，资料一类的吧。"

梁承心头倏地一紧，细问得知赵建喆把那份档案交给了林成碧，暂存或者有其他约定，总之林成碧是唯一掌握实证的人。

他说："我主动要求见她。"

乔苑林终于明白了，为什么没有笔记和录音？那是因为梁承跟林成碧的见面根本不是采访，是关于证据的一次谈判。

林成碧的状态不算好，素面朝天，披散着长发。她摊开一本记事本，作为资深记者竟良久无言。

是梁承率先开的口："你没有想问我的吗？"

林成碧说："案子已经判了，来龙去脉我们向警方了解得足够清楚了。"

"不。"梁承道，"有些事判决书上没有。"

林成碧问："什么事？"

梁承语调平淡，却是单刀直入的锋利："赵建喆想杀了我。"

林成碧将头发拢到肩后，低声说："我知道他曾虐待你和你的养母，但没有证据的话不要随便讲，这对你的处境帮不上忙。"

梁承继续道："我发现了他的秘密，关于一起领养案，你报道过的。"

林成碧目光闪烁，双手绞着笔杆来克制惊慌，她说："我不太明白你的话。"

"你明白，否则会问我是什么秘密。"梁承盯着她，"那份警察搜不到的文件，原来赵建喆早就转手了。"

林成碧阻止道："你只比我的儿子大几岁，作为一个母亲，我很同情你的身世和遭遇，可你犯了罪是事实，不要再浪费彼此的时间编故事了。”

梁承说：“你儿子很幸运，没有被抛弃、被伤害。”

林成碧合住本子，说：“我是来采访你的。”

“曝光出那份证据远比采访我有新闻价值。你是记者，比我更清楚。”

“我不清楚。”林成碧猛地嚷道，“我听不懂你在说什么！”

梁承不急不躁，可眼底漫上浓浓的不甘，说：“赵建喆不会把证据交给无关的人，你报道过，他想拖你下水。我相信你当年并不知情，现在补救还不算晚，把真相公之于众。当年的孤儿就在这座监狱里，他和他的姐姐需要一个公道。守着这个秘密，以后的每一天你能睡安稳吗？”

林成碧起身，从牙关挤出一句答复：“我要走了，采访稿我会看着办的。”

梁承在她身后，最后道：“你相信报应吗？”

林成碧离开了，赵建喆已死，整件事死无对证，搜不到证据仅是梁承的一面之词。而在案发后的时间差里，也足够林成碧将证据处理干净。

那唯一一次见面，不必摆明了说，梁承已经确定林成碧的选择。

“我也幻想过她会改变主意。”

“显然没有。”乔苑林低喃，“她甚至写了一篇扭曲的报道。”

真相超乎他的预料，从赵建喆的专访到被压下的稿子，再到未见天日的证据，每桩每件林成碧都牵涉其中。

他仿佛被一把扼住了咽喉，僵着脖颈，在水中转过身去。

单薄的肩胛骨耸动着，水滴沿着凸起的脊椎分流滑下，伴着乔苑林逐渐压抑不住的哭泣。

乔苑林挥拳砸出水花，放声大哭。

梁承说：“常洛冰死了，赵建喆也死了，这就是最大的惩罚。我和应哥报了仇，坐完了牢，全部都过去了。”

乔苑林用力摇头，道：“没有过去……别人尝尽了苦，她凭什么过去？”

梁承说："已经无所谓了……"

"不是无所谓！"乔苑林声嘶力竭地说，"无可奈何地接受怎么能算无所谓？"

梁承一遍一遍地安抚他，说："别这样，乔苑林，听话，别这样。"

惨烈的痛哭声回荡在浴室，乔苑林流了满脸热泪，不停地说道："对不起……对不起……"

梁承苦苦隐瞒，可他最担心的事情依然发生了。他对林成碧说的话在应验，他口中幸运的孩子先被母亲抛弃，如今承受着迟来的伤害。

乔苑林哭得双手麻痹，字句淹没在抽噎声中。他对林成碧的爱和崇拜化为泡影，全部付诸咸苦的泪水。

他不停地抖，鼻腔堵塞出不了一点气，便张着嘴唇呜咽。

有一瞬间，他觉得自己要死了。

但他不害怕，他知道梁承会救他。

也许在他妈妈装起证据的时候，梁承就在救他。

乔苑林睁着蒙眬的眼，仿若在献祭，在认罪："我……"

只一字，梁承便捂住了他的嘴。

当年在月台上就作好了决定，他紧紧地盯着乔苑林，说："别人的报应我管不着，我只能确定，老天爷早就给了我补偿。"

02

这一夜漫长难挨，乔苑林最终昏睡过去，眼泪泡得皮肤渗着红血丝，他突然梦呓。

他刚睡得沉一些，熹微的晨光在窗外的高空弥散开。待他梦醒睁开眼，梁承已经穿戴整齐守在床头。

眼尾揩拭多次破了皮，有点疼，乔苑林半合着眼，问："哥，几点了？"

"马上八点。"梁承拨开他鬓角的碎发，"给你请一天假，今天在家休息？”

乔苑林迟钝地思考片刻，没有拒绝：“我一会儿自己请，你上班别迟到了。”

梁承下午有一台重要的手术，不能缺席，但他太不放心，盯着乔苑林半晌不肯动身。

“我真的没关系。”乔苑林沙哑着嗓子，“哭过就发泄了，有事立刻打给你。”

走之前，梁承先给家里打了个电话，正好贺婕轮休，他嘱咐乔苑林不要一个人待着，回家休息。

乔苑林仰躺在枕头上听大门关上，事到如今，已经厘清了全部因果，混杂的千头万绪沉淀下来，他恢复了平静。

关机一夜的手机一打开就响个不停，有三十多通林成碧的未接来电，十几条未读消息。乔苑林一边翻阅一边苦笑，长这么大，林成碧鲜少对他这样紧张。

是震惊、害怕，也许还有一点愤怒？

乔苑林懒得细究，他强撑着精神爬起来，没敢照镜子，利落地收拾妥当。茶几上放着梁承准备的药和水，他把水喝光，将药原封不动地装进了便携药盒。

他离开公寓去了电视台，比正常上班时间迟了半个小时。采访部的大办公区空着一片，各组在一起开会。

乔苑林大摇大摆地经过会议室，同事们透过整扇玻璃墙望向他，组长率先冲他勾了勾手。

他目不斜视，背着包在众目睽睽之下擅自闯进了主任办公室。

一众人吓呆了，唰地看向会议桌顶端的主任本尊。孙卓一派平和，把会议资料推开，让大家先自行讨论。

孙卓暂时离席，走到办公室门口停下，内心竟有点忐忑。他拧开门，乔苑林环抱双臂靠在窗前，俨然是在等他。

进屋关上门，孙卓忽然语塞，他假设过很多种情况，符合期待的、不算如愿的，但没料到乔苑林在第二天就能镇定自如，仿佛已作好打算。

他判断乔苑林不是来上班的，说：“我以为你今天不会过来。”

乔苑林道：“没睡好，起晚了。”

那张脸上残红未消，点缀在眼睑和鼻尖，是号啕大哭过的痕迹。孙卓承认自己做法残忍，但不后悔，也不想伪善地安慰一番。

既然来找他，他直接问：“我有什么能帮你的吗？”

乔苑林回答：“我要关于梁承的那篇稿子，还要赵建喆的专访，需要你用权限从资料馆调取。”

孙卓绕到办公桌后，打开电脑。

乔苑林垂眸眺向资料馆的大门，说：“老大，从我进电视台起，你就计划好这一天了吗？”

孙卓回答：“谁也不能掌握未知的事，这一天会不会发生不取决于我，反而是取决于你。”

因为乔苑林通过了几番考验，所以才能一步步触碰到亲生母亲的秘密。

“小乔，怨我吗？”孙卓问。

乔苑林真心地道：“不，谢谢你让我看到，也谢谢你对我的考验，不然我真的会怀疑自己是什么样的人，会不会受影响变成第二个她。”

孙卓肯定地说：“你和她不一样。”

阳光强烈，乔苑林拉下百叶窗，在阴影里笑了一下。儿时他憧憬做一名和林成碧一样优秀的记者，结果却这么讽刺。

资料弄好后，他请了三天假，离开之际被孙卓叫住，孙卓问他想怎么做。

他没有回答，沉默后反问道：“我妈当初调到邻市，前后大概多长时间？”

新闻中心章程复杂，人事调动不可能一蹴而就。孙卓回忆着：“至少提前一年就要准备了。”

乔苑林点点头，心里有了数。

天气晴朗，乔苑林从电视台出来不想回家，走到公交站牌，随便上了一辆乘客不多的车。

沿途经过十几站，在商圈的十字路口堵了一会儿，路旁是博御园的高楼。

虽然已经是老房子，但学区房很抢手，社区门口立着四五家售楼中介的宣传牌。乔苑林是读一年级的第一天搬进去的，那天乔文渊和林成碧都很高兴，所以他一直记得。

邻居家姐姐学习特别好，从没掉出过前三名。林成碧鼓励他，说他也可以。他的确做到了，自此开启辛苦的求学生涯。

他比其他孩子精力差一些，不能熬太晚，有时候等林成碧回家，为免睡着就拿小手绢一遍遍地擦相机。

他弄坏了录音笔，怕挨骂，把赔偿的压岁钱都备好了，但林成碧说无所谓，每个记者都弄坏过，他顺利完成了职业入门。

他学的第一个英文单词是早教卡片上的“apple（苹果）”，然后是“reporter（记者）”，是“truth（真相）”，之后是犹如天书的采访。他歪歪扭扭地抄在卡片背面，没事就嘟囔，早教班的老师以为遇见了神童。

林成碧没空给他开家长会，他骄傲地告诉同学：“因为我妈妈在帮人解决困难，她很厉害。”

他爱作为母亲的林成碧，然而更多的，是对林成碧的仰望和追逐。他的志向、理想、奋斗目标无一不受她的影响，他努力追上山巅看云层，可惜半路先看到了深渊。

抵达终点站，乔苑林下车换乘了另一辆。他坐在后车厢发呆，报站声左耳进，右耳出，身旁的乘客换了一个又一个。

过去许久，窗外的景色变得熟悉，是吉祥公园。

乔苑林下车沿着人行道慢慢走，夜市收摊了，吉祥路萧索地铺着一层阳光。走到湖边，大排档的防雨棚挂着锁，彩灯串缠在一棵大树上。

上一次来这里是为酒吧案庆功，几个小青年喝醉犯浑，被梁承撂倒了一片。

乔苑林脑中浮现出应小玉的倩影，即使当了大老板依旧躲不过冒犯，当年孤零零的一个人白手起家，无法估计她经历了多少艰辛。

姐姐受尽折磨，弟弟杀人入狱，被污蔑，两个人付出了那么沉重的代价，是怎么熬过来的？滔天的委屈怎么承受得住？

乔苑林扶住栏杆，指甲用力到煞白，生生磨下了一道斎粉。

相识这么久，应小琼只字不提，每次见面逗他、笑他、拿他和梁承取乐，是真的把他看作弟弟了吧。

在十一年前，应小琼就知道林成碧有证据，却无能为力，只有日复一日、年复一年地背着罪名和前科。刑满释放，才开始新生活，如今走到这个寒冬，竟为了他—— 林成碧的儿子，主动说自己放下与认命。

可他不能认，他不能当作一切未曾发生过。

应小琼说他是当好记者的料，他必须对得起这一句话。

湖岸冷风刺骨，阳光暖热，乔苑林只觉冰火两重天。他不知停留了多久，公园里的保安频繁巡视，大概担心他会轻生。

03

乔苑林在外面晃荡了大半日，回到明湖花园，院子敞着门，贺婕出来丢垃圾。

他不禁隔着两三米停了下来。

贺婕瞧见他，说："怎么定在那儿了？过来啊。"

乔苑林动弹不得，贺婕走过来挽着他的手臂，道："梁承说你今天请假，不舒服吗？走，先进屋去。"

家里暖融融的，乔苑林被贺婕按在沙发上，盖住毛毯，捧过一杯热水，稀里糊涂地测了体温。

贺婕笑道："没发烧，是不是累着了？"

"我没事。"乔苑林试探地拉贺婕的手，"阿姨，你坐下。"

贺婕坐在他身旁，问道："午饭吃了吗？"

乔苑林含混地点头。酝酿半分钟，他问："阿姨，你知道我妈妈是谁吗？"

贺婕怔了一下，说："知道，你妈妈姓林。"

"她……"乔苑林难以启齿，"她和那个人……是大学同学。"

贺婕明白他指的是谁，耐心地解释："我一开始不知道你妈妈是她。因为我和你爸都经历过不圆满的婚姻，尤其是我，我们都回避谈过去的生活。等知道的时候，我们已经建立了感情和信任，这把年纪遇见合适的人也很珍视，所以没有放弃。"

她抻了抻毛毯，盖好乔苑林的脚，说："我庆幸作了这个选择。"

"谢谢你变成我的家人。"乔苑林张手，犹豫着抱住贺婕，"阿姨，你能幸福我真的很高兴。"

贺婕轻叹道："你这么乖，我可能会忍不住贪心。"

乔苑林问："贪心什么？"

贺婕曾说自己无法取代她母亲的位置，相处至今却产生一丝动摇。她腼腆地笑着："就是不自量力地琢磨，对你和梁承，做一个真正的妈妈。"

乔苑林顿时觉得，老天真的待他不薄。

傍晚，被一台手术消耗了极大精力，梁承做了几个月零投诉的圣人，一朝恢复冷峻模样，下了手术台走路带风，将疲惫的其他人甩在了背后。

他惦记着家里，下班后一刻也等不及，破天荒地第一个离开了诊室。

一路驰骋到家，梁承平复气息后进门。客厅里电视放着电影，餐厅里摆着肉馅儿和案板。贺婕在包饺子，乔文渊也刚回来，洗了手负责擀皮。

二人一齐望过来，恍如每一个寻常的夜晚。

梁承打声招呼，进屋找了一圈，绕回来问：“乔苑林呢？让他一个人出门了？”

乔文渊听着稀奇地道：“他那么大的人，难道还用陪着？”

梁承顾不上解释，立刻给乔苑林打电话，作势要出去寻找。

贺婕说：“你急什么啊？人又没丢，就在厨房剥蒜！”

梁承大步走到厨房，料理台前，乔苑林穿着一身米色家居服，套着小围裙，低眉顺眼地扒拉一头大蒜。

梁承松了口气，走近乔苑林，兴师问罪道：“你成心吓我？”

“是你关心则乱。”乔苑林越过梁承的肩头瞅一眼外面。

手机振动，乔苑林手上沾着蒜皮，让梁承帮他掏出来。

安生了一整天，林成碧再次打了过来。

梁承觑着屏幕，问：“接吗？”

“接吧。”

滑开通话键，梁承将手机举在乔苑林耳边，近距离下听得清林成碧在说：“你总算肯接我电话了。”

乔苑林不吭声，等下一句。

“儿子，”林成碧语气疲倦地说，“我们见一面，谈谈好不好？”

乔苑林道：“我明天没空，后天我会去找你。”

林成碧想尽快，同时又不禁抵触道：“你昨天说的那些话，是真的吗？你……你是不是听说了什么？”

乔苑林只回答了一个字：“是。”

林成碧罕见地语无伦次道：“苑林，你……你不要……”

“我还没做什么，”乔苑林打断她，“你现在是不是很苦恼？”

大概是他的态度太陌生，林成碧怔怔地“嗯”了一句。

然后，乔苑林看了梁承一眼，重复对方十一年前的问题：“妈，你相信报应了吗？”

04

乔苑林剥个蒜都能累着，最先守在餐桌旁等候开饭。热腾腾的饺子出锅，他莫名地感受到一丝年味。

一家人坐整齐，乔文渊想起来问："哎，苑林，你今天没去上班？"

乔苑林被饺子皮烫得一哆嗦，说："我请假了，明天也不上。"

两位家长一起探究地瞅过来，了解他不是消极怠工的人。乔文渊道："为什么？有什么情况？"

乔苑林回答："我打算明天去体检。"

"你这孩子。"乔文渊没脾气地瞪他，"先前让你定，你拖着，决定要去了又不跟我打招呼。"

乔苑林咽下饺子，说："爸，我要去若潭做。"

桌上没一个人能跟上他的节奏，梁承显然不知情地抬起头，问："确定了？"

乔文渊有意见地说："已经说好去三院了，从小一直在三院检查，还折腾什么。"

乔苑林夹起一片卤牛肉放进乔文渊的碟子，笑眯眯地叫了一声"爸"讨好他。梁承见状，夹了一筷子凉拌笋丝给乔文渊，喊了句"乔叔"。

乔院长顿时威武不起来了，在两个小的左右夹击下，看向老婆，请求支援，奈何贺婕就顾着喝饺子汤。

他纠结了十来秒，打着官腔给自己找台阶下，说："行了，那今年就去若潭做吧，体验一下跟三院有什么区别。"

贺婕这会儿吭声了："比你们那儿贵，给孩子拿钱。"

一日三餐都并在这顿解决，乔苑林撑得慌，饭后拉梁承出门消食。

起风了，社区里到处树影摇曳。

围巾捂着他下半张脸，梁承揣着口袋。两个人并行一段路，谁都没有开口。

湿润的夜风不断拂在面上，乔苑林打破沉默道：“明天会不会降温啊？”

梁承接腔道：“会，后天有小雪。”

他问：“后天你会陪我去吗？”

“别问废话。”梁承讲得凶，他明白以乔苑林的性格一定会去找林成碧，不免担心，“见一面就搁下吧，不要再执着下去。”

乔苑林道：“嗯。”

梁承牵着他停下：“不许敷衍，答应我。”

乔苑林说：“我心里的确有一套打算，计划调查、收集线索、获知全部真相，最后一步是处理。这是她教我的。”

梁承记得，八年前的小屁孩儿就是用这套流程对付他。他道：“这不一样，那些证据不可能留着，只要她不承认，你钻牛角尖的话痛苦的只会是你。”

乔苑林在凛冽北风中昂起头，说：“究竟谁痛苦，见了面就知道了。”

梁承叹出一片白雾。

乔苑林骨子里遗传了父母的强势，但更能屈能伸。他抢完嘴话哄道：“其他事我都听你的。”见英俊面目稍有松动，“其实我一直挺听劝的吧。”

梁承哼道：“你的主意大得很。”

乔苑林的下巴尖蹭出围巾，说：“主意不大，当年怎么敢杠上金牌打手？”

健步走的大爷大妈从一旁经过，打量他们。梁承揪着乔苑林赶紧拐了弯，警告：“别没正形。”

第二天早晨，乔苑林起床后没吃没喝，穿着一身宽松舒适的休闲服，塞着耳机，在去医院的路上听了几首摇滚。

从出门堵到宁缘街，乔苑林都晕车了，好不容易排队开进医院大门，他提前下车透气。

急救队的司机班在训话，列成一排。他溜达到边上看新鲜，等梁承停好车过来，两个人一起走进门诊大楼。

来了这么多次，乔苑林早就驾轻就熟，说："你忙吧，我自己检查就行。"

梁承道："先上心外科，我给你开检查单。"

乔苑林感觉跟去上刑似的："我不，我从一楼开始。"

梁承干脆推着他走，到电梯间说："一楼是妇产科，请问你检查哪一项？"

周围全是人，乔苑林恼羞成怒地钻进电梯，一瞧楼层索引牌才回神道："缺不缺德啊，妇产科在附属那栋妇幼中心！"

胳膊没拧过大腿，梁承押着乔苑林开始详细检查。他昨夜都打听好了，清楚哪个科什么时候忙，哪位医生耐心或暴躁，怎么安排最节省时间。

乔苑林脱了外套挂在心外科的休息室，鞋带松了绑，前后躺平了五六次。

他抽完血压着棉球，途经饮料自助机遇见万金油，犹如他乡遇故知，说："万组长，好久不见啊。"

"咦，乔记者，别来无……"万组长见他挽着袖子，"这是别来有恙啊，怎么验上血了？"

乔苑林回答："没事，我做体检。"

话音刚落，梁承端着一杯热水出现，递给他道："能喝了，喝完去十楼做脑电图。"

乔苑林说："脑子也查啊？"

"你当年不就查了吗？"梁承的宗旨是只多不少，否则没法对乔文渊交代，"还在检查报告上写我的名字，心电图要不要写？"

乔苑林赶紧转移话题，说："什么时候才能吃饭？"

万组长热情地说：“我请你上食堂，今天有铁锅炖鸡。”

“我有饭卡。”梁承说，“你这么清闲，我给你安排个投诉？”

乔苑林再度见识了梁医生的威风，后半程老老实实地做检查，查完折回心外科，他累得在长椅上一坐，哪儿也不想去了。

虽然每年两次体检早已习以为常，但毕竟在心理和生理上都不是轻松的事。检查结果一天出不来，就还得惦记着。

梁承陪他坐在走廊上，说：“想过开刀做手术吗？”

乔苑林往上提了提领口，感觉胸膛漏风，支吾道：“大哥，你有话可以明说。”

“只是随便商量一下。”梁承操着气定神闲的口吻，“如果治疗，你什么都不用担心，我给你安排。”

他尽量地语气轻松，减少病患的心理压力。然而乔苑林倏地皱起眉，像是已经陷入焦虑。

梁承补救道：“别怕，目前只是体检。”

“你知道就好。”乔苑林说，“我只是来体检的，要是开刀当然去三院用医保，我还攒钱买大奔呢。”

梁承：“……”

晚上回家，重组家庭首次开卧谈会，围炉儿夜话。

梁承向乔文渊汇报体检情况，贺婕旁听，就已出的一部分检查结果展开讨论。

乔苑林屈膝窝在单人沙发上，听那三位医生说着听不懂的内容，觉得有点头晕，全程插不上嘴。

鼻尖发痒，他大声打了个喷嚏，大伙儿总算想起他这位患者，暂停了学术研究。

手机响了，是医院病房打来的，估计是术后一些问题，梁承起身去露台上讲电话。

贺婕挪到一边扶手上靠着，摸摸乔苑林的头发，关心地问道：“今天累不累？”

牢骚跟梁医生发完了，乔苑林此刻一副懂事的模样，说：“我还好。”

乔文渊作为传统的父亲，有了贺婕和梁承的竞争后不得不“支棱”起来，起身踱到另一边，按住乔苑林的肩头，说：“没事，该干吗干吗，安心上班。”

乔苑林道：“对了，我明天也不上班。”

“至于吗？”乔文渊说，“甭紧张，有你哥呢，结果出来一准儿立刻告诉你。”

乔苑林说：“我哥明天也不上班。”

家里极少出现两个工作狂同时罢工的情况，贺婕问：“你俩商量好的，有事？”

乔苑林有些踌躇，虽然只言片语难以说清，但事关当年的案子，非同小可，对象又是林成碧，知会家长一声是应该的。

这时梁承挂断电话进来，不知道他们聊到哪里了。

“爸，阿姨，”乔苑林神色认真地说，“其实，我和我哥……”

他说着望向走近的梁承，万一说出来，乔文渊会不会细问？贺婕会不会难受？他吞吞吐吐地停下来。

梁承对上乔苑林似是求助的眼神，对方大概在征询他的意见。他脚步停在地毯上，怔然地抿住了薄唇。

乔苑林越发犹豫，要不等见过林成碧再说。

乔文渊被吊着胃口，问：“你们到底有什么说不出口的？”

贺婕也道：“是啊，都请假不上班，工作上有困难？”

梁承难以忽视乔苑林无措的样子，可去见林成碧这件事三言两语说不清楚，恐怕只会让乔文渊疑虑，令贺婕担忧。

他握了握拳头，松开时面色也放松下来，开口说：“没什么，就是要出趟门。”

乔苑林明白了梁承的意思，顺水推舟地道："其实我要去外地采访，我哥陪我去。"

乔文渊和贺婕不疑有他，嘱咐了几句便放下心来。

05

梁承和乔苑林从平海出发的时候将近中午，天阴着，是水润的灰蓝色，天气预报有一场小雪。

乔苑林穿着一件浅驼色的羊绒大衣，和棕色的头发相称，口袋很大。他半截小臂都塞在里面暖着，脚下的帆布包露着档册的一角。

在高速公路上飞驰了三个小时，梁承无言地开车，路过最后一个服务区时停下，下车走到远处抽了支烟。

抽完回来，导航变成更为精确的地址，梁承伸出沾染烟味的手指，按着乔苑林的后颈扭向自己。

乔苑林咕哝道："疼。"

梁承反而加重力道，像严厉的老师警告犯错的学生，说："现在掉头还来得及。"

乔苑林去意坚决，说："我不，走吧。"

梁承松手，他瞥一眼导航显示的社区名字，问："约在家里？"

乔苑林"嗯"了一声，那些话没办法在外面谈，而且他想林成碧应该很忐忑，在家可以不那么防备。

半个小时后，奔驰车驶下高速，进入市区。目的地所处位置繁华，不难找，比王芮之居住的老城区宽阔许多。

今天是工作日，社区的地下停车场寂寥冷清，梁承停好车熄火，没有下车的意思。

这场母子见面不适宜有外人在场，尤其是他。

乔苑林解开安全带，说："那我上去了。"

梁承将手机搁在中控台上，叮嘱道：“有事随时叫我，别吵架，别激动。”

乔苑林一一保证，下车进入电梯，数字跃升至十六楼，楼层一梯一户，没有杂音，只有他沉闷的脚步声。

走到门外，他再次将手探入大衣兜里，似乎没做好按铃的准备。

大概一直在等，林成碧主动打开了门。

温馨的四居室，玄关墙上贴着量身高的刻度线，边柜下放着一筐玩具汽车。乔苑林视线掠过，移到客厅，沙发旁的桌角上摆着一座乐高搭的建筑。

他小时候也爱玩，问：“是康康搭的吗？”

“他搭不成，总哭，求他爸爸帮忙搭的。”林成碧端来热水，“他不如你聪明。”

乔苑林坐下来，茶几上有点心和切好的水果。

林成碧在对面的扶手椅上坐下，神态淡然，说：“我记得你喜欢吃一种黑巧克力的饼干，去这边超市没有买到。”

乔苑林拿起一枚蛋黄酥，剥开，说：“这个我也喜欢吃。”

林成碧问：“怎么过来的，坐高铁？”

乔苑林回答：“朋友开车陪我来的。”

林成碧猜到这位朋友的身份，她一向不是委婉的性子，就此结束无谓的寒暄，说：“苑林，你跟那个梁承是怎么回事？”

乔苑林咬着清甜的豆沙，说：“我在电话里说过了。”

“你看着我，看着妈妈。”林成碧道，“你清楚他是个什么样的人吗？贺婕呢，她跟你爸结婚有没有交代她儿子的前科？”

乔苑林舔掉唇边的酥皮渣，没有回答这些可笑问题的欲望。他擦擦手，从帆布包里拿出档册，递了过去。

林成碧接住打开，对赵建喆的专访资料，对梁承的采访稿件，她逐页翻过，淡然的面具一块块破碎，整张面孔紧绷了起来。

乔苑林拿回主动权，说：“你不用强势发问，也不用管我的私事。

你不是我的监护人，早就不对我费心了，忘了吗？”

林成碧镇定地合上文件，举到半空：“梁承跟你说过什么？让你来对我兴师问罪？”

乔苑林说：“我全都知道了。”

“一面之词，能了解多少？”林成碧道，“你不要相信胡言乱语，他是真心还是另有目的？你小心被人骗了。”

乔苑林不急不躁地说：“我相信你不会骗我，专访是你做的，稿子是你写的，所以对误杀虐待狂养父，你的看法就是这样吗？”

林成碧将文件摁在膝头，说：“我跟赵建喆是大学同学，受他蒙蔽，一时不清醒。”

“专访可以是蒙蔽，毕竟他活着。这篇废稿写于十一年前，他赵建喆死人一个怎么蒙蔽你？夜里给你托梦了吗？”

林成碧睁大眼睛，难以置信乔苑林这样对她说话。她生气地问：“你很乖的，是梁承怂恿你来算账吗？”

乔苑林脱力向后靠，声调陡地变低：“这笔烂账不算也罢，我要赵建喆当年交给你的证据。”

林成碧猛然别开脸，短发从耳后垂落一缕。她抱有侥幸心理，以为能隐瞒一辈子，看来事与愿违。

半晌，她摇摇头，说：“我没有什么证据。”

乔苑林蓦地笑了一下，充满无奈和讥讽，说：“赵建喆之所以交给你，是因为你和他是一类人。”

林成碧高声阻止道：“苑林！”

乔苑林问：“觉得被侮辱了吗？”

林成碧攥着扶手：“别这样对我，我是你妈。”

乔苑林说：“赵建喆颠倒黑白，反咬一口诬告那对孤儿姐弟，让罪名坐实，板上钉了钉他才踏实。你明知道真相，却写了一篇歪曲的报道，意图发出来混淆视听，这是跟他一样卑鄙的手法。”

林成碧辩解："不是的，我为什么要……"

乔苑林说："因为你们心虚。"

他忽视林成碧仓皇的眼神，抬眸看墙上的全家福——笑着的一家三口，曾经博御园的家里也挂着一张。

他盯着照片，说："你在这座城市再婚生子，开启新生活，偶尔是否会记起我啊？"

林成碧期盼他能心软，立刻道："我怎么会不记得？你永远是我的孩子。"

乔苑林说："可我厌恶了。"

林成碧怔住，眼泪不自觉地滑下来。这是她第一次在乔苑林的面前哭，她以为乔苑林的爱没有条件，挥霍不尽，可这个总是哄着她的孩子现在说"厌恶"。

"妈，"乔苑林进门到现在，终于叫了一声，却道，"这大概是我最后一次叫你。"

林成碧的防线顷刻崩溃，弓下腰捂住脸，声音从指缝间断断续续地漏出来："我要问他的……我要去问赵建喆的。"

那一天林成碧被赵建喆约到家里，对方拜托她保管一份文件。她本来不愿意，看在朋友面子上勉强答应。

离开时她遇见贺婕，觉得贺婕神色异常，但她们不熟，而且着急上班便匆匆走了。

路上林成碧仍是不放心，如果是重要文件，损坏或丢失她担不起责任，于是打开文件看了看。

看后她吓坏了，无数念头冲撞着，她要返回去质问赵建喆。可她突然接到医院的电话，得知乔苑林在路上发病昏迷。

"我马上赶去医院，你记得，那天我一直守着你。"林成碧说，"没想到当晚，赵建喆竟然死了。"

一切好似冥冥中注定，乔苑林问道："假如我没出事，那份文件你会还给赵建喆，还是会曝光？”

林成碧腰弯得更低，默然。

乔苑林已预设答案，点着头道：“他死了，你尚且隐瞒着，就算没死，证实了又怎么样，跟他沆瀣一气？”

“我能怎么办！”林成碧挂着斑驳泪痕，五官潮湿扭曲，“我凭借给他的访谈在业内出名、升职，我揭发出来是打自己的脸，砸自己的招牌！我和他是朋友，他有罪，我怎么证明自己十六年前一无所知？我不能被冤枉成从犯！”

她辛苦获得的一切都会动摇，她的事业、她的成就、她的清白，全部会遭受质疑，她付不起那样的代价。

而赵建喆早就算准这一步，文件被梁承发现，万一出事家里和律所都会被搜查。所以他交给了林成碧，他了解林成碧有多精明，她肯定会翻看，然后因为专访的牵扯保守秘密。

只是他千算万算没料到自己会死，即便死了，林成碧的选择依旧。

她苦笑一声，道：“你说得没错，我跟他是一类人。”

出事后她也曾纠结过，越拖越久，证明清白的机会就越小，她真的变成了从犯。本以为没有第三个人知道这件事，可是突然出现一个梁承。

乔苑林说：“所以你要离开平海？”

林成碧惶然地看着他：“你真的全部都知道了。”

后来她越发不安，她怕事情曝光，怕那个杀了人的少年出狱后来报复她。她决定逃离平海，提前一年多便着手准备跳槽。

在这期间，她和乔文渊的矛盾逐渐升级。乔文渊的事业和孩子的学校都在平海，他不肯离开，最终闹到离婚收场。

乔苑林静静地听完，问道：“在这里就能安心了吗？”

林成碧说：“我已经失去太多了……”

乔苑林一巴掌扫向那堆乐高，搭好的建筑摔在地上碎成一片，他说：“你在新家里守着丈夫儿子，会不会想起梁承，想起那对孤儿，想起因此被你抛弃的我？想一想你最先失去的良心？！”

林成碧跌跌撞撞扑到他身边，哭着求道：“儿子，你不能这样对我！”

乔苑林甩开她，站起来居高临下，问：“文件销毁了吗？那里面没有明文涉及你的内容，一旦到了不得不曝光的地步，反而能帮你一把。你还留着，对不对？”

林成碧伏在沙发上，用罕见的脆弱硬撑起一丝顽固，说道：“你一定要这么逼我？”

乔苑林回答：“把迟了十一年的物证交给警察，去说清来龙去脉，否则我不会就这么算了的。”

“我是你妈妈，你亲妈！”林成碧歇斯底里地大喊，“你为了一帮外人来对付我？”

乔苑林瞪着她，目眦欲裂地说：“我告诉你，第一，梁承不是外人，那对孤儿是我的朋友；第二，我是记者，职责和使命是你教给我的；第三，正因为你是我妈，我才要让你去赎罪！”

林成碧拽他的衣摆，说：“一切都风平浪静了，他们都死了……”

“他们的死，是好人付出代价换来的！但是死得不够明白，就当补充访问吧，我要你曝光了给他们添一笔墓志铭！”

林成碧吓得松了手，说：“苑林……苑林，我不能，你弟弟还小……”

乔苑林说：“所以别让他和我一样，仰望了二十几年才认清自己的妈。”

林成碧瘫软滑坐在地上，昔日的干练化成狼狈，只会反复地摇头。

额头青筋狂跳，乔苑林切身明白孙卓曾对他说的，人不一定需要榜样，真正能驱策自己的，是在良心上竖一个标杆。

黄昏已至，林成碧抹干眼泪爬起来，掖好头发说：“康康快放学了。”

乔苑林看着她执迷不悟的样子，问：“赶我走吗？这就是你再一次的选择？”

林成碧哽咽道：“就当今天没有见过面，我什么都不知道。”

橘红的余晖洒进客厅，模糊了乔苑林赤红的眼，他轻声说：“好，那下一次见，应该是在我的追悼会上。”

林成碧遽然一惊，竭力维持的从容瞬间崩塌。

乔菀林从包里拿出便携药盒，打开将满满当当的药片倾倒在地上。他预设全部情况以达到目的，包括他自己。

“我好多天没吃药了。”他问，“弟弟还小，可我不小了，这二十五年，你做好与我告别的准备了吗？”

林成碧脸上血色尽失，扑通跪倒下去，恐慌地从零落的积木中捡药片。晚霞落在她头顶，遮不住几丝变白的头发。

乔菀林觑着这一幕，说：“我来替你受了这报应。”

林成碧失声痛哭道：“不要……不要！”

乔菀林转身走出这间房子，进入电梯，电梯门闭合，映出他苍白的模样，嘴唇咬出了血，被眼角流下的泪水晕成一片稀薄的红。

停车场里，梁承来回踱步。外面下雪了，寒意一阵阵侵袭而来。

他望见乔菀林的身影，飞奔过去，替他揩拭脸上的痕迹，没勇气询问经过和结果。

乔菀林说：“我跟她打了一个赌。”

梁承问：“赌什么？”

前方安全通道口，林成碧头发凌乱地跑下来，像丢了孩子的母亲。她看见他们，止住脚步不停地颤抖。

乔菀林闻声回头，答道：“赌她对我最后的一点爱。”

CHAPTER
09

第九章

遗 憾

能 弥 补 吗

林成碧终止一个母亲的自欺欺人，告诉他：“千万不要有事，

原来对于我，任何人都不能弥补这份遗憾。”

乔苑林点点头答应。

01

阴冷的地下车库灯光惨白，林成碧拖着拉长的影子走到乔苑林身前，双手一齐攥着装满药片的盒子。

她动了动嘴唇，未止住的泪水唰地流到腮边。她用袖口使劲擦掉，哪怕这时候，当着第三人的面也要维持住残存的自尊。

乔苑林的身躯微微侧着，一条手臂隐在后方，说："我要走了。"

林成碧磨着齿冠叫了他一声，来不及再说一字眼泪便溃不成军。

乔苑林冷眼瞧着，那些旧事发生在旧地，他道："我回平海等你的决定。"

说罢，他抿住血色殷红的下唇，一刻不留地走向汽车。林成碧在背后哭，回音扩散，她却没胆量追逐分毫。

目光游移，她有些恍惚地看着梁承，曾经阴鸷的少年已是成熟的男人，似乎眉眼依旧，又好像变化得翻天覆地。

梁承本不欲开口，盯着药盒便全然忘了，冷冷地问："这是什么？"

林成碧顾不得旁的了，哆哆嗦嗦地递上去，说："让他吃药，你……你让他好好吃药。"

梁承接过，心里咯噔一下。他大步折回车前，觑着挡风玻璃，乔苑林已经安稳坐好，下颌斜贴着安全带，乖顺而可怜。

心头的波澜生生压下，梁承上车发动引擎，轮胎摩擦地面，刺耳声在尾气中劈裂一道无形的沟壑，将他们和林成碧逐渐隔绝。

天色浓黑，路灯下雪花飞快地飘着，恶劣天气令晚高峰比平时更加拥堵。梁承把便携药盒放在中控台上，手伸向副驾驶位。

乔苑林先出声求饶道："不要骂我，现在不要骂我。"

梁承心痛得抽了一口气，揸开拇指，虎口一排鲜红的指甲印子，说：“看你刚才给我掐的，还不叫人骂。”

乔苑林问：“你生气吗？”

“你知道就好。”梁承语气似冰，摸着乔苑林头发的力度却很温柔，“你用自己的健康威胁她，是吗？你是不是白痴？”

事情隔了太多年，倘若林成碧油盐不进，没人能奈何她，这是最坏、也是最有希望的方式。

乔苑林倾诉道：“她真的逼我走到这一步了，换成我逼迫她。我也很想试一试，看她对我还有多少在乎。”

梁承捏起他后颈，像拎一只闹腾欠揍的狗崽子，说：“你这样干，想没想过你爸、你姥姥？”

“啊……疼！”乔苑林小声叫，大脑累极了，只会纯粹地表达，“别骂我，我难受，今天别骂我！”

“你……”梁承让他逼得钉子也要咽回去。

路上不太堵了，但雪势变大，汽车依然开得缓慢。

一旦上高速，吃喝拉撒都不方便，梁承想让乔苑林先填饱肚子、喝了药再走。乔苑林觉得冷，想喝发暖的羊肉汤。

在市区找了一家生意红火的小店，里面几乎坐满了人，他们找仅剩的一张空桌点了单，等候时要自己掰碎泡在汤里的饼。

乔苑林掰了四分之一就停下，张望过道另一边的母子。小男孩儿在写作业，妈妈一边给他掰饼，一边听写生词。

他收回目光，说：“我把康康的积木拍散了，他回家八成得哭。”

梁承不知说什么好，让他转移注意力，道：“乔叔和我妈应该下班了，你跟家里说一声，免得他们担心。”

“哦。”周遭吵闹，乔苑林往家庭群里发消息。以为他们还没忙完，那二老默契地没有打探详情。

发完消息，梁承已经在给他掰饼子了。另一桌的小男孩儿瞅过来，可能奇怪他这么大个人也要人帮。

趁人家妈妈去消毒柜取筷子，乔苑林打招呼：“哈喽。”

小男孩儿赶紧低头写字，不搭理人。

乔苑林弹个舌，问：“写什么呢？”

小男孩拒绝跟陌生人说话，转头喊道：“妈妈！”

女人应一声：“知道了，给你加一份炸鸡排。”

乔苑林轻轻地笑了，装嫩说：“哥哥，我也加一份炸鸡排。”

吃完这一餐浑身热乎，雪却不合时宜地越来越大，街上多了一批交警，很快他们收到高速路口封闭的消息。

两个人寻思要不去找王芮之，又怕瞒不住今天的事情，最终找了一家酒店投宿。

办理入住手续的几分钟，身上的雪花融化成了一层水珠。乔苑林回忆起八年前遥远的大雨夜，梁承开着金杯车载着他，去看二监，还在泥泞中丢下他捡的娃娃。

酒店宽敞的商务间，比当年国道旁的小旅馆好太多了。梁承烧了热水，第一件事就是喂乔苑林吃药。

他约法一章就够了，指着盒子说：“我可以不追究那些药，今晚开始，每一顿我亲自盯着你吃。”

乔苑林违抗不得，只能咽下去，断药几天让他差点卡住。

手机响了，是林成碧打过来的，大概料到他不会接，响两声便挂断了。随后她发来微信，问乔苑林吃药了没有。

乔苑林没有回复，想找点能忘记所有烦恼的事做。他切到朋友圈，昨晚连同今天一整天的内容刷新出来，足够他浏览一会儿。

同事在加班，组长呼唤他，让他尽快归队，孙卓评论了一个摇手指的表情。

姚拂陪乔文博逛街，晒战利品，田宇在下面驴唇不对马嘴地问：姐，我要不要过完年再回加拿大？

音像店老板去澳门淘了一台古董影碟机，万组长陪女儿堆雪人，代购发了新款球鞋……乔苑林一条条往下滑，翻到上午应小琼发的照片。

一桌色泽诱人的东北菜，应小琼搂着应小玉，说：吃完回家喽！

老四评论：代理老板给我累的，几点飞机到啊？

郑宴东：今天休息，我去接吧。

老四回复郑宴东：你天天来海鲜汇消费，望什么来着……穿个洞，还麻烦你不好吧。

郑宴东：那叫望眼欲穿。

应小琼统一回复：老子打车！

梁承洗完澡出来，就见乔苑林贴着床头笑眼眯眯，他去拉窗帘，问："看什么那么高兴？"

"应哥和玉姐旅游回来了。"乔苑林说，"等事情稳妥，我一定要给他们一个交代。"

窗上的冰晶布满细小的棱，盯着发晕，梁承的眼皮跳了一下。

乔苑林说："梁医生，你怎么了？"

梁承道："别再威胁你妈，不要和她赌了。"

乔苑林说："我有预感，她还是在乎我的。"

"不要有事。"梁承几乎是慈悲并虔诚地说，"那其他更在乎你的人怎么办？"

乔苑林一脸可恶的天真："救我，你会的。"

02

降雪后的城市街道洁白静谧，梁承先起床，将窗户打开一点通风。外面参天的树冠伸手可及，枝丫摇晃着掉落一片雪花。

乔苑林嗅到凛冽的寒气，睁开眼，短暂地忘记这不是家里。

高速公路连夜清理撒盐，梁承查询到可以走了。他跟医院多请了一天假，走到床畔，乔苑林藏在被窝里只露着眼睛，慵懒惺忪。

梁承说：“这么困啊，再睡一会儿。”

乔苑林道：“睡醒再吃一顿羊肉汤。”

“我懒得给你掰饼子。”梁承压低被子，顿了三四秒，“你冷吗？”

乔苑林回答：“不冷，捂得好暖。”

梁承看到乔苑林洇着淡淡紫色的唇瓣，有些紧张地吞咽口唾沫，决定道：“我叫客房早餐，你起床吧，我们吃完出发。”

乔苑林无语地说：“不刚说再睡一会儿吗……”

梁承没理他，起身去关窗，将烘干的衣服拿到床头，然后便去外间打电话叫早餐了。

乔苑林郁闷地爬起来，有点混沌，垂首静坐了片刻。他穿好衣服下床，最后套上羊绒大衣，从口袋里摸出什么塞进了帆布包。

离开前，梁承盯着他喝药，怕路上冷，买了一条客房提供的长绒毛毯。

因为昨夜封路，高速路口的收费站排着很长的队伍。梁承握着方向盘，食指不停敲击，貌似有些不耐烦。

乔苑林挖新闻免不了伺机蹲守，耐心十足。他捧着手机在一旁看电影，情绪时怒时悲，没注意梁承的余光频繁扫向他。

一旦上高速就顺畅多了，梁承专心驾驶，如无必要，路过服务区也不停。他烟瘾作祟，索性干巴巴地叼上一支。

乔苑林机敏的脑瓜这次迟钝了十几拍，总算有所察觉，问：“怎么了，是不是医院有事？”

“没什么。”梁承说，“我担心还会下雪，早点走省得耽误久了。”

乔苑林继续看电影，走神几次之后，犯困打起盹儿来，后半部分的情节一点都没看进去。

他渐渐睡着了，窝着脑袋不久便呼吸不畅，醒来后，略微急促地哼哧哼哧换气。

下一个服务区到了，乔苑林下车去洗手间，回来后挪到车后座，盖着毯子躺平想要睡一觉。

出发上路，梁承说："别睡了，就快到平海了。"

路滑，车速比不上平时。乔苑林道："明明还有两个小时呢。"他枕着一包纸巾，"唉，怎么比上班跑采访还累啊？"

烟嘴被梁承咬得变形，他吐出塞垃圾箱，道："乔苑林，太闷了，陪我说说话。"

乔苑林想了想说："我比康康聪明。"

梁承笑了一下："嗯，数你聪明。"

路旁挂着雪的行道树飞掠而过，连绵的苍翠洁白。车厢静了，梁承打开音响，小音量地随机播放的音乐。

乔苑林闭着眼，蜷曲的双腿偶尔动一下。毯子随着颠簸滑落，他反复捞回到身上盖住。

梁承说："应哥给我发消息了，问今晚要不要去海鲜汇，他带了老山参回来，还有一箱冻梨。"

"咱们有机会也去滑雪吧，就是你怕冷，记得穿上田宇送你的羽绒服。对了，他什么时候回加拿大？"

"改天请你姑姑一家聚一聚吧，上次我没露面，这回我来请客。"

梁承不停地说着，一句一句却都得不到回应。乔苑林似乎睡着了，静悄悄地没一丁点声响。

"乔苑林，我们快到了。"

梁承狠踩油门，提前半小时抵达了平海。一过高速路口，他立刻重复道："到了，已经到了。"

"唔。"乔苑林几不可闻地轻哼，毯子滑下去一大截，他伸手去捞，手臂最终软绵绵地垂在半空。

梁承打方向盘超过一辆出租车，抬眼看后视镜。乔苑林在安睡，嘴唇泛着非正常的色泽。他又疾速超过一辆，惹得车尾后响起一片愤怒的喇叭声。

飞驰过十字路口，音响开始播放下一首歌曲。梁承烦躁得想关掉，而熟悉的旋律中断了他的动作。

“乔苑林？”梁承兀自说道，“你不是会唱吗？《滚滚红尘》。”

乔苑林纹丝不动，一直没空修剪的头发覆盖在额头上。梁承看他，一眼接一眼，多想给他拨弄到一边。

奔驰车奔的方向不是明湖花园，也不是公寓。梁承敲击显示屏幕，拨通了号码。

很快有人接听：“喂，梁医生？”

梁承说：“万组长，帮我一个忙。”

十分钟后，奔驰车呼啸着拐入宁缘街，引擎轰鸣，开进若潭医院的大门后一路畅通无阻。门诊楼侧的特殊通道外，医护人员已经在等候了。

梁承踩下刹车，下车后拉开后门，抱出乔苑林放置在转运床上。

他弯着腰，低首贴住乔苑林微凉的脸颊，沉声又说了一遍：“苑林，我们到了。”

单人病房里药液嘀嗒，几道克制的呼吸围在床边。天空暮色四合，房间内的一切显得越发苍白。

乔苑林昏睡了好久，体征暂时恢复平稳，可闭上双目就是不愿意醒过来。

大概是真的精疲力竭了，这些天的所有事积压翻滚，神经绷至极限，只有在梦里才能抛却干净。

梁承没穿白大褂，仿佛只是一名普通家属。他立在床头，伸手撩开乔苑林的刘海。

两扇睫毛抖动，干燥的唇齿启开一道缝隙，乔苑林终于醒了，鼻息间的味道一闻便知是在哪里。

他换上了病号服，手背埋了留置针，梁承守在床边，乔文渊与贺婕在另一侧担忧地看着他。

“苑林？”乔文渊叫他，“你觉得怎么样？”

乔苑林头脑昏沉，有点断片地说：“我记得在车上睡着了，难道我昏迷了？”

梁承备着毛巾给他擦脸，说：“你只是累了，睡了一大觉。”

乔苑林心里有数，问：“办了住院吗？需要住几天？”

乔文渊道：“要不转三院去，那儿的人你都熟，我照看你也方便。”

全都不正面回答问题，乔苑林望向贺婕，说：“是不是体检结果不太好？阿姨，你告诉我吧。”

贺婕不会糊弄人，握住他的手指回答：“比想象中严重一点，但是咱们好好治疗、手术，没关系的。”

乔苑林不再询问，对着空气发呆。

上一次接到通知赶来医院，乔文渊在巡视病房，保持镇定巡完，背后冷汗浸湿了两片肩胛。这一次他在大会上做总结发言，下台看到消息，扯了领带一路狂奔。

梁承告知他病情变化、症状表现，他机械地点头，无法思考，在终身奉献的事业上体会到一股茫然，大约这就是所谓的“医者难自医”。

不，乔苑林比他自己的生命更重要。

乔文渊打起精神，说：“梁承全都告诉我们了，过去那些事，还有你去见了你妈。”

乔苑林问：“她知道我住院了吗？”

“我打给她了。”乔文渊说，“不论她知不知道，我也不管你是不是要以此考验她，现在开始你好好接受治疗，给我老老实实待着。”

梁承冷静道：“乔叔，别责怪他了。”

这种时候乔文渊哪里舍得，可他着急，他了解林成碧的狠心，没想到乔苑林遗传得青出于蓝而胜于蓝。

他踱出病房，走到走廊上，贺婕跟出去劝慰。

梁承在床边坐下，垫高枕头喂乔苑林喝水。他的心情也好不到哪里去，干脆保持缄默。

乔苑林心知肚明，道："我不转三院。"

梁承眼都不抬，用寻常语气说着不容违背的决定："我不会让你去别处的。"

乔苑林一点都不害怕，他偏头对着窗，问："你说她会来吗？"

"别再计较她了。"梁承忍无可忍，"明早开病情讨论会，你不配合，就强制给你治疗。"

乔苑林莫名想笑，说："你凶什么？"

梁承不让乔文渊责备一句，自己来骂："凶你这个混账。"

乔苑林抿起嘴巴，目光落在挂在衣架的帆布包上。他真的想知道林成碧的选择，他身为人子，想给母亲一个赎罪的机会，也算是给自己的所有情感画上一个句号。

而考验结果如愿与否，他都是要把真相大白于天下的。

乔苑林指着包，说："如果她没来……"

梁承帮他去拿："你要什么？"

乔苑林道："里面有一支录音笔。"

03

单人病房只能留一个人陪护，梁承是不肯走的。夜幕四合，他把乔文渊和贺婕打发回家了。

乔苑林躺得太久，简单洗漱后去护理站拿了一份晚报，在窗台前立着写报纸上的填字游戏。梁承进来，穿了白大褂，手里拿着两本从小胡医生那儿抢来的漫画杂志。

乔苑林咧嘴道："我正无聊呢。"

梁承停在床尾的移动桌旁，说："过来躺下，盖好被子。"

乔苑林听话照做，夺过杂志半躺着翻开。手机响了一声，梁承掏出回复消息，是应小琼，问他们几点到海鲜汇。

他把这事忘得一干二净，打着字走向另一张陪护床。

乔苑林叫他："哥，别走。"

梁承返回病床边大大咧咧地坐下，揣起手机，说："怎么了？"

父母都不在，乔苑林合起漫画，认真中掺杂两分撒娇地问："检查结果具体怎么样？你告诉我，我又不是小孩子了。"

按规矩是应当的，可梁承医治了那么多病患，头一次瞻前顾后，说："等明天开完会，连同治疗方案一起告诉你。"

"我现在就想知道。"乔苑林冷下脸，"你不说，我就默认离死不远了。"

梁承蹙眉道："胡说八道什么？"

对峙须臾，梁承从白大褂兜里拿出装了三天的听诊器，说："你是双腔右心室，还合并了其他心内畸形，以前症状可控，但这个病随着时间延长会有加重的情况。"

这些乔苑林自己了解，问："我的情况变严重了吗？"

各项检测数值梁承已经记得滚瓜烂熟，回答："高压腔收缩压达到七十了，平均压也超过了常规值。X光片我给乔叔看了，他说肺血管纹理比你上一次体检稀少一些。"

乔苑林流露出上高中生物课的同款表情，愁道："讲得通俗易懂一点可以吗？"

梁承说"没什么可讲的，你今天早晨出现轻度发绀，在车上缺氧昏迷，还不够你警惕的？"

怪不得着急赶回来，乔苑林毫无察觉，说："我以为我只是累了。"

"你确实太疲惫了，生理和心理上都是。"梁承道，"你的职业和最近发生的事情，对你来说负荷太重。"

乔苑林知道他把梁承吓坏了，如果出发前就有迹象，这一路对方该多心惊胆战。他主动解开病号服的纽扣，问："你要听吗？"

梁承戴上耳挂，没焐热听诊头便贴上去，冰得乔苑林一个激灵，那模样很像排队打疫苗的小孩子，内心忐忑，生怕他会再说什么不好的话。

听完，梁承说：“好了，躺下吧。”

“这就完了？”人家不说，乔苑林又不满意，“我也想听听。”

梁承把耳挂给他，移动听诊头到胸骨左缘，说：“听见粗糙杂音了吗？收缩期震颤。”再听主动脉瓣区，“心音减弱了。”

乔苑林茫然地道：“有吗？”

上次听诊是在元旦跨年夜，梁承说：“通俗一点，比上次在北京时要……难听。”

“你才难听。”乔苑林强词夺理，“我觉得还可以，昆山玉碎凤凰叫，如听仙乐耳暂明。”

梁承笑出了声，他给乔苑林系好扣子，放倒在枕头上，说：“睡觉吧，明天上午再做个 MRI 和心血管造影。”

乔苑林抱怨道：“怎么又做？”

梁承说：“别闹意见，你这只小凤凰快点治好了，我等着听你叫。”

乔苑林蒙上被子说：“明早就为住院部打鸣。”

住院的第一夜不算漫长，梁承辗转几遭天就亮了。跟护理站打了声招呼，他回心外科的办公室开会。

同事知晓乔苑林是他的弟弟，并且二人感情深厚，纷纷送上了安慰。

梁承倒是从容处之，一旦恢复医生的角色，便将所有情绪沉淀下来。他没告诉任何人，昨天他抱乔苑林下车时手臂都在发抖，那一瞬丧失了拿手术刀的勇气。

会议结束，梁承开了检查单去住院楼，在电梯里遇见了贺婕。

他从对方手里拎过一大包换洗衣物和日用品，问：“乔叔医院事忙，上午过来吗？我跟他说一下治疗安排。”

贺婕回答：“他说有事要办，昨晚把我送回家就走了。”

电梯门打开,梁承在来往的陌生人群中没有追问,与贺婕走到病房外。门敞着，来送药的护士独自立在床头。

床铺空荡，梁承问：“患者去哪儿了？”

护士说：“他起床后觉得闷，说去门诊楼找你。”

梁承从门诊楼过来根本没见到乔苑林的影子，病患不允许乱走，那个小祖宗八成拿他当通行证，说：“他出去多久了？”

护士道：“一早就去了，这是我过来的第三趟。”

梁承让贺婕在病房等着，以免乔苑林回来了没人。他夺门而出，四处环顾，在手机里翻找到监控室的电话。

下到一楼，他猜乔苑林多半会避着人多的地方，朝侧门走去，外面是医院的疗养花园。

手机响了，梁承接通：“喂？”

贺婕在里面说:“原来苑林留了字条,吹到地上了,他应该在花园里。”

雪后初晴的天气，花园冰雪半融，湖水泛着粼粼的波光，乔苑林穿着长羽绒在长椅上坐着，安然得令人不忍心打扰。

梁承远远地停下，他想，乔苑林是在等人。

阳光越发明媚，乔苑林的皮肤在光照下那么白，那么薄，透着紫红的血丝。他手脚欠暖，麻痹感从肢端散开，像锁了几条链子般叫他动弹不得。

已不知消磨了多久，终于，一辆眼熟的轿车从主干道渐渐驶近。

乔文渊满面倦容，连夜驾车往邻市跑了一趟。他顾不得考虑情理和规矩了，亲自接了王芮之过来。

拉开后车门，老太太心急如焚地下来，身体轻晃着，一眼望见乖孙伶仃的身影。她心都要碎了,强忍住脚步,回首呵斥:“去看看你的孩子！”

另一侧车门推开，林成碧下了车。

曾经是一家的三代人，时隔多年再次见面，却各自心中充满苦楚。

林成碧眼眸中的精光尽失，神色寂寥地朝湖边走去。

乔苑林颔首低垂着睫毛，听见不需分辨的脚步声，等一双鞋尖停在视野里，他交叉的十指一点点松开了。

林成碧挨着他坐下，接到乔文渊电话的那一刻，她无法再抱有丝毫侥幸。

半夜，乔文渊跨越城市找上门，却不敢责怪，竟是心切地哀求。这辈子她第一次见乔文渊那般，如一记耳光抽在脸上，叫她惭愧难安。

王芮之也知道了，一向以她为荣的母亲，对她诘问，冲她嘶吼，告诉她乔苑林和梁承共同经历的种种，恨不得跪下来施压，求她给外孙子一条活路。

她离开家时，孩子哭号挽留，丈夫心生不满，千丝万缕的工作还未安排妥当。她才发觉，追逐和沉浸的成功其实不堪一击。

林成碧枕上乔苑林瘦削的肩膀，轻声问："在看什么？"

乔苑林说："黑天鹅。"

湖面上有一大一小两只黑天鹅，相伴游来岸边，大的那只抻着细长的脖颈，叼一棵生菜。叶子散落，小的那只扎在水里吞食。

林成碧道："是一只天鹅妈妈。"

"嗯。"乔苑林语气平淡地说，"我的情况不太好，要住院一段时间，接下来的日子可以每天来看它们。"

乔文渊急成那样，林成碧就猜到了。她说："你是不是早有预料，所以借机惩罚妈妈？"

乔苑林问："那你会接受惩罚吗？"

林成碧双目红肿，她极少哭，这几天的泪水比前半辈子加起来都要多。她穿过乔苑林的腋下挽住手臂，索求一点亲密接触。

"我好久没来过医院了，康康生病，我让他爸带他去。我讨厌医院的味道，我会想起你小时候在这种地方哭，受罪，喊着要回家。"

乔苑林说："这对康康不公平。"

“世界上没有那么多公平。”林成碧道，“有的人生下来健康，有的痛苦，哪里来的公平？”

乔苑林问：“你后悔吗？”

“后悔什么，生下你？”林成碧回答，“从你出生，我就难过又期待，但我不后悔。我难过你的病，期待你长大，我总是琢磨，你会成为一个什么样的人。生病又怎么了？你可是我林成碧的儿子。”

乔苑林相信她说的，轻笑道：“你太骄傲了。”

“是，你姥姥和姥爷都这么说，你爸也这么说。我从小没尝过失败的感觉，我想永远往上走，永远接受褒奖，却不料走到了今天这一步。”

乔苑林忽然叫她，用儿时的口吻：“妈妈。”

林成碧忍不住落泪，却笑起来，说：“我以为你不会再叫我了，你跟我一样狠心，为了讨好我却一次次心软。”

“你让我一次吧。”乔苑林目送黑天鹅游走，“这次我不会讨好你了。”

他的指尖也呈淡紫色，蜷曲着。林成碧掰开他的手指，握住，说：“谢谢儿子，你没有变成我这样的人。”

乔苑林低下头，被松开的掌心里留下一枚U盘。

林成碧道：“文件的全部扫描件都在里面了，还有当年领养案专访的一些沟通细节，以及我的自述书。”

乔苑林紧紧攥住，问道：“决定了？”

“原件我会交给警方。”林成碧抽回手，直起身，“这些你拿着，曝光后的报道我希望你来做。”

乔苑林用力闭上眼睛，再睁开后视野刹那变得朦胧。他只求解决，如何能亲手撰写涉及母亲的罪过？

他道：“我在住院。”

林成碧仰望医院的高楼：“所以你要好好治病。”

“万一……”

“没有万一。”林成碧决绝地说，“无恙地回到新闻中心，把这件事漂亮地完成。你要往上走，踏踏实实地成功，你可是我林成碧的儿子。”

她站起身，说：“苑林，看妈妈一眼吧。”

乔苑林自始至终撇着头，慢慢地转过来，来不及看清已被林成碧拥紧。他埋首在孕育过他的腹间，有种奇异的安宁。

林成碧终止一个母亲的自欺欺人，告诉他：“千万不要有事，原来对于我，任何人都不能弥补这份遗憾。”

乔苑林点点头答应。

他被放开，望着林成碧一步一步离他越来越远，他心口很痛，仿佛天鹅飞来狠狠地啄了个窟窿。

林成碧边走边掖好头发，擦干净脸，正一正领口，让自己依然利落而高傲。

相隔一两米，她驻足看着梁承。

“对不起。”她说，“还有，拜托你了。”

04

乔苑林心中的大石落地，沉闷了两天，强迫自己重拾心情。医院生活对他来说不算陌生，但这次短时间内不能离开，他要做好打持久战的准备。

他贼得很，明白梁承不好惹，乔文渊也不好惹，于是便对贺婕下手。今天要平板，明天要笔记本电脑，还有一大堆文件，仗着高级病房有书桌皮椅，他开辟了一块办公区。

孙卓来探望他，他跟个领导似的坐在桌后接待对方，其间输完液，护士还过来拔了一次针。

乔苑林已归拢好情绪，逻辑分明地把整件事谈清楚，包括关于后续的报道。

恍惚间，孙卓似是看见了林成碧雷厉风行的影子。他摘下眼镜揉了揉眼角，又好像面对的仍是那个最优秀的徒弟。

不过乔苑林体力欠佳，状态明显比之前羸弱许多，想必经受的刺激是元凶之一。孙卓内心愧疚，说：“小乔，现在别的不重要，你安心养病。”

“我有分寸。”乔苑林道，“全部资料我要亲自整理，估计会比较慢，过去这么多年了，也不差这一时，给我一点时间。”

孙卓连连答应两声，说：“务必保证休息，否则我停你的职。”

乔苑林人缘好，请假这几天收到同事的无数关心，但这病情他不想让别人知道，而医院也不建议太多人来探望。

孙卓说：“我打发他们。”

“没事。”乔苑林对采访部的工作安排了如指掌，“明天下午二组开会，我连线视频，已经跟组长说好了。”

傍晚孙卓离开，走出电梯到一楼大厅，梁承和另一位医生正在讨论治疗方案。两人迎面目光相遇，彼此颔首停下脚步。

“你先去吧。”同事走后，梁承打招呼说：“孙先生，来看苑林？”

孙卓道：“嗯。”

梁承说：“晚高峰，慢走。”

孙卓咂一下嘴巴，从当年的间接接触到今年的直接交集，也算纵向十几年的缘分：“证据已经提交，能了一桩心事了。”

梁承点头道：“的确。”

孙卓职业病发作，问：“梁医生，你有什么感想？”

梁承面无表情地沉思，回答：“我必须有感想吗？马马虎虎吧，如果你不给乔苑林布置工作，我会更顺心一点。”

孙卓觉得没给这人做采访实在是明智之举，说：“是那崽子自己要干的！”

梁承乘电梯到病房。年关将至，大部分患者加倍渴望回家，亲朋来探望的也多，走廊总是没一刻冷清。

在护理站签完字，梁承走到五号病房，没敲门，一下子推开搞突击检查。

病床上，乔苑林姿势优雅地卧着，仰在枕头上笑意绵绵，就跟家长突然开门，自己正奋笔疾书一样底气十足。

梁承踱到桌子那儿，在笔记本电脑上一摸，热的，合上不超过五分钟。

乔苑林露了馅，他计算好门诊的换班时间，提前躺在床上候着，没想到梁医生这么不好糊弄。

“就看了点资料。”他解释。

梁承到床边捉起乔苑林的手，输液后冰凉肿胀，他用力沿着关节揉捏，说：“你需要静养。”

乔苑林没有反驳，他尽力让梁承少费心一些，只是什么都不做的话，太煎熬了。

临近晚餐时间，走廊充斥着纷乱的脚步声，他们相对无言地按摩四肢。

“咚”！病房门陡然被推开。

又是一个不敲门的，乔文渊拎着两人份的保温饭盒和一袋水果，腾不出手，撞见梁医生违规充当护理员的一幕。

乔文渊瞠目，“咚”！又踹上门：“怪不得不去三院，我算是明白了！”

梁承转过身说：“其实，我在跟他说点事。”

乔文渊服了这睁眼说瞎话的心理素质，问：“说完没有？要不要我退出去再给你们两分钟？够吗？”

“不用。”梁承说，“我的意思是从明天起，他的工作时间不准超过三个小时，乔叔你觉得怎么样？”

矛盾成功转移，乔文渊说：“顶多两个小时。”

乔苑林双拳难敌四手，问：“阿姨呢？”

“她心太软，以后缺什么跟我说，我负责后勤。”乔文渊放下饭盒，“姥姥要过来，我没让，你别叫她担心。”

王芮之暂时住在家里，昨天来陪了一整天。一边是外孙生病，一边是女儿跌入谷底，她受的打击很大。

乔苑林懂事地答应，吃过晚饭，电视开着，在播放《平海八达通》。他上一秒看着老同事的黑眼圈笑，下一秒鼻息忽沉，便睡着了。

乔文渊给他盖好被子，弯曲指节在他头顶上无奈地敲了一下。

梁承守在另一边，说："等各项指标稳定一些，尽快手术吧。"

乔文渊语气沉重地说："好。"

梁承知道从体检到住院已有诸多分歧，开刀非同小可，作为家人或同行都必须尊重对方的意见，求得最佳的解决方式。

然而乔文渊迟迟没说下一句，他端详乔苑林许久，说："你送我出去吧。"

离开病房，梁承陪乔文渊去乘电梯，他道："乔叔，你有任何想法都可以告诉我，如果是介意苑林在若潭……"

"不，那些是玩笑话。"乔文渊打断，"实际上，我松了一口气。"

梁承有些疑惑地问："为什么？"

乔文渊道："从苑林出生到现在，我做过数不清多少台手术，也处理过大大小小的事故。我这把年纪，这个职位，应该什么都看开了，但哪怕手术的成功率是百分之九十、失败率是百分之十，并且失败原因不尽相同，谈不上对错，可每一次失败都是对我的一记捶打。"

作为父亲，他无法控制这种胆怯，即使仅有百分之一的概率失败，他也不敢轻易在乔苑林身上试验。

乔文渊说："我给了他带着病痛的生命，是对他的第一重亏欠，万一他在手术台上，在我面前……我想我不能承受。"

这种血缘带来的情感是无法纾解的，梁承只能安慰道："乔叔，你别太自责，也不要悲观。"

乔文渊严肃地看着他，说："有你在，我已经乐观很多了。"

电梯升至这一层，电梯门打开，梁承伸手按住按钮。

乔文渊走进去，在里面对着他，是真心话，亦是托付道："梁医生，我信任你。”

这是一股巨大的压力，而梁承却觉得如释重负。

那一年街上行人匆匆，只有他向乔苑林飞奔过去。

宁缘街依是旧老样子，如今在这座白色巨塔中，他会再一次掌握乔苑林的命运。

返回病房，梁承关掉电视和天花板的灯。房间里猝然静了，暗了，乔苑林反而不安稳地蜷缩起来。

梁承拧湿毛巾给乔苑林擦身体，他是个不专业的护工，让人感觉忽轻忽重，还痒，乔苑林迷糊地骂了一声。

梁承作罢，又听见一句“不要走”。

每晚都这样，乔苑林白天做检查、输液、办公，无聊得串病房采集素材。他尽力做出如鱼得水的夸张样子，等天一黑，睡着了，便会无知觉地吐露出心声。

他要人陪，他不喜欢这里。

梁承在病床上侧身坐下来，哄小孩子一样轻拍乔苑林的小腹，悄声道：“快二月了。”

乔苑林的头歪向他，回道：“嗯……”

梁承说：“记不记得二月有什么事？”

乔苑林嘟囔道：“你生日，我要送你……”

后面听不清，梁承问：“送我什么？”

耳畔只余均匀的呼吸，乔苑林酣睡过去。

乔苑林住院的消息逐渐瞒不住了，姑姑从乔文渊那里得知，一家人来看他。姚拂又告诉田宇，田宇回加拿大的计划再次推迟。

两天后，是个周末，乔苑林坐在床上看书，有人敲门，他默认是护士。

门推开，应小琼站在外面。

乔苑林撑起身子，说：“应哥……你怎么来了？”

应小琼显然是刚刚得知，警方联系他们核实当年的案件，他和应小玉都蒙了。他问梁承怎么回事，梁承告诉他一切都会解决。

可他明白事情不会无缘无故地解决，一通急赤白脸地乱吼，他追问出乔苑林做过什么，才知道乔苑林住了院。

应小琼走进来，一路火烧火燎地连包都没拿。他的伶牙俐齿都哑了火，半天才叫了一声：“小乔。”

乔苑林问：“玉姐怎么样？”

“她挺好的。”应小琼小心翼翼地坐下来，“她要向警方补充一些情况，能配合的都配合了，也请了律师。下次我们一起来看你。”

乔苑林把书页折角，说：“我没事。”

应小琼拧了十六年的心结解开，整个人都有些无措，说：“你傻不傻啊，你要是有个好歹，我……我……小乔，谢谢、谢谢你。”

乔苑林虚弱地挥了一拳，说：“我是当好记者的料，咱们又是好兄弟，对吧？”

“对、对！”应小琼笑起来，一贯张扬的五官难得满是柔情，“我不说虚的了，你就是我亲弟，有什么想要的，我能帮上的，都跟哥说。”

乔苑林一撇嘴，烦道：“我现在困在这儿，还寻思什么啊。”

应小琼总不能把人弄出去，环顾一遭，说：“这儿伙食怎么样？我叫海鲜汇给你做营养餐。哦对，老山参忘带了，下次我直接炖成汤拎过来。别的……我这脑子，这是私立医院吧，看病钱哥给你掏！”

乔苑林吓得精神了，忙道：“不至于、不至于！”

“怎么不至于？”应小琼说，“要不这样，海鲜汇给你终身免费。”

乔苑林立刻改口道：“真的啊？谢谢应哥！”

应小琼大笑，恢复豪迈本色道：“等你康复出院，就跟梁承在海鲜汇摆他个八十桌庆祝，怎么样？”

乔苑林在荒唐中莫名产生一丝憧憬，面色都红润了几分。

梁承巡视病房过来，这些天探病的人多，他心有不满，此刻在走廊就听见声音，冷着面孔推开了门。

乔苑林和应小琼一齐望过来，透着激情和喜悦。

梁承反倒不好发作了，无奈地跟着笑起来。

05

应小琼来过之后，没两天带着应小玉又来了一次。姐弟俩财大气粗，拎的零食和营养品占满了整张陪护床。

乔苑林半躺着与他们说话，偶尔笑笑，中途护士来敲门，提醒不要探望太长时间。应小琼和应小玉连忙答应，等一回头，发现乔苑林轻合起眼皮。

姐弟二人霎时噤声，望着乔苑林瓷白无色的脸，那双眼睛逐渐彻底闭上了，姿势不动，很快平顺了呼吸。

应小琼给他掖紧被子，揽着应小玉轻手轻脚地离开。他们不放心，在护理站询问。护士答得委婉，却也掩饰不住有些严重的情况。

患者总喜欢问医生自己怎么样了，总喜欢强调自己做好了心理准备。但真到了一定地步，就会不由自主地回避。

乔苑林没再问过梁承，也没再问任何医护人员，他能感觉得出，病情在预料中是好转还是恶化。

他的体力所支撑的时间越来越短，不必别人限制，工作一会儿便觉得疲惫，效率也在降低，头脑迟钝，一页书翻来覆去读不明白。

除了做检查，他几乎不离开病房了，一直躺着，睡着，去洗手之后到窗边站一下。天空、彩云、长街、人潮，都无法让他产生出去的渴望。

他将稀少的力气保存起来，等梁承过来的时候再使用，要么喋喋不休地说废话，要么嘻嘻哈哈地扮作很精神的样子。

可梁承是医生，轻易就能看穿乔苑林的把戏。但梁承不拆穿，就那样安静地待一会儿。

一切陪他们静止，窗外的天空黑白或是朝夕，短暂地混淆了。

病房不断有新的患者入住，有患者康复出院，也有人没度过这个冬天死去。乔苑林听见哭声，挣扎下床踱到门后，透过一块玻璃窥视医院中毫不稀奇的一幕。

家属号啕，医生惋惜，生命结束的人变冷、变硬，畸形的心脏从出生负隅顽抗至今，终止了运转。

乔苑林沿着墙角滑下去，蹲成一团，膝头顶着频繁作痛的心口。

他趔趄地返回床上，打开电视机，调大音量盖过走廊的声响。电视里在播新闻，二月份了，还有十几天就是春节，然后是老生常谈的春运压力。

手机响了，怕吵他睡觉，家长一般会发消息过来，是王芮之问他晚餐想吃什么。

乔苑林回复：饺子。

自从乔文渊跟贺婕结了婚，家里经常吃饺子，特别有欢聚一堂的氛围。王芮之当然依着他，要包一荤一素两种馅。

新闻播完，外面也陷入一片肃穆的死寂，乔苑林平躺着，在默哀中睡着了。

醒来已是暮霭昏沉，床头柜上放着一杯水、一块酥糖和两本当月的漫画杂志。乔苑林知道梁承来过，他剥开糖纸将糖一整块含在嘴里，拿手机骚扰对方。

乔苑林：我醒了！

他越发喜欢用感叹号，佯装活力四射。

直到过了饭点，梁承始终没回复，其他人也没来，乔苑林饿得瘪了肚子，打开家庭群组找存在感。

乔苑林：今晚谁送饭？我的饺子呢？

乔苑林：不来我叫餐了啊。

乔苑林：姥姥、阿姨、老爸，你们都挺好的吧？

乔苑林：都在干吗啊？无语了我！

他丢开手机下床，推开病房门探出半个脑袋，恰好电梯间方向出现了几个人，全部是群成员。

梁承殿后，他基本每夜都守在病房，今天下午休息，回公寓泡了个热水澡，仔细打扫了一下。

走之前来过病房一趟，他知道有位患者不幸离世了，猜到乔苑林不好受，便提议一家人一起过来。

拐上走廊，梁承眼尖，瞧见乔苑林挨着门框望穿秋水，样子可怜又滑稽，不禁联想到那年坐在门厅下等到半夜，麻烦精被咬了满身的蚊子包。

乔苑林快饿晕了，说：“都几点了，你们包的什么工艺水饺啊？”

王芮之哄着他：“好饭不怕晚，等会儿多吃点。”

五个人将病房衬得局促，乔苑林的心情却忽然好了许多，这才意识到他并非多想吃饺子，而是想念一家团圆的感觉。

住院以来第一次齐齐整整，凑了老、中、青三代。饭除了饺子，还有小菜和汤水，摆满了床尾的小桌。

乔苑林盘着腿挪出一块位置，拉梁承坐下。梁承看长辈们还站着，便没有动。

“你要站着吃？”乔苑林毫无眼力见儿，“坐啊。”

“好了。”王芮之帮忙撑腰，“梁承赶紧坐下，我要宣布一件事情。”

梁承挨着乔苑林坐在床上，有点挤，手臂向后按在乔苑林的脊骨上，另一只手夹起一个饺子。

乔文渊问：“您要宣布什么事？”

王芮之正式决定：“我想好了，我要搬回平海。”

“真的？”乔苑林巴不得，“我同意、我同意。”

王芮之感慨道：“现在顾不上，等你身体好一些，我就买处房子安顿下来。早就攒够了养老的钱，在那边没舍得花，看来我还是更喜欢这里。”

乔苑林说：“当然了，这是家乡，而且姥爷的墓地在这边。”

乔文渊没立场干预，便尽好当前的本分道：“不着急，您就先在家里安心住着。”

“好。”目前情况特殊，王芮之也不是客套的人，“文渊，谢谢你和小贺。”

贺婕笑容温婉，她对旁的都不甚在意，说：“重要的是治好苑林的身体，别的都不要紧。”

乔苑林一共吃了十个大饺子，撑得慌，头一歪靠着梁承的手臂，随后察觉到乔文渊嫌弃的表情。他掂量了几秒，选择垂下头，假装没有察觉。

乔文渊无可奈何，问正事：“梁承，手术怎么安排？”

梁承搁下筷子，说：“最近会再做一遍详细检查，如果状况稳定，初步定在十二号。”

贺婕计算道：“今天三号，还有九天。”

三位医生又展开讨论，乔苑林置身事外地觑着床单，寻找共鸣似的瞅一下王芮之，结果老太太仿佛在听养生讲座，认真得恨不得做笔记。

他吸吸鼻子，梁承刚换的衬衣清新好闻，他用鼻尖蹭了蹭。梁承以为他不安，低头说：“再喝点汤？”

乔苑林道：“好饱，不喝了。”

话题就此中断，毕竟说鼓励的话为时尚早，大家一同沉默下来。半晌，乔文渊突兀地干咳了一声。

贺婕把一杯水推过去。

王芮之关心地问：“馅儿拌咸啦？”

梁承觉得耳熟，开大型会议时领导讲话前就爱咳嗽一声，相当于起范儿。

而乔苑林应激地抬起头，他再清楚不过，这是乔文渊开始长篇大论的预兆，一般是要教育他。

他急忙皱起眉头，挺不爽，他都开刀倒计时了，不该让他享受皇帝般的待遇吗？

他准备好了，随时捂胸口躺下来演一出苦肉计。

在几人心思各异的关注下，乔文渊酝酿片刻，说："我给苑林存着两笔钱，一笔是治疗费用，就拿来支付手术费什么的，这不必多说。"

乔苑林松了一口气，问："另一笔是什么？"

"财迷。"乔文渊道，"另一笔是从你小学开始存的教育基金。"

本来的规划是去英国留学，费用比较高，可乔苑林自作主张选择留在国内。父子闹僵的六七年里，他全靠奖学金和林成碧给的费用度过。

所以那笔钱几乎原封未动，乔苑林数日以来眼睛第一次放光，说："那岂不是很大一笔，巨款？"

"是比较可观。"乔文渊回答，"念书没用上，我后来打算给你成家用，考虑着买房子、办婚礼都是大项目，怕不够一直在坚持存。"

乔苑林有一些内疚："爸……"

乔文渊道："让我说完。苑林，这笔钱我会交给你，你刚工作不到一年，挣得还少，到处都要花钱。"

乔苑林问："真的？不骗我？"

"骗你干什么。"乔文渊说，"我已经是半百的人了，别的我管不了那么多了。这次治病也好，以后生活也好，梁承你多担待一点吧。"

梁承说："乔叔，你放心。"

乔文渊端起那杯水，"咕咚"一口灌下去，莫名其妙地难为情，转移话题说："饺子确实咸了。"

王芮之不认同道："胡说！你吃了一大桶！"

乔苑林猛然直起身，迟钝的大脑还在思索，又探究地叫了一声"爸"。

乔文渊受不了他的傻样子，伸出手在他头顶上用力揉了揉，故意道："不是很机灵吗？中国话都听不明白了？"

吃过晚饭，时间不早了，乔苑林难得还有精神。他两三天没呼吸过新鲜空气，裹着围巾帽子和梁承一起下楼，送家长们离开。

绕到后花园，他们沿着鹅卵石的甬道散步。路面有些硌脚，乔苑林走一截停一停。

梁承怕他身体负荷过重，弯腰背向他，说：“上来。”

乔苑林趴上去，双脚悬空被掂在背上，那么安稳，他环着梁承的脖子，不免看到对方耳后的疤。

夜黑风高，白色的医院大楼染上悲凉的气氛。乔苑林往上纵了纵身，说：“我真的十二号做手术吗？”

“害怕了？”梁承问。

乔苑林回答：“哪个医生安排的，为什么不提前跟本人商量一下？我要投诉。”

“随便。”梁承道，“直接跟万组长反映吧，就说梁医生欺负你了。”

乔苑林露齿笑起来，哈出一片白雾弥散在梁承的耳际，说：“那梁医生，我十号可以请一天假吗？”

梁承慢下步伐，回道：“不行。”

“十号！”乔苑林强调着，“是十号，不然我不做手术。”

梁承停在树影之下，问：“你有什么要紧事？”

“我先投诉你装傻。”

“然后呢？”

乔苑林把手塞在梁承的领口取暖，多怕有遗憾，小声说道：“然后给你过生日。”

CHAPTER
10

第十章

灿烂的以后

梧桐茂密成林，
大好的阳光从树叶间投射在石板路上，
梁承敞着黑色皮衣，
拿平安结的流苏扫过乔苑林的手背。

01

梁承出生在雪天，不知道今年的二月十号天气如何。他拿手机查看，期望是个晴朗的日子。

他的庆生经验微不足道，也就那年被乔苑林骗着认真地过了一次生日。

餐厅总要订的吧，梁承从天气预报切换到订餐应用，点开人气不错的一家，刚浏览两条评价，洗手间里的水声停了。

他挽起衬衫袖口走过去，在门外问："洗完了？"

里面应了一声，梁承拧开门进去。乔苑林立在镜子前，只穿上了病号服的裤子。他消瘦了很多，裤管看上去空空荡荡的。

梁承拿毯子从后面裹严这具身躯，严丝合缝地圈起来。

回到病床上，乔苑林往被窝里一骨碌，拿起手机刷新朋友圈，最新一条是二组同事发的救助信息。

梁承弹他额头，说："看看喜欢哪家餐厅。"

乔苑林说："嗯，我来选。"

隔壁有个白天刚做完手术的患者，梁承脱掉白天穿脏的衬衣，只剩短袖，睡前过去瞧一下情况。

人一出去，乔苑林立刻点开组长的头像，编辑了个人基本信息按下发送。

组长很快回复：怎么了，小乔？

乔苑林：组长，我要报名。

组长：那个爱心救助啊？你现在能行吗？身体怎么样了？

乔苑林：没关系，我给我哥的。

组长：成，那我亲自帮你联系。

乔苑林：谢谢组长！

梁承回到病房关上门，乔苑林已经闭着眼，但通过呼吸判断还没有睡着。

他立在床边，随后薄唇张开，支吾半晌发出一个语意不明的音节……

乔苑林倒先开口："你要说什么？"

静默片刻，梁承忽然叫他的名字："乔苑林。"

乔苑林睁开眼："嗯？"

向来是患者求医生许一个承诺，但梁承此刻却想求一份保证，他说："今年将是你陪我度过的第一个生日，但不会是最后一个，好不好？"

乔苑林微怔，回道："当然。"

梁承熄了灯，看着乔苑林入睡，掖被子时手背实在有点痒，摸黑在枕头上捏起一根发丝。

他嘀咕："怎么又掉毛了。"

乔苑林蒙住头："因为我该美容了！"

离十号满打满算一共六天，梁承照常工作，工作以外的他根本不在乎，余力和心思全在十二号的手术。

但他发觉乔苑林行为异常，没事就对着手机笑得灿烂，他要瞥一眼，乔苑林马上锁屏怪他侵犯隐私权。

他听见乔苑林打电话确认时间，问是不是预订了餐厅，对方含混着点头，等再问是哪一家，对方又支支吾吾答不上来了。

九号晚上，乔苑林撑不住睡着了，凌晨闹钟响起，他在病床上第一个对梁承说"生日快乐"。

第二天早晨，医院同事纷纷送来礼物，有实用的，有精致的，乔苑林好奇地拆了一地包装盒。最新颖的是万组长竟然送给梁承一个手账本，让他记录不被投诉时的幸福生活。

王芮之煮了长寿面过来，贺婕亲手做了蛋糕，乔文渊继名牌皮带后送了一块名牌手表，很贵，以至于梁承有种收受家属贿赂的错觉。

送完还要挑拨离间，乔文渊问："苑林，你送你哥什么？"

乔苑林道："我在医院没办法准备。"

"可以网购啊。"乔文渊无情地揭露，"我特意给你转了一笔账，私吞了？"

"我等会儿出去送……"乔苑林嫌烦，故意哼哧喘两声。这招儿十分奏效，王芮之马上护着不让说了。

输完液，乔苑林换上厚厚的衣服，让瘦削的身体饱满一点。他的皮肤越发苍白，平日淡粉的唇珠早已失去血色。出门前，他躲在洗手间涂了一层聊胜于无的润唇膏。

许久没离开医院了，奔驰车驶出若潭大门，乔苑林沉寂的心绪复活，他目光贪婪，连街边的垃圾桶都觉得眉清目秀。

梁承问："我们去哪儿？"

乔苑林看了一下手表，还有一些时间，说："你有没有想做的？"

梁承不知道，他能想到的就是逛个街，挑个顺眼的礼物，他不怕平淡，只希望能平稳地度过。

手机在中控台上闪烁，是应小琼打来的，在此之前已经打了七八通。

乔苑林道："应哥肯定想帮你庆祝。"

"他问能不能来医院，还有郑宴东和老四。"梁承拒绝得干脆，"等你做完手术康复了，咱们再一起聚，不急。"

乔苑林听从地"嗯"了一声，问："那你有没有想要的？"

梁承把着方向盘道："我什么都不缺。"

乔苑林坦白道："其实我准备了礼物。"

梁承打消他的顾虑："你送的我都会喜欢。"

车里很暖和，乔苑林的鼻尖沁着汗珠，笑起来有些憨气。他说："下一个路口右转吧，我们去中心公园。"

奔驰车一路向南驶去，离城南的中心位置越近，街两旁的绿树则越来越浓郁，那边有不少洋派老建筑，周围环境在平海数一数二。

不过商厦不多，梁承猜不到去那里和礼物有什么关联，但乔苑林在医院闷久了，到户外透透气也好。

中心公园是开放式的，占地面积很大，临街的最外环用切割草坪圈出一片空地，今天是工作日，只停着几辆车。

梧桐茂密成林，大好的阳光从树叶间投射在石板路上，梁承敞着黑色皮衣，拿平安结的流苏扫过乔苑林的手背。

乔苑林和他并肩，朝中心慢慢走，说："你不觉得眼熟吗？"

梁承环顾四周，许是操心的事情太多，他迟钝地回忆起来："这儿是……"

乔苑林高兴地道："那个暑假我们来过的，帮我补社会实践的学分。"

前方树影婆娑，浓绿中有一栋白色建筑，彩窗华丽，穹顶高耸尖锐，是当年他们帮助聋哑人办集体婚礼的兰明教堂。

梁承不禁停下，说："故地重游？"

乔苑林说："挺有意义的吧。"

听说经年累月至今，兰明教堂已成为举办婚礼的圣地，必须提前预约，梁承道："今天会不会有人在结婚？"

乔苑林抓了抓耳鬓，说："可能有吧。"

梁承可惜道："那还得绕到教堂后面去看。"

手机在口袋里振动，乔苑林的双眼陡然亮了起来。他拉着梁承继续走，急切地说："快、快点！"

梁承疑惑地问："怎么突然这么着急？谁给你发短信了？"

乔苑林大声地说："送礼物的！"

奈何他走不快，短短几步远便气息凌乱。他强忍着，甚至松开梁承的手，一步一步坚持走到教堂前的弧形广场。

树荫笼罩，大门前的草坪上放着一个纸箱子。

梁承追过来，扶着乔苑林走近，逐渐听到"呜呜"的叫声。到了纸箱前，两人一同睁大了眼睛。

里面躺着一条纯白的小狗，两个月大，圆滚滚地翻着肚皮扑腾，几乎看不出脖子的位置系着一枚蝴蝶结。

乔苑林蹲下去，前一阵组里调查曝光了偷狗贩狗的窝点，解救了大批小生命。后续需要领养，他看到同事发的信息就报了名。

照片看过，可真实的小狗要可爱百倍，他“啾啾”地逗着，伸手去摸。

梁承也屈膝蹲下，一只手掌就足够托起小狗。掌心里温暖的一团，小狗乱舔，痒得他又蹙眉又想笑。

乔苑林注视着这份笑容，问：“你喜欢吗？”

梁承一愣，说：“这是你送给我的生日礼物？”

“它需要家。”乔苑林探着食指给小狗磨乳牙，“而且，白色的，大眼睛，毛茸茸，是你喜欢的款。”

听着描述，梁承情不自禁地将目光从小狗移到对方身上，他难以否认，说：“叫什么名字？”

还没起，乔苑林提议道：“乔治。”

梁承笑意渐收：“难听。”

“怎么难听了？”乔苑林反驳道，“那也叫橙子，脐橙、血橙、冰糖橙，要不叫丑柑，贱名好养活。”

梁承说：“为什么送我这只狗，有什么含义？”

乔苑林蹲得腿麻，站起来身子有些摇晃，他说：“因为可爱，没有什么含义。”

梁承起身扶着他，说：“后天就要做手术了，你送它给我，还叫乔治，你要我怎么想？”

“你不要多想。”

“可你这么做了，你要这个小玩意儿替代你吗？”

乔苑林辩解：“客观地说，任何手术都存在风险，病人都有可能会死。”

“小狗也会死。”梁承问，“那怎么办？乔苑林，你告诉我怎么办？”

乔苑林料想的不是这样，他被戳穿了，被质问，被潜在的恐惧袭击，他那么委屈地说：“我只是不知道送你什么礼物。”

“我说过，老天早就给我最想要的礼物了。”梁承单手抓住他，反复叫他，确认他活生生的就在面前。

乔苑林因为缺氧而短促地喘息，喉间拼凑不出完整的句子。

梁承不停地说着：“你才二十五岁，还有好多事情没做，上次在北京太匆忙了，等你痊愈我们再去一次。我没好意思告诉你，我没去过故宫，你给我当导游，嗯？

“还有年假，年假我们去英国，我带你去那家中餐馆。我给夏洛特回复邮件了，她也想认识你。”

乔苑林晃了晃，也笑了笑。

梁承陪他一起笑着，说：“明年的篮球赛你不参加了吗？上次在云栖镇，和应哥、郑宴东约好再一起去旅游，不能爽约。等春暖花开，还有和爸妈一起去游乐场，你忘了？”

乔苑林轻喃：“原来有这么多事情等着我去做。”

“是，所以别害怕。”梁承放开他，“相信我，我不会让你留下遗憾。”

然而乔苑林摇了摇头，他曾经遗憾不能打篮球，梁承带着他在球场投篮；他遗憾不能学新闻，梁承告诉他什么是真正的反抗。

细小或远大的憾事他都拥有过，他觉得自己太贪心了，于是只留下最在意的一个。

“我没有遗憾了。”乔苑林道，“爸妈的婚礼上再见到你，你念了书，当上医生，过着好的生活，那一刻我就没有遗憾了。”

梁承强大的心理坍塌沦陷，红了眼眶。

那天乔苑林只埋头吃，都不屑瞧他，他当时在想，如果像以前同桌写作业的时候，用手肘故意碰他一下该多好。

这时，背后教堂的大门打开，牧师比起八年前苍老了许多。

钟声回荡，小狗呜咽，今天有人预约了这里。

02

教堂里没有布置一花一叶，全部是原原本本的模样，小狗在这个巨大的空间内激动不已，边跑边嗅，笨拙地栽跟头。

梁承被逗笑，说：“乔治好像不太聪明。”

乔苑林怀疑这人在指桑骂槐，反驳道：“是狗傻，乔治很聪明。”

梁承问：“不是你起的名字吗？后悔了？”

乔苑林停下来，说：“那你同意了？”

梁承默认答应，小狗估计奇怪他们为什么不动了，返回跑到脚边。

梁承俯身用掌心一捞，回答：“有两个乔治也不错。”

空寂的教堂有悠扬的回音，牧师端正地等在正前方的台阶上，张开双臂。

小狗不安分，从梁承的手心逃窜到乔苑林的怀里。乔苑林抱住这肉嘟嘟的一团，好害怕在这神圣的一刻被尿在身上。

阳光比来时更灿烂，穿透彩窗被分割渲染成细碎的斑斓，洒落在大理石地面上。这些日子乔苑林的手总是冰凉的，此时在阳光下回温，手心有汗。

乔苑林看着梁承，一时大脑空白，忘记了自己要说什么。

“我……”他说到一半改口，“不……不对……”

梁承挑眉，说：“怎么不对？”

乔苑林有点晕，终于想起来：“生日快乐！”

梁承弯起嘴角，却闭上了狭长的眼眸，乌黑的睫毛渐渐濡湿了。他再张开眼睛凝望着乔苑林，好像暌违已久后忽然见到了光。

当年的照片只有映在玻璃上的轮廓，实在太不像话。

立在教堂中央，梁承站在乔苑林身旁，乔苑林捧着小狗，倒数三声，快门摄下将要永久纪念的这一天和这一幕。

从兰明教堂出来，毕竟是冬天，乔苑林拉下一截羽绒服拉链，把小狗塞在怀里揣着。

“乔治不会尿吧。”他仍在担心。

梁承说：“也可能会拉。”

乔苑林摸着小狗脑袋，走得更慢了，一边撺掇道：“乔治乖，忍一忍拉在大奔上，气死有洁癖的。”

梁承：“……”

从城南驶回市中心，他们去商场给小狗买了日用品和玩具，一式两份，分别备在公寓和明湖花园。

半路小狗累了，缩在乔苑林的胸口睡觉，虽然没尿也没拉，但流了一小摊口水。

午后回明湖花园，乔苑林其实有些疲倦，可太久没回家了，精神上依旧兴奋。

三位长辈围成一圈盯着新成员，都很惊奇。乔文渊是禁止在家养宠物的，一来怕不卫生，二来宠物的寿命短，怕分别时难过。

梁承和乔苑林先斩后奏，这位一家之主也只能认了，却忍不住挑剌道：“可爱是可爱，但这也太袖珍了。”

乔苑林说：“人家刚两个月大。”

贺婕问：“名字起了吗？”

梁承回答：“乔治。”

“跟我姓啊。”乔文渊对这小东西萌生了一丝好感，“先放在这儿养，我训练它，起码日常用语都得听得懂。”

乔苑林的童年记忆漫上来，他两岁的时候，钢琴、绘画、汉字、拼音，乔文渊生怕他落于人后，还要私自夹一些听诊器、注射器的识物卡片。

梁承悄声吐槽："你没学医，没准乔叔想培养它当兽医。"

乔苑林哈哈笑，瞥见钟表的时候目光停留，医院规定五点之前必须回去，还剩不到一小时。

气氛这么好，也许梁医生会忽略琐事，乔苑林趁机说："哥，我回屋躺一会儿，晚饭好了叫我啊。"

不料梁承一点也没含糊，道："来不及吃晚饭，等会儿咱们该回医院了。"

乔苑林只好作罢，羽绒服弄脏了，他进卧室换一件。这些日子房间由王芮之住着，比他打扫得整洁多了。

他走进衣帽间，坐在地毯上，把衣柜底部的小储物箱拿出来。

脚步声靠近，梁承过来，暂时将乔文渊送的手表收入首饰柜，说："怎么在地上坐着？"

乔苑林已经把箱子放回，他没有回答，手臂扬在半空说："拽我一下。"

梁承将他拽起来，换好衣服，他们准备走了。

计划后天手术，这一次回去要在医院住更长时间，乔苑林恋恋不舍地离开，走之前折了一枝院子里的梅花。

病房做过清洁，有一股过分干净的气味，乔苑林习惯但不喜欢，量血压时屏着呼吸，被梁承教训了一顿。

颠簸大半天，乔苑林恐怕撑不到天黑，在日暮四合时挣扎下床，自己拎着小板凳进洗手间冲澡。

梁承心疼又觉喜感，跟了进去，他摘下花洒给乔苑林帮忙。

洗完澡，住院楼大半灯光已经熄灭，乔苑林睡前玩一下手机，发现梁承不知道什么时候换了头像，把网上找的小白狗更新成他们的小白狗。

梁承正在倒水，手机响了，说："你给我发消息了？"

"我哪有那么幼稚？"乔苑林道，"这么晚了，是同事吧。"

果然，急诊中心抢救了一名患者，刚送到心外科。夜间值班的人手不够，梁承要去门诊看一下。

乔苑林独自躺在床上，本来挺困，但躺在床上反而睡不着了。

他打开床头柜的抽屉，里面有几本书和漫画杂志，最下面压着一支录音笔，内容清空过，一条语音也没有了。

他拿出来，走到窗前。采访时录过那么多话，每个问题都有目的和技巧，自己要录点什么时反而词穷。

思忖片刻，他将录音笔搁在窗台上。

开场白该怎么说？电视剧里一般会这样——当你听到这段话时，我已经离开了人世。

他打个激灵，太土了吧，况且他又不一定会离开。就算真离开了，给人听见不得伤心死了。

抬起头，外面是浩瀚夜空。

乔苑林终于决定了第一句，按下录音键，他轻快地说：“梁承，今晚的月色真好啊。”

03

手术前一天，乔苑林以为会像开学前一天的心情，然而他出奇地平和，如同度过假期里某个悠闲的日子。

病房积攒了太多水果零食，他挑拣了一大袋，给各病房送了些。昨晚急诊接待的患者是个少年，十五六岁，礼貌地对他说“谢谢哥哥”。

他给护理站也拿了好些，护士和住院医生们不肯收，因为医院有规定。他考虑到了，就说是梁承送的，同事之间没那么多规矩。

门诊大楼经过一上午打仗般的忙碌，中午稍有闲暇，其他人都去食堂了，梁承在办公室还没走。

有人敲门，他道：“进来吧。”

乔苑林气喘吁吁地露面，穿着病号服，扛着双肩包，搞得梁承心头一惊，以为他要离院出走。

包里全是吃的，背着省力气，乔苑林“哗啦”倒在门口放信件的桌上，说：“哥，你给同事们分一分。”

小胡医生拎着外卖进来，直接拿了个大杧果，说：“那我不客气啦，小乔吃了吗？”

“还没呢。”家里来人送饭，乔苑林算着时间差不多了，等梁承一起回去。

小胡医生关心地说：“小乔，这两天感觉怎么样？”

乔苑林说：“挺好的。”

小胡医生道：“明天上午手术，甭担心，放轻松。”

乔苑林笑着问：“你参与吗？”

“必须的。”小胡医生逗他，“我可是金牌特助，是吧梁哥？”

梁承不置可否，关闭计算机，起身说：“那明天他要是紧张，你就在手术台上陪他聊天。”

“没问题。”小胡医生一顿，“聊天？你是不是看不起麻醉师？”

梁承一手拎包，一手捉着乔苑林的胳膊，带他回到病房。乔文渊已经到了，他没让别人过来，反正明天肯定是要来的。

乔苑林几乎没吃什么，眯了一觉，下午还有两项检查要做。

这段时间配合治疗，水电解质紊乱和心律问题得到控制，血液循环也比较稳定，总之他做好了手术的准备。

晚上乔文渊留下陪护，梁承被撵回家休息。熄了灯，乔苑林躺得笔直规矩，望着黑黝黝的天花板。

知道他没睡，蓦地，乔文渊问：“怕吗？”

乔苑林觉得这问题相当幼稚，反问：“你说我妈在干什么？”

乔文渊都快忘记林成碧这个人了，但不难猜到，说：“不管干什么，肯定在惦记你。”

“你知道吗？我小时候幻想过千百次这个场景。”乔苑林说，“我要做手术，我病危了，那样你们就会紧张我，围着我转。”

“傻小子。”乔文渊笑了一声，语气变低，“对于以前，我挺后悔的。”

乔苑林不客气地说“只后悔就完了？你答应我一个要求，跟我发誓。”

乔文渊问：“什么要求？”

乔苑林郑重欠身，冲着陪护床的位置说：“万一手术失败了，你不能对梁承有怨言，一丝一毫也不行。”

乔文渊愣道：“你啊……”

“你答应我！”乔苑林威逼道，“你发誓，否则……”

乔文渊说：“好，我答应。否则什么？”

乔苑林一狠心，道：“否则乔治天天在你床上拉屎。”

乔文渊惊得坐起来，怒道：“你不如遵循传统，让我天打雷劈算了！”

乔苑林放心地躺下去，手机振动，他从枕头底下摸出来，打开微信，梁承发了一张照片给他。

是活了二十九年来梁承的第一张自拍，光线不算好，但架不住人英俊，尤其心机地抱着小狗，柔和了锋利的轮廓。

乔苑林盯得发了呆，忘记回复。

梁承：睡了吗？

乔苑林：这下睡不着了。

梁承：乔治学会握手了，特可爱。

乔苑林：我连响指都会弹，你不要只稀罕它。

梁承没再回复，心虚似的。

乔苑林将照片保存到相册，设置成锁屏，然后返回微信编辑道：浑蛋，你起码说句晚安啊。

还没按下发送键，梁承发来：乔叔警告我别打扰你休息，晚安。

乔苑林扭头，陪护床上的手机亮光刚被摁灭，他好奇地问：“你怎么知道我们在聊天？”

“照照镜子看看你笑成什么样了。”乔文渊翻身背过去，命令说，“睡觉。”

一夜睡得踏实，乔苑林在晨光中醒来，梁承不知道什么时候过来的，守在床边看着他。

病房外人影憧憧，他问：“是谁啊？”

“好多人。”梁承回答，“来看你的，要大家进来吗？”

乔苑林洗脸刷牙，收拾妥当，趁梁承去开门，从抽屉拿出什么握在手心里。

父母、姥姥、姑姑一家、朋友、同事，陆续进来一屋子人。应小琼特意穿了一身预示好彩头的红色，刺眼得要命。

时间有限，不够每个人鼓励一句。乔苑林扫过大家，一切尽在不言中地笑了。

短暂的探望后，梁承把他扶到转运床上。

要去手术中心了，王芮之挨着床边，轻声细语生怕惊扰了他：“宝儿，姥姥就在外面等你，别害怕。”

“嗯。”乔苑林点点头，“姥姥，我好想晚屏巷子啊。”

王芮之捋顺他的头发，说：“等你好了，我搬回去，咱们回旗袍店。”

乔文渊与贺婕在另一边，推着床向外走，梁承落在床尾一步一步跟着。

“爸。”乔苑林叫道，迟滞数秒抿一下嘴唇，又叫道，“妈。”

贺婕怔着，仓皇又欣喜地弯下腰去：“我在，儿子，我在这儿。”

乔苑林说：“谢谢你们都陪着我。”

似乎走过很长的一段路，他晃过绵延的灯光，飞掠过路人嗔痴悲喜的一张张脸，到了手术中心即将与所有人分开。

他寻觅最要紧的那个，喊着：“等一下。”

梁承靠近，说：“你有话要对我说吗？”

乔苑林道：“那年在宁缘街上没遇见你的话，也许我已经死了。你延续了我十一年的生命，所以心里不要有任何负担，无论结果怎么样，不准你怀疑自己。”

梁承曾是他的救命稻草，如今是他的主治医师，可抛却一切关系，他说：“你永远是一名优秀的医生。”

梁承竭力让眉心舒展着，而额角已青筋凸显。他俯身，低声道：“我记住了，一会儿见。”

恍若一场寻常的手术，梁承照例进行术前准备和检查，脑中杂念清空，穿过层层隔离进入手术室。

而站上手术台的一瞬，他知道，这不一样。

安详躺着的人是乔苑林，麻醉后闭着眼睛。无影灯打开，这具躯体洁白脆弱得似一片雪，触及就会消失。

可梁承必须义无反顾，沉下一口气，他在所有人的等待中宣布：“开始吧。”

暴露着的胸膛那么薄，一颗小痣嫣红，梁承握着手术刀，将尖锐的刀刃抵住肌肤。

沿胸骨正中划开，他看到了乔苑林畸形的心脏。

右心室表面有病态的凹陷，梁承接着切开流出道，异常肌束造成入口狭窄，无法看见三尖瓣组织。

梁承手法精准，将异常肌束一点一点切除，眸中映射一片血色。外围是深绿色的布，乔苑林的面容模糊在他的余光里。

他仿佛怕乔苑林会闷，告知手术进度，说：“要切室上嵴的部分了。

“痛不痛?

“心室漏斗部的皱襞也要切。”

乔苑林知觉全无，纹丝不动地躺在手术台上。他紧握着右手，即使在麻醉中丧失力气，仍然蜷着手指没有松开。

除却右心室，他还有合并的心脏问题，主动脉瓣下狭窄，要一并修复。

豆大的汗水被护士擦掉，梁承稍微停顿，刀刃在乔苑林的胸腔中辗转，切开狭窄的管腔，他说："准备补片。"

手术中心的提示灯亮着红色，乔文渊立在门前，哪儿也不去。贺婕扶着王芮之来回踱步，有一丁点儿风吹草动便猛地一颤。

墙边长椅上，姚拂一家互相安慰。

应小琼是急性子，被郑宴东按着大腿才勉强坐住。老四双目放空，应小玉快要把单肩包的袋子扯断了。

分针转过三圈、四圈，其他患者进去又出来。

双腿僵直，梁承已去除主动脉瓣，伸手接工具，说："补片缝合，人造瓣膜准备。"

周围的医生护士全神贯注，最活泼的小胡医生格外沉稳，利落地协助。

梁承仔细地动作，忽然想起在德心当助教时，辅导乔苑林做生物实验。他当时清楚，麻烦精是为了亲近他才补课的，其实根本没用心在学。

他在口罩下勾起唇角，讲道："后面要和主动脉瓣环固定，前面和补片固定。胞嘧啶，你能听懂吗？"

操作完成，梁承扭头看乔苑林的脸，说："再忍耐一下。"

管子插在乔苑林的口腔，一定很不舒服，经过咽喉和食管，探头直达心脏区域进行超声心动检查。

梁承盯着图像和数值，人工瓣膜的位置没有问题，不存在瓣周漏迹象，心室内气体量正常，无须穿刺排出。

他舔了一下干涸的嘴唇，说："好，缝合。"

仪器的电流声，器械的碰撞，在手术室回荡交织，可怖却象征着生机的伤口被撑开、切割、修补，任人摆弄。

血液和骨肉，神经与肌理，畸形的地方在纠正，挖出糜烂，留下一腔期待太久的鲜活。

嘀……嘀，乔苑林的心律趋于正常的区间。

梁承在手术前沉下的一口气翻滚至喉咙，冲击得鼻腔一酸。

"撤体外循环。"他说。

手术进行到尾声，所有人都关注着。乔苑林没有消融离开，那么安谧，心室功能逐渐走向了平稳。

梁承尝到一丝血腥气，太阳穴狂跳不止。他闭了闭眼，牙齿缓缓松开被咬破的舌尖。

拔出插管，他最后说道："反应良好，关胸。"

手术中心的提示灯猝然熄灭。

大家蜂拥过来，等待着结果。大门打开，小胡医生笑容阳光，特别适合公布好消息，说："手术很成功，放心吧！"

大家一片劫后余生的模样，有人问梁承在哪儿。

更衣室里，梁承独自瘫软坐在沙发上，汗水将手术服湿透了。他摘下帽子，汗滴从鬓角滑落到腮边。

连日的高压、不可避免的恐惧、重逢以来就埋在内心深处的患得患失，终于可以就此告别。

"啪嗒"，他掉了一滴眼泪。

乔苑林是他救的第一个人，在医生只是梦想的时候。曾经许下的愿望真的很灵验，他会心想事成。

手术结束，他去牵乔苑林的手，一直蜷缩的手指松开，掌心是那枚白色纽扣。

乔苑林抓着他，当年是，现在也是。

梁承掩面，在精疲力竭中无声地哭，为一身医者衣冠，为痛尽甘来的对方，为灿烂的以后。

04

梁承一到病房外就被乔文渊搂住了。走廊人多，他无措地将双手从白大褂兜里抽出，拍了拍乔文渊的肩膀。

王芮之显然是喜极而泣，鼻音浓重地说，遇见他是乔苑林的福分。

这般场景梁承经历过许多次，手术成功后的家属总是千恩万谢，只不过这次他也是家属之一。

特护病房内，仪器密切监控着患者的身体。梁承走进去，停在床边的一步之外，轻声唤道："乔苑林？"

床上的人毫无反应，和手术时没有区别，依然昏睡着，也无法精确知道什么时候会醒来。

外面日落黄昏，住院部的医护到了交接时间，梁承也该下班了。他想要留下，但家长们强制他回家休息。

心律、排尿、肺循环血量、呼吸道护理……他事无巨细地交代了一大堆，最终仍是不放心，说："有的病人会出现轻度梗阻，要不……"

"没有要不。"乔文渊不容置喙道，"你再磨叽，我把他转到三院。"

梁承说："您可不能过河拆桥。"

贺婕给他拢紧大衣，说："他是怕你这座桥累塌了，我也留下，我们两个大夫守着，你放心好了。"

梁承敌不过，妥协后和王芮之一起离开了。

正值晚高峰，奔驰车驶出若潭的大门便堵在宁缘街上。梁承降下车窗，吸了两口凛冽的冷空气。万千神经彻底松弛下来，全部思绪随着烟雾重重地吐出，消散于夜色。

车里有些静，可惜梁承的大脑高速运转了太久，类似没电关机了，一个字也冒不出来。

忽然，王芮之出声道："我打算搬回晚屏巷子。"

梁承问："因为手术前苑林说的话吗？"

"我明白他为什么想旗袍店。"王芮之笑，"那年暑假他离开后，直到我搬走也再没去过。他不敢，尤其是你租的那间屋，他不敢去。"

梁承狠吸了一口烟，道："当年太让他伤心了。"

王芮之说："你们当时都是孩子，各有各的苦处。现在一切都好了，伤心地也就成了结缘的地方。"

车子在街尾驶入宽阔大道，梁承捻灭烟蒂，对着前路想起那幢小楼，与他八年前的心境果然不一样了。

王芮之亲昵地问："你觉得怎么样？给姥姥一点意见。"

"还可以。"梁承不咸不淡地说，"不过我早就想说了，那房子的管道太旧，马桶容易堵，餐桌也小，每天吃饭都互相碰胳膊肘，门口也没位置停车。"

"你意见还真不少……"王芮之记下，"都换，都换新的成吧？"

回到明湖花园，家里一天没人，把小狗无聊坏了。它紧紧地尾随着梁承，连洗澡都要在淋浴间外围观。

晚上休息，梁承躺上床，小狗趴在他拖鞋上从九点哼唧到十点，烦得他忽略卫生问题，把这破玩意儿拎了上来。

总算清静了，他躺左边，小狗窝在右边。半夜翻身，他感觉鼻尖一湿，睁开眼，发现小狗爬到了两只枕头的缝隙，舔过他的舌尖还露着。

"乔治！"

梁承极其不悦，跟一条天真无邪并欠揍的狗子互瞪。半晌，他自言自语地慨叹："这个不睡，那个不醒。"

又睡了一个多小时，未至黎明，梁承起床换了身休闲装，钩着平安结出了门。

若潭医院的门前空荡冷清，除却急诊中心，各楼层都人迹寥寥。住院部里，走廊只有轮流巡视的医护人员。

梁承买了杯意式浓缩咖啡，用咖啡因吊着精神。他把乔文渊和贺婕撵走，霸占了病房。

天将破晓时，他拉开一点窗帘，浓艳霞光照射进冷色的屋子，有种病态与生机互搏的美感。

梁承拉近椅子，挨着床沿，看乔苑林，看他的眉睫耳鬓、颈、锁骨和纤细的臂膊。

他毫无意识地消磨了数个小时，盯得眼眶泛酸，生理性的，却心理作祟视线不肯移开分毫。

咖啡因逐渐失效，他头栽下去，伏在床边陷入睡眠，那么沉，比在家里的双人床上睡得好多了。

有医生来做检查，房门开合，脚步进退，梁承似乎能听到，但仍在睡梦中没有醒过来。

不知过去了多久，窗帘缝隙的光线由明变暗，距手术结束已经过了二十四个小时。

压着的手臂丧失知觉，梁承不得已动弹了一下。他缓缓抬起头，洁白的枕头上，乔苑林睁着一双大眼睛，认真地看着他。

梁承以为在做梦，重新趴了下去。

不消片刻，他猛地直起身。乔苑林睁着的眼睛弯起一点弧度，下半张脸隐在氧气罩下面，对他笑。

梁承整个人愣住，他见过患者五花八门的苏醒情况：抬手指的、动腿的，甚至发梢被风吹动，家属呼天抢地把人吵醒的……

这种眼珠明亮还会笑的，乔苑林是第一个。

应该醒来一会儿了，梁承起身离枕头近些，不敢高声语，带着颤音道："感觉还好吗？"

乔苑林眨了眨眼。

梁承说："手术很成功，目前也没有出现排斥反应。乔苑林，你很厉害。"

那双眼睛一眨不眨地看着他，倏地，眼尾渗出一颗泪珠，滑落进发丝之间。

他弯下腰，离近后听见微弱的声音。乔苑林艰难地慢慢道："谢谢……你救我。"

苏醒后，乔苑林的情况比较稳定，一天一天恢复着，逐渐摘掉了氧气罩，然后拆线，术后第一次详细检查的结果也很乐观。

当有力气讲一句完整的话时，他把手术前就想好的话问出来：“打开我的心脏，你看见了什么？”

梁承回答：“血管。”

乔苑林说：“除了血管呢？”

梁承以为他好奇详细病因，但恐怕他听不懂专业名词，便道：“还有些碍事的，放心，都给你切了。”

乔苑林急得险些旧病复发：“我心里都是对你的好。”

那颗心脏的大特写浮现在脑海——凹陷、狭窄、异常肌束，梁承说：“就是有点畸形。”

乔苑林的春节是在医院过的，贺婕给他封了压岁钱，厚得过分，大概是一声“妈”叫到了心坎里。

梁承快三十岁了，竟然也收到了压岁钱，厚得离谱，然后在乔文渊充满暗示的眼神下改口，叫了一声“爸”。

年后，乔苑林转到了原来的病房。他日渐痊愈，能下地了，能走一小段路，能哈哈笑出声。他产生一种前所未有的感觉，由胸腔扩散到四肢百骸，分外奇妙。

“打劫”来的漫画杂志塞满了抽屉，小胡医生迫不得已找过来，全收走了。秦院长元宵节来慰问工作，许诺他这一年当开球嘉宾。

吃药前，徐护士照常给他柚子含片，外加一根橡皮筋。

发尾长得可以扎住了，乔苑林扎起一个小鬏，坐着轮椅在楼层的休闲区看夕阳。等梁承过来，他挥挥手惹得对方一怔。

他不好意思地问：“我的样子是不是有点滑稽？”

梁承矜持地回答“还好”，晚上到家就给乔治绑了个同款。

随着身体好转，乔苑林出院的心情越发强烈。他急于体验痊愈后的生活，像每一个普通人，能跑能跳，不必随时随地带着药，不用令家人担忧。

他待不住了，自己推着轮椅轱辘四处晃荡，乘电梯去康养中心，挑战后花园的鹅卵石甬道。梁承在办公室窗前望见他，一口热茶几乎喷在玻璃上。

某天下雷阵雨，乔苑林被困在病房出不去，抱着工作日程本涂涂写写。梁承在床边给他削苹果，乔文渊在收拾他积攒的一大袋 X 光片。

他列了一张心愿清单，斜倚在床头说："我给你们念念吧，这些是我一直想做的。"

梁承道："你以后想做什么都行。"

乔文渊道："成，你念吧。"

乔苑林觉得好幸福，念道："我要打篮球、踢足球、跑步、跳绳、滑雪、骑马，还要去攀岩、蹦极、玩滑翔伞、三米板跳水。娱乐的呢，要坐过山车、大摆锤和热气球。"

病房里一阵死寂。

乔苑林难以置信，激动难耐地说："我居然一口气念下来了……哥，你会陪我的吧？"

梁承手腕一颤，把螺旋形状的苹果皮削断了，礼让道："爸一直遗憾不能和孩子一起运动，让爸陪你吧。"

乔文渊闻言一凛，说："还是你陪他吧。"

梁承道："您来吧。"

从体检到住院，乔文渊道："你不是就爱跟我抢吗？你去、你去。"

乔苑林不高兴地"哼"了一声，说："你们行不行啊？不行我自己去。"

三月初，出院的日子终于定下来。

乔苑林连发三天朋友圈宣布这件事，用应小琼评论的话说就是，比他当年刑满释放还兴奋。

出院前一天是个周六，梁承在门诊值班，牺牲午休时间摆弄手机。刚完成支付，万组长就过来找他。

不出所料，万组长说：“梁医生，需要你处理一起投诉。”

虽然猜不到又得罪了谁，但梁承向来肆无忌惮，说：“我怎么处理？这是你医务科的工作，我只管等结果。”

万组长道：“被投诉的是乔记者，那你管吗？”

梁承简直奇了怪了，当医生这么久，没见过住院患者被投诉的。

万组长摊手，他处理无数宗投诉也是头一次碰上这种事。

马上要出院了，乔苑林短时间之内都不想再回来，他去花园最后喂一次黑天鹅，喂出感情了，丢了半筐生菜下去。

管理员吓了一跳，怕天鹅撑出毛病要担责任，干脆投诉给了医务科。

梁承亲自签了承诺书，把人领走，一路黑着脸回到病房。

他锁上门，刚要开口教训，奈何乔苑林病好了，心眼却更多了，抢先道：“我觉得有点累。”

梁承心里骂一声“放屁”，这空当乔苑林凑近，把扔完生菜没洗过的手，在他身上蹭了蹭。

他说：“明天就要出院了，今天还闹腾。”

“我太无聊了。”乔苑林道，“我想上班，想去跑新闻，想……”

“想什么？”

乔苑林说：“想快点回家。”

梁承哑火，多大的脾气都要散了，况且也没多大。他犹豫了几秒，索性提前说出来：“本来要给你个惊喜，你老实一点，不然就取消。”

乔苑林立刻仰起脸，问道：“什么惊喜？”

“订了一份礼物。”梁承说，“庆祝你身体康复，重新做人。”

乔苑林问：“是什么？”

梁承吊他胃口道：“明天回家你就知道了。”

乔苑林好奇得要死，心间的疤痕都痒了。

梁承低声道："再忍一忍。"

乔苑林说："应该是我送你一份谢礼。"

"你当然得送，我等着呢。"

05

梁承给乔苑林的礼物是一辆摩托车。

纯黑色机体，磨砂质感，斜停在小院子里。乔苑林从医院回到家，在门外惊喜得一声尖叫。

他喜欢得要命，十六岁就稀罕的东西，在二十五岁终于拥有。他永远记得那份驰骋如风的痛快，曾经他只能靠梁承载着来体会，以后他可以自己来掌握。

乔苑林虽然出院了，但是仍需静养一段时间。他在家待着，每天把摩托车擦洗一遍，训练小狗，帮王芮之煮饭，然后等爸爸下班、妈妈下班、梁承下班。

他调养得长了一点肉，但离圆润还差十万八千里。

等春暖花开，乔苑林手术后的心脏也逐渐复苏。偶尔在静谧的午后或深夜，在海棠树下或湖水岸边，他感受到一阵扑通扑通的跳动，响得那般利落。

他撩起上衣，让梁承听，求证道："是不是脆瓤的了？"

梁承哄着他，说又鲜又脆。

摩托车的牌照办下来，乔苑林蠢蠢欲动，夹着头盔，学梁承一样钩着车钥匙，威风凛凛地骑车上路。

乔文渊担心得不停地嘟囔："自行车都没骑过几次。"

王芮之附和道："滑板车也没玩过。"

两道震耳的轰鸣声冲出明湖花园，摩托车在前，奔驰车跟在后面护驾。

梁承扶着方向盘，有些许恍惚，前方的背影青春飒爽，明明冬天时还羸弱得令人揪心。

摩托车蹿得太猛，他敲车喇叭警告。

乔治在副驾的包里探出头，估计晕车，耳朵一耷拉又缩了回去。

春风呼啸，飘着霏霏细雨，乔苑林的防风镜片上蒙着一层水雾。前面是红灯，他靠边刹停，往一侧扭脸。

恰好车窗降落，梁承也看着他，如那一年法语考试忘记带证件，他们在明康大街上追逐，追到了却谁也不肯先低头。

一路奔向公寓，乔苑林摘下头盔，经过大堂时向保安大叔打招呼。对方端详他，大概觉得人没变，但莫名地焕然一新。

五十二楼响着风声，房子纤尘不染，许久没来有点冷清。乔苑林脱掉机车夹克，率领乔治满屋子跑了一遍。

风拨开阴云，天际浮现一抹梦幻的色彩，乔苑林趴在落地窗上，说道："彩虹！"

小狗假装听得懂："嗷！"

"没跟你说！"乔苑林举起手机拍照，一边喊，"梁承，你来看彩虹！"

梁承走进来。乔苑林惦记着他畏高，在他将走到窗前时，横挡在他和玻璃之间。

手机屏幕显示不出美景的十分之一，乔苑林意识到这一点，索性掉转镜头方向，画面陡然变成他们。

梁承面目沉着，似一片静海。

乔苑林从镜头中看他，问："你在想什么？"

梁承回答："在想你什么时候能拍完。"

被褥褶痕交纵，泛着潮气。乔苑林洗过澡躲在被窝里，眼睫湿漉漉的，微张着干渴的嘴唇。

梁承端一杯水过来给他喝。

乔苑林解了渴，赖在床上模仿电影里的矫情片段，假设道：“如果手术失败了，我死了，现在会怎么样？”

梁承说：“我会离开这里。”

那么干脆，大概心底早已考虑过答案。他在平海经历了诸多痛苦，认识乔苑林，才令欢欣占了上风。

倘若乔苑林不复存在，他将永远离开这座城市，去遥远的地方终老，去做无国界医生，再也不回故里。

乔苑林庆幸得颤抖：“活着真好。”

乔治也是死里逃生的小狗，挺配合地叫：“嗷嗷！”

寒意渐渐在春日退尽，乔苑林不必总裹着厚衣服。他的四肢不像以前冷冰冰的，而是会暖，会出汗。别人穿两件，他也可以穿两件。

回新闻中心上班的那天是星期一，正赶上开晨会。他神采奕奕地出现在众人面前，带着一份完整的材料。

当年的案件始末全盘整理完毕，乔苑林串联起每个涉案人物，厘清多方细节，规划了还原真相的报道内容。

客观是基准，他自我警惕，将材料交给孙卓过目。

当天，孙卓在采访部下达通知，这一期新闻由他全权负责，等同监制。

回到阔别已久的工位上，乔苑林忽然明白，这大概是林成碧最终能为他做的，要他凭借这漂亮的一仗重返职场。

他无比珍惜老天爷恩赐的第二次生命，他努力跑采访、做新闻，尽情于理想有着不可取代的快意。

他一着急就会跑，跑一段连忙停下，而后反应过来他的心脏恢复了健康。他没有不舒服，没有气喘吁吁，于是飞奔起来。

他习惯按时吃药，不用再吃却不习惯，像资深烟民犯了瘾，去哪里都揣着类似白药片的酸奶片。

收工早的时候，乔苑林骑摩托车去若潭医院，在宁缘街的马路牙子上随便一停。

他期待梁承能透过影影绰绰的树影在大楼里望见他，望不见也无所谓，他会等到梁医生下班。

但梁医生经常加班，偶尔通宵，披星戴月地回到家。

王芮之退掉了邻市的房子，搬回了平海。长林街和晚屏巷子景色依旧，不过水泥路面的坑洼变深了，大树生长得更加粗壮。

那幢小楼被腾空，清扫干净，重新修理装潢，照着记忆中的模样置办家具摆设。

手术过去的第三个月，已是初夏，复诊结果各项良好。第二天，梁承和乔苑林正式回旗袍店温居。

艳阳高照，梁承穿上黑色的短袖T恤，骑摩托车载着乔苑林飞驰。五首歌唱完，引擎在楼前熄火。

王芮之一身七分袖的香云纱旗袍，推开门走出来，手掌横在眉心，说："这么晒，怎么不开车啊？"

梁承道："没地方停。"

多年不曾踏足巷子，乔苑林在原地转了一圈，四面环顾一番，仰首望向二楼卧室的小窗。

说好来住一阵子，王芮之见他们俩双手空空，问："没拿行李吗？"

"多沉啊。"乔苑林迈上台阶，"我发同城快递了，一会儿就到。"

他们进入楼内，梁承径自走到玄关，把车钥匙挂在挂钩上，旁边是头盔。换完拖鞋，他将乔苑林乱丢的球鞋收进柜子。

厨房燃着炉灶，他嗅了嗅，说："一股奶香味？"

王芮之笑道："给你们煮牛奶汤圆，你吃几个？"

"一大碗。"梁承踩上楼梯，"我上去看看有没有要归置的。"

狭长的走廊、面对面的卧室、陈旧的洗手间与明亮的阳台，梁承放慢步子走过熟悉的二楼，经过房间推开每一扇门。

如初的布置，细致到窗台上的一盆仙人球。

他叫道："乔苑林？"

走廊尽头传来声音："在这儿呢！"

梁承走到阳台上，乔苑林蹲在角落，对着地上摊开的工具箱，一架没安装的铁管梯子竖立在墙根。

"你帮我装上。"乔苑林要求道，"没有梯子我就不能上天台了。"

梁承纳闷地说："你非得上去干什么？"

"赏月啊。"乔苑林说完觉得幼稚，"或者，想事儿。"

梁承轻嗤一声道："事儿精就爱想事儿。"

乔苑林砸下一拳，拍拍手腾开地方。阳台上新添了几盆花草，他拎起水壶与梁承各司其职。

找准位置，梁承准备将梯子固定在墙上。这是体力活儿，再加上阳光笼罩在背后，很快他就出了一排细汗。

乔苑林也觉得热，说："我去买饮料，你有想喝的吗？"

梁承便道："跟你一样。"

"好，那我去便利店看看。"

乔苑林离开没多久，快递员到了，在门口卸下一个大包裹。

梁承拧紧最后一颗螺丝钉，洗洗手下楼。

他拆开包裹，里面是去云栖镇时用过的旅行包，鼓鼓囊囊的，估计东西都乱塞着。

他把旅行包拎上二楼卧室，放在书桌上打开。果然，衣服、日用品、游戏机、数据线，居然还有一盒乔治爱吃的鸡胸肉。

梁承拿出来逐一分类，翻到包底下，发现了一支录音笔。

不是乔苑林平常工作用的，当初在病房抽屉里放了好久，应该是备用的另一支。

不知道需不需要充电，梁承拿起来，试着按下播放键。

大半屋子阳光灿烂，里面却道："梁承，今晚的月色真好啊。"

他微怔，举起录音笔靠近耳朵，听着乔苑林娓娓道来——

“有机会我们回旗袍店，一起爬到天台上看月亮吧。梯子在某一天不晃了，我后来才明白，是你偷偷拧紧了，对吗？

“你曾说过，我是跑进你房间的一条小狗。我当时生气，现在却不满足。我是一条跑进你生命的小狗，这样分量更重一些。

“你说得对，小狗也会死。如果他死掉了，不要太难过，就当他跑去了别的地方。

“可你千万记得——你救过他，他就喜欢你；你对他好，他就喜欢你；你欺负他，他想咬却打不过你，哈哈。

“所以到头来，小狗还是喜欢你。

“月亮听见躲在云后，晚风听见吹闭窗子，我一个人悄悄录下这段话，也会情不自禁地脸红。

“梁承，我不知道你什么时候会发现这段录音，几天，还是几个月，那你过得好吗？

“我挺好的，尽管离开了。因为无论结果好与坏，陪我走到最后的人都是你。

“你冷淡，我就不停烦你；你凶，我就求饶；你心软，我就乘胜追击；你拿我没办法，我就愉快得翘尾巴了。

“我多擅长对付你啊，你好傻，都没察觉吧？

“似乎说了很多，都是基于悲剧收尾。说不定一切是杞人忧天，我会手术成功，会康复，会醒来就对你笑。

“那样的话……这段录音就作废吧。

“假如我活着……我要亲口说。”

乔苑林端着两杯饮料回来了，是便利店的新品，浮冰和青柑漂在杯子顶部，他给其中一杯加了双倍蜂蜜。

迈入卧室，梁承转过身来，手中的录音笔刚播完暂停。

乔苑林顿住，杯子外壁的水汽凝结，滴落在地板上。

嗒、嗒，像那年困在小仓库里的求救信号，亦重合了胸腔内的炽烈搏动。

梁承发号施令，说："乔苑林，过来。"

漫长的几步，乔苑林拖沓而至，立在书桌前，他有点难为情地说："你都听到了吗？"

梁承说："听到了。"

乔苑林吸一口汽水压惊，却搞错了，被蜂蜜甜得头晕。

这时，梁承又说："我也找到了。"

乔苑林不解地问："找到什么？"

窗外飘来牛奶汤圆的香气，蝉在鸣，仙人球该喷水了，摩托车在楼下晒得滚烫。

这是第九年的初夏，在同一片四壁方寸。

梁承回答："心尖肉，眼珠子。"

「番外一」美满

上一台心脏移植手术延时，导致梁承主刀的下一台手术开始得晚了一些，比预计结束时间迟了四十分钟。

他冲完澡裸着上身，进更衣室打开储物柜，拿手机看有没有未接来电。

自从买了摩托车，梁承很少有机会去接乔苑林下班。今早约好下班后送摩托车去保养，他们在车行碰面，然后他开车一起看场电影再回家。

拨出号码，梁承披上衬衫系纽扣，系到颈间倒数第三粒，手机响了七八声，乔苑林始终没有接听。

以他们两个的工作性质，接不到电话的可能性超过百分之五十。梁承挂了线，穿好衣服打算下班。

他从手术中心往外走，迎面脚步杂乱，一辆转运床被飞速推来，周围几名医护貌似是急诊的同事。刚闲下来的手术室立刻做准备，看样子病人的情况不容乐观。

梁承靠边稍停，闻到一股浓郁的血腥气，转运床经过时他瞥见大片血红，患者应该是受了严重的外伤。

前面的护士办公室差不多走空了，来不及交班，所有人忙着处理当下的伤员。

这种形势在医院并不稀奇，梁承问：“发生事故了？”

一名赶来的普外科医生说：“青燕路发生持刀伤人，送过来两个了，都是重伤，还有一个在路上。”

家属等候区挤满了人，有的几欲昏厥，有的哭天抢地，还有一部分是热心帮忙的路人，没那么情急，在稍远的位置谈论着事故现场。

有个人说：“太倒霉了，幸亏不是在闹市……”

“是啊，今晚新闻估计就播了，出事的时候电视台正好在附近采访呢。”

“好像报警的就是几个记者？”

梁承望过去，努力确认说这句话的人，接着听到他们说：“胆子也真是大，警察没到就冲上去了。我当时开车在路那边，看得我心惊胆战。”

梁承直奔对方面前，突兀地问：“不好意思，案发现场有电视台的记者？有人跟歹徒对抗？”

对方一愣，见他是医生，便如实回答：“嗯，他们在街上拍摄，最先察觉出事的。刚报警，警察还没来，其中一名记者就冲过去了。”

梁承说：“受伤了吗？”

“说不好……歹徒当时要砍一个背着书包的学生，我没敢看……”

梁承吞咽一口混浊的空气，问道：“那个记者，长什么模样？”

对方回忆道：“是个年轻人，白白净净的，在人堆里挺扎眼，哦对，骑着辆黑色摩托车……”

不待他说完，梁承已经大步离去，同时给乔苑林拨出第二通电话。仍没人接，他反复拨打，一直到地下车库。

越野车狂啸着奔出若潭医院，梁承塞上耳机，一路不停地拨打，念叨着：“接电话，乔苑林，接我电话。”

他抹了把脸，不知是额头还是手心的冷汗，潮湿淋漓。

一刻钟后，他飞驰至青燕路。路中聚集着乌泱泱一大片人，警车的信号灯在闪烁，许多行人在围观，把路堵得水泄不通。

梁承随便把车一停，就下车冲向人群。他顾不得计较得体与否，拨开一层一层阻碍，硬是挤到了最前方。

事故现场的景象摆在眼前，柏油路面上流淌着成摊的鲜红液体。血泊中，他送给乔苑林的摩托车侧倒着，头盔滚在一边。

梁承呼吸一滞，再向前时被警察拦住。他的双手止不住发颤，声音跟着抖："我找人，那个记者呢？"

警察问："你找哪个记者？"

"姓乔，他叫乔苑林。"梁承急切地重复，"乔苑林……乔苑林在哪儿？"

人群外的另一边，警车被挡在后面，车门艰难地打开了。

仿佛听见有人在叫自己的名字，乔苑林缓慢地迈出一条腿，从车上下来，正望见梁承在人头攒动间几近崩溃的样子。

他慌乱地招手大喊："哥、哥！"

梁承双瞳微微涣散，目光四处搜寻着飘到他身上，久久地凝视，然后闭了闭眼睛，再睁开时滤过所有的情绪。

天色彻底黑下来，人潮逐渐疏散，几名目击证人要随警方去公安局做一份笔录。

近十年过去，乔苑林再一次乘坐警车，隆重地夹在两位警察之间。他不停地回头，隔着玻璃望向跟在车尾的奔驰车。

旁边的警察大叔问："那是你朋友啊，关系不错吧，以为你出事急成那样。"

乔苑林说："是我的家人。"

"怪不得。"警察大叔安慰道，"虽然你这是见义勇为，但确实危险，以后一定要三思而后行。"

乔苑林点点头，还记得从江湖三剑客身上学的，说："看在咱们警民合作的分上，事后的详细报道可以交给我做吗？"

警察大叔乐道："真够敬业的，这我做不了主，回局里向上级请示一下再说吧。"

到了市公安局，乔苑林尽量动作正常地下车，低头"嗞"了一声，抬起时文静地抿起嘴巴。

梁承停好车走过来，面色像寒流奔涌的海底，能把人冻得一哆嗦。

乔苑林拉住他的小臂，说："是不是吓坏了？"

梁承的语气也一如当年，只说："进去吧。"

“让你担心了，对不起。”乔苑林嘴上认错，手上却吃痛松开了，原来手背擦伤了一块。

车上备着急救护理箱，梁承去拿了纱布，给他简单地包扎住伤口。

乔苑林说：“好疼。”

梁承道：“自作自受。”

乔苑林又说：“真的好疼。”

梁承道：“能怨谁？”

乔苑林嚷嚷：“好疼啊！”

梁承终究是败下阵来，给他裹好纱布，说：“我在外面等你。”

做完笔录九点多了，乔苑林又累又饿，是扶着墙出来的。上车时他紧皱着眉头，有点虚弱地把自己捆在安全带之下。

他灰头土脸，规矩地并着双腿，拢着胳膊，怕蹭脏了车里的真皮内饰。

梁承既心疼又好笑，从心脏病治好后，乔记者整天都是勇猛地出门去，抖擞地回家来，腰不酸了，腿不抽筋了，骑着摩托车恨不得攀山过海。

普通加班也就罢了，新闻分等级，一般的、重大的，乔苑林专挑难办的去解决。前一阵差点去某个背景颇深的民企当卧底，为期两年，把乔文渊和贺婕给吓得不轻，王芮之都要去给已故的老伴烧香了，求他给外孙托梦劝一劝。

梁承是个事业心很强的人，他清楚乔苑林也是，所以从不主动干涉。但如果影响生命安全，他绝对不会再纵着这位祖宗。

他朝副驾驶瞥了一眼，说：“不要命的事都干了，现在装哪门子乖？”

乔苑林明白躲不过一顿教训，小声解释：“当时情况太危急了，我来不及思考那么多。”

“你当然没思考，这么干你有脑子吗？”梁承语气略轻，然而侮辱性加倍，“被砍伤的受害者送到了若潭，就从我眼前推过去的。你要是出了事，我是不是得再上手术台救你一次？你觉得我刀枪不入是不是？”

乔苑林否认道：“不是、不是……我们是想等警察来的，可是歹徒冲着一个小孩子过去了，我不能坐视不管。”

那种情况下，梁承也不会袖手旁观，但换作是乔苑林，他只觉头皮发麻。

见他没继续质问，乔苑林说：“我当年倒在街上，你跑来救我，今天我要是什么都不做，说明你白救我了。”

梁承服了乔大记者的口舌和套路，道：“又来以退为进。”

“嘿嘿。”乔苑林轻笑，“我也不傻，不可能去肉搏，骑着摩托把歹徒撞翻了，他都动不了了。”

梁承想起现场的画面，太阳穴突突地跳，说：“还有脸嘚瑟，摩托车摔在血里，头盔也掉了，你是撞人还是演《速度与激情》？”

乔苑林有点尴尬，说：“我开得太快了，撞完急刹车，我也摔翻了。”

梁承：“……”

回到公寓，越野车在车库入位，乔苑林解开安全带却没动。从青燕路就在忍耐，一到家他实在忍不住了。

梁承打开氛围灯，看乔苑林的腿，铅黑色的牛仔裤沾满灰尘，膝头的布料泛着不正常的光泽，不仔细看很难发现。

他伸手去摸，血迹已经干涸变硬，问：“怎么不早吭声？”

乔苑林装蒜道：“感觉不是很严重。”

梁承无奈地瞪他一眼，下车绕到副驾驶门外，拉开车门反身蹲下一截，说：“平时累一点就要闹，这时倒能忍了。”

乔苑林爬上梁承的后背，一脸腼腆。

梁承背起他，到了五十二楼。一进家门，乔治从小窝里飞扑出来，尾巴都要摇断了。

进入浴室，乔苑林住院期间留下的习惯没改，在淋浴间放着小板凳。他脱掉脏衣服，坐下来，膝盖擦破的伤口还在渗血。

因为没多少肉，所以特别疼，梁承一边消毒包扎，一边听乔苑林嗷嗷叫唤，搞得他有点怀疑自身的专业水平。

乔治从门缝钻进来，它上周末刚做过美容，蓬松的一个毛团蹲在地砖上，歪头盯着他们。

乔苑林肚子咕噜响，他拿梁承的手机点外卖，顺便操心道：“摩托车撞得严重吗？送去修理得几天啊？”

“没你严重。”梁承反问，“你休几天？”

乔苑林身残志坚地回答：“不行，那孩子家长要给我送锦旗呢，我明天必须去电视台等着。”

梁承哼笑，他书房柜子里搁着一沓锦旗，什么“妙手回春”，什么“悬壶济世”，乔苑林发现后一直嫉妒，这下大概心里能平衡了。

处理完伤口，梁承拧湿毛巾给乔苑林擦洗，又把他按在浴缸边洗头。

恰好外卖送来，包装袋是海鲜汇独有的，小票上写着两菜两饭，袋子里多赠了一份本周招牌菜，还有润肺的豆奶和鸡汤。

梁承撕下小票，一翻，背面是应小琼潦草歪扭的笔迹：老子认识号码，不用注明。

吃完饭，梁承下楼遛狗。乔苑林回卧室躺下，鼓捣摔坏的手机，最终无力回天，好在他有随时将资料备份的习惯。

乔苑林浑身放松地伏在枕上，垂下眼皮，疲惫席卷了他。

他睡着了，陷入一场梦里，梦见天高云淡，远处有海鸥惊掠的振翅声。

他在岭海岛，破旧仓库外停着金杯面包车，肉搏的打斗声传来，他绕到窗外偷窥，见坏蛋拿着水果刀刺向梁承。

“住手！”

乔苑林跳窗而入，飞奔过去甩下包，狠狠地抡在坏蛋的后脑勺上。他去触碰梁承的肋下，没有流血的伤口。

他救了梁承，回去的轮渡上，梁承给他买了一包原味小鱼干。

乔苑林没把这件事放在心上，周一傍晚放学，他磨蹭，从学校出来时没什么人了。校门口的保卫室外，梁承揣着口袋立在那儿。

左顾右盼后发现只有自己，乔苑林问：“你在等我吗？”

梁承说：“你救了我，我要报答你。”

乔苑林的校服领带缠在手腕上，在风里轻晃。他痞气地笑道：“用不着，我不是为了得到报答才救你。”

“可你是我的救命恩人。”梁承挺执着的，“以后我会对你好的。”

乔苑林猜不出是怎么个“好”法儿，问：“那你想怎么报答我？”

梁承掏出手机，屏幕上显示一个二维码，说：“加我，有任何要求你可以随时找我。”

乔苑林半信半疑地加了梁承的微信，晚上回家写作业、听广播，直到睡前玩手机看到超人头像，他还有点蒙。

不会是骗子吧，过几天会不会找他借钱？

难道任何要求……真的都可以？

乔苑林投石问路，编辑了一句试探深浅：每天凌晨对我说晚安，行吗？

钟表报时，梁承回复：乔苑林，晚安。

之后的每一个深夜，乔苑林都会收到梁承的“晚安”。在父母忙碌的时候，他独自一人没那么孤单了。

人总是贪心，他向梁承提出第二个要求，陪他参加月底的社会服务活动。

周末，他骑摩托车载着梁承，到联系好的全托幼儿园。他弹钢琴，梁承唱歌，居然唱《滚滚红尘》，小朋友们根本就不想听。

他的要求越来越多，一起打篮球、过生日、教生物题、加急送准考证。梁承一一照办，只不过偶尔糊弄人，他要提拉米苏，结果给他牛肉锅盔。

也挺香的，他真容易满足。

乔苑林每天都要点开超人头像，甚至不到凌晨，会迫不及待地先发送一句“你快说呀，我在等了”。

后来有一天，梁承要离开平海了，去北京念书。

乔苑林体会到晴天霹雳的滋味，他烦躁、忐忑、惊慌，从青春期一下子快进到更年期，不高兴得快死了。

他像赌气地说：“我毕业会去英国留学，比你远多了。”

梁承想了想，说：“虽然有时差，但我可以晚点睡。”

乔苑林火速泄了气道：“国际局势说变就变，其实我也不一定去英国。”

“嗯。”梁承很想笑，估计在忍，“你还是个小屁孩儿，到异国他乡会受欺负。”

乔苑林嘟囔道：“什么小屁孩儿，难听。”

分别的那一天，乔苑林将梁承送到月台上，手里攥着一个浅蓝色平安结，他编的，飘扬的流苏像他纷杂的思绪。

他递给梁承，说：“祝你一路平安，再遇见危险我可没办法救你了。”

梁承珍重地接过，说：“到了北京给你寄特产。”

乔苑林暗示道：“人家说烤鸭要现吃。”

“那你去找我。”梁承看着他，“我等你。”

“你都还没走呢。”乔苑林被来往的乘客撞了肩膀，退后一步，却没再向前，“你上车吧，不要耽误了。”

梁承及时抓住他，但没有说话。

乔苑林问：“超人，我们会再见吗？”

梁承换了个不难听的词，许诺：“我确信会有再见的那一天。”

列车鸣笛启程，穿过烈日在天际洒下的阳光。乔苑林望着车窗奔跑，待梁承消失不见，他喘息着停下，双手无力地垂落在两侧。

指节蹭到裤兜，似乎里面有什么东西。

他伸进去，摸出拥抱时梁承塞的一张字条。

客厅门锁转动，梁承遛狗回来，换鞋时弯下腰敲了一下乔治的头，说：“跟你哥一样磨蹭。”

倏地，卧室传出一声叹息，像惊了梦。

梁承走进去，壁灯亮着，乔苑林在温暖的灯光里蹙着眉，委屈得简直要哭，不知道梦见了什么。

他探手看乔苑林的小腿，担心是抽筋胀痛，然后隔着被子轻轻拍打在乔苑林的身上，让对方安定下来。

乔苑林鼻翼翕动，轻喘着，迷茫地睁开眼。

梁承低声问：“怎么了？”

乔苑林的神魂尚在梦里，呢喃道：“你真不是个人。”

梁承笑了一声道：“我哪儿招惹你了？”

乔苑林倒抽一口气，枉他追着高铁跑，到头来那张字条从手中飘落到铁轨，上面是梁承遒劲而利落的笔迹——乔苑林，你一定要把生物学好。

学什么学！

半晌过去，梁承看见对方眼尾还张着，说：“睡觉。”

乔苑林努力撑着眼皮，凌晨了，钟表报时，他迷迷糊糊地要求：“你今晚还没对我说……”

说什么？梁承琢磨须臾。

“乔苑林，晚安。”

「番外二」

降落

考试周结束，校园内以肉眼可见的速度冷清下来，各学院的师生放假离校，负责打扫的工人也陆续停工。

北京的冬季本就颓败，人去楼空，枯叶堆积，到处一片萧索。研究生宿舍相对好些，尤其是研二、研三的楼层，一部分学生忙于课业和实习仍在忙碌地打转。

乔苑林已经两个寒假没有回家了，俗话说“每逢佳节倍思亲”，况且是春节，不过他跟乔文渊一直冷战不休，决出胜负之前不见也罢。

这学期他在一家报社实习，名义上是小编，实际上七零八碎的事情都能使唤他。他也乐意，毕竟是在他喜欢的新闻部门工作。

舍友们订好了归家的车票，提醒他早做准备，春运一票难求。他点点头，满心放在修改三遍的采访纲要上。

伦敦时间，凌晨两点。

漆红的公寓门关上时会“嘎吱”作响，暴露它存在的年头。房东愿意换一扇新的，但梁承说无所谓。他每次回来听见这一声，便会想起大洋彼岸的一片旧巷、一幢小楼，以及一扇也会“嘎吱”轻响的屋门。

好像也会有一道声音迎接他，笑眯眯地说：“梁承，你回来啦。”

黑灯躺在床上，梁承深陷于鹅绒被褥里，闭上眼，这是他每天唯一放松的时刻。从狼狈的二十岁走到如今，念书、留学、从医，用辛苦形容实在太过轻描淡写。

他习惯了伦敦的天气，练就了一口纯正的英伦腔调，履历优越得足够令人羡慕，生活早已渐入佳境，可他依然觉得英国的一切都像是一场梦。

乔苑林跑了一天采访，下午回报社整理稿件。几名正式员工在聊放假事宜，说到陪孩子参加国外冬令营，好贵的，要花掉一大半年终奖。

乔苑林想起一点十六岁时的往事，他读昂贵的私立高中，考 SAT，全副武装准备出国念书，在夏天就计划好年底参加冬令营，去英国游学。

他为此骗人，提前过了一个假生日。

最终那一年的寒假他哪里都没去，给乔文渊省了钱，却挨了一顿骂。他关在房间里上网，孜孜不倦地浏览北京的高校信息。

梁承不喜欢在健身房里运动，器械不如风景好看。他沿街跑了一小时，下起雨来，正好躲进必经的中餐厅。

老板约翰是四川人，来伦敦二十几年了，熟记每一位常来的亚洲面孔。他向梁承笑笑，说：“今天还吃宫保鸡丁？”

店里有双份菜单，一份给外国人的改良口味，一份是地道的川味。梁承常点的菜是宫保鸡丁，他几乎每周都来吃。

他吃的时候就会想，长林街附近的老胡川菜还在经营吗？这些年有没有涨价？

某个小吃货……不对，二十三岁了，长大成人了……那长高了多少？身上是否添了点肉？吃东西还细嚼慢咽磨人耐性吗？

梁承无意地夹起一个辣椒，舌尖辣痛，才回了神。

乔苑林的药快吃完了，他换乘三次地铁去了一家很远的医院。

他每次开一个月的药量，下一次换不同的医院挂号。要不是北京的医院多，还不够他这几年折腾的。

周末人不多，他顺便做了身体检查，等结果需要大半天时间。他在心外科踱步，看墙上张贴的医生介绍牌。

逛完心外科，他去别的楼层视察，内科、外科、骨科、眼科，连整形外科也瞅了瞅。余光瞥见一个“梁”字，他退返抬头，看见一个专家交流成果的公告。

啊，梁院长。

那不至于……乔苑林压了压口罩，开始寻思下个月拿药换哪家医院。

梁承的手机收到一条来自国内的短信，发信人是贺婕。

离开平海前，梁承曾悄悄去妇幼保健院，往意见箱塞了一张字条，希望贺医生开始新的生活。

贺婕认出他的笔迹，如何也放不下，后来找程立业问他的消息，可他早就跑得远远的了。辗转近一年，贺婕终于联系到他，又哭又笑，始终自称是“妈妈”。

梁承是真的不想让贺婕给他当妈了，他希望贺婕就做她自己，做一个没负担、可以肆意爱恨的女人。

短信里，贺婕问他是否回国过年，尾句藏着含蓄的暗示：我要迎接新生活了。

梁承猜她有欢欣，亦有紧张，他不善于鼓励或安慰，斟酌片刻又收到第二条信息，贺婕又问了一遍，会回来吗？

平海，那么遥远，他曾说再也不会回去。

他也曾在那里拥有一段新生活。

北京国际机场，乔苑林来接一位国际新闻记者，对方常驻南美洲，回国一周公干，答应接受报社的专题访问。

春运盛况名不虚传，乔苑林站在如沸的人潮里，错过两通来电，第一通是乔文渊打来的，第二通是王芮之打来的。

他回拨给老太太，老太太不意外地催他回家，前两年他没回去，老太太说“事不过三”，大概认为他在辛酸北漂，那语气心疼得要抹眼泪了。

他忙哄，挂线后没给乔文渊打回去，乔文渊也没再打过来。至于回家，他还没作好决定。

乔苑林接到的记者三十多岁，很精神干练，他帮忙推行李车。人家看他白白净净，瘦瘦高高，一副俊书生样，便没好意思使唤他。

他觉得不好意思，主动买了热咖啡，真诚地说：“张先生，您的报道我都看过，探访塔巴廷加那一次太惊心动魄了。”

聊过一会儿，张先生问：“你毕业了吗？”

“明年毕业。”乔苑林回答。

张先生说：“在北京的话，待在报社不如去电视台。”

乔苑林道：“我一定会当新闻记者的，但是没想好要不要留在北京。”

张先生诧异地看他，大多数优秀的年轻人都雄心勃勃地想在北京一展宏图，他没料到乔苑林却在犹豫，问：“你是哪里人？”

乔苑林说：“平海。”

说出这两个字，他忽然有一些想家。

希思罗机场出发的国际航班顺利抵达北京，梁承在机舱久坐近十个小时，双腿发沉，在转机等候的空当闲逛。

他进了一家特产商店，包装花花绿绿的零食居多，每样都挑了点，一边挑一边琢磨买了给谁吃。他自己不爱吃，朋友嘛，都没联系，贺婕呢，也很少吃乱七八糟的。

他没琢磨出结果，却又拿了一盒蛋黄酥。

旁边有两名外国人，说的是法语，梁承居然听懂了三两句。只怪从前乔苑林每天背法语单词，赖在他房里听广播，让他耳濡目染。

他忽然有个想法，乔苑林会不会没去英国，去了法国？

怎么说变就变？小屁孩儿也太儿戏了吧。

“飞往平海市的航班即将登机。”

乔苑林走出航站楼前听见这一句广播，迎面是天寒地冻。张先生上了车，司机往后备厢搬行李，他杵在副驾驶门外，掏出手机，指尖抖着订了回家的机票。

“您乘坐的航班即将起飞。”

梁承将手机调成飞行模式，等待引擎下一刻的轰鸣。

快递已经停了，乔苑林只能亲自拽着行李出发。乔文渊没再打来，想必那天并没有什么要紧事，也许只是不小心按错了而已。

他抵触见到乔文渊，完全没准备好和对方在同一屋檐下共处。他很想念王芮之，但王芮之和林成碧一起过年，她们早有新的家庭。

在回平海的路上，乔苑林生出一种无家可归的孤独感。

梁承下榻的酒店位于繁华的商业中心，临窗俯瞰可以将一大半平海收于眼底，然而他恐高，只消一眼便拉上了窗帘。

他离开这座城市太久了，其间变化万千，有不认识的新建筑、不了解的新政策，连城市一卡通都从蓝色变成了绿色。

烟蒂积了半只水晶烟灰缸，梁承在尼古丁的麻痹下睡着了。他进入重复过千百遍的梦境，然后无一例外地惊醒。

他走到窗边，冷汗涔涔地眺向街区间的橘红灯火，像看见了某个人那一年闷在小仓库里通红的脸颊。

乔苑林一下飞机就遇见了刚回国的亲人，他的表姐姚拂。

两个人差点热泪盈眶，当即紧紧相拥。分开后姚拂还抓着乔苑林的胳膊肘，一路没松开，直接把人押回了自己家。

乔苑林两三年没回来，被姑姑和姑父一通埋怨，他听出心疼多些，靠在沙发上嗑瓜子、吃酥糖，等长辈念叨完毕，没心没肺地问：“今天包什么馅的饺子？”

他爱吃肉的，汁水要足，在学校食堂没吃过满意的。

天黑得早，估计所有人都盼着除夕。乔苑林帮忙贴春联，还有几张复古的红窗花。他透过花枝缝隙望向窗外，一切都缩小了。

街上没多少人，都在家里团圆。

那没有家的人在哪儿，他的鼻息在玻璃窗上弥散开一片雾气。

长林街上的店铺都关了门，梁承插着兜走过，停驻在晚屏巷口。里面那幢小楼换了主人，花哨的旗袍店招牌不见了，楼身显得越发陈旧。

电线杆上剪刀留下的划痕或许还在，天黑看不清楚，梁承在街边立了一会儿，被冷风吹透了才走。

他到德心中学，学校放寒假了，大门紧锁，保安室亮着灯，轮值的保安出来拿外卖，奇怪地看了他一眼。

宁缘街角的若潭医院翻修了门诊大楼，梁承从门口经过，不知道擦身驶入的急救车上是怎样的病患。

人行道上红砖绿树，公交站牌更新了新春贺喜的海报。他在候车长椅上坐下，手指摸上襟前的纽扣，慢慢放空。

“嘭”！烟花猝然炸开在漆黑的天际。

乔苑林拉开窗，仰面欣赏流星般坠落的火舌。

梁承抬起头，独自一人望向夜幕中的缤纷。

乔苑林这一刻决定，他毕业后要回平海。

一两天、一两月找一个人，或等一个人，太匆忙了，梁承要留在这里。

电视上主播说“感谢收看”，乔苑林想，总有一天，他要进平海电视台的新闻中心。

院训镌刻在楼身，仁心若潭，至清至深，梁承按住胸膛，好奇心外科搬到了第几层。

乔苑林自言自语：“我放弃留在北京了，我找不到，我认了。”

“根本没去英国是不是？”梁承苦笑一声，“我回来了，你会在哪儿？”

第七年冬，天涯此时，烟火挥霍到了凌晨。

「番外三」

念念不忘

乔苑林和应小琼合资开的酒吧生意不错，但处处需要操心，很累人。正好距上一次旅游快三年了，两个人决定一起放个假。

梁承和郑宴东负责做旅游攻略，一人一半。并非乔苑林和应小琼欺负他们，因为梁医生与郑法医不愧是毕业于七中实验班的优秀人才，攻略做得像实验设计，严格、精确、追求最优解。

乔苑林抱着小狗去洗澡，经过茶几瞥见梁承的计算机屏幕，手一抖，把狗砸在了脚背上，和乔治同时“嗷”了一嗓子。

梁承的头发有些长了，洗过后擦拭得微乱，竟显出几分少年气。他抬起头，鼻梁上架着一副银边眼镜，玻璃片后的目光仍是沉稳的，说：“干什么一惊一乍？”

乔苑林捞起狗，说：“这攻略会不会太夸张了？比我年底的工作总结还详细。”

梁承道：“不详细的叫旅游大纲。”

乔苑林问：“那你快做完了吗？”

梁承回答：“还差一半。”

乔苑林实在是佩服，抱着狗进浴室干体力活儿去了。马尔济斯犬本来玲珑娇气，但被梁承训练得跟条警犬似的，挣扎起来能折腾掉乔苑林半条命。

没十分钟，乔苑林在里面求救："哥！管管你的小狗！"

梁承问："哪条？"

静了两秒，乔苑林咆哮道："我不干了！"

梁承摘下眼镜，挽袖走到浴室推开门。乔治一见他，扒着浴缸立刻老实起来。乔苑林也蔫了，坐在小板凳上拧湿的T恤。

狗和人分别洗干净了，梁承吹干狗毛再给乔苑林吹头发。乔苑林垂着脑袋，纤细的后颈凸起椎骨的形状。

"唔。"乔苑林从镜子里盯着对方，"攻略……继续写吗？"

梁承关掉吹风机，说："明天再写。"

乔苑林道："你明晚值大夜班。"

"没事。"梁承捋顺对方后脑勺的发丝，"让郑宴东多写一点。"

第二天早晨，乔苑林不可避免地赖床了。梁承给他准备好衣服和早餐后悄悄出门，在路上打给郑宴东，接通便听到一声哈欠。

"几点了，还没起？"他问。

郑宴东道："没睡够，正买咖啡。"

梁承说："工作很忙？"

郑宴东笑道："昨天下班去酒吧找应小琼，多喝了两杯。"

梁承若有所思地说："所以呢？"

郑宴东颇觉可惜地说："他把我送到社区门口就走了，心太狠了。"

总之旅游攻略谁也没做完，更坎坷的是出发当天乔苑林被急召回新闻中心，梁承也临时接了一位重症患者。

计划从延期到泡汤只用了一礼拜，等周末能喘口气时，岭海的游乐园举办童话岛屿艺术节，他们决定干脆去岛上度个假。

应小琼新换了一台商务车，亲自驾驶，说："我都好些年没上过岛了，据说游客特别多，当年拆得破破烂烂，在旧仓库里……"旁边近距离超过一辆轿跑车，他急转话锋，"这人会不会开车？"

郑宴东好奇地问："在旧仓库里干什么？"

应小琼从后视镜和梁承对视一眼，说：“不干什么。”

“应哥你骗人。”乔苑林职业病发作，不曝光难受，“他们在仓库打架，来了一队民警加刑警队长，全带走了。”

郑宴东抓住重点，问道：“刑警，难道是程队？”

应小琼打岔道：“咱几个大老爷们儿，就不去游乐园凑热闹了吧？”

梁承无比赞同，上次去游乐园是乔苑林治愈心脏病后的生日，一家人陪着他实现童年愿望，虽然合家欢乐，但坐大摆锤的痛苦令他心有余悸。

乔苑林说：“可我都订好票了。”

梁承：“……”

郑宴东天真道：“来都来了，那就玩玩呗。”

预约的民宿离海滩很近，窗外万里无云的天空连接着海面，满眼湛蓝色。

应小琼理直气壮地换上一身花衬衫和大裤衩，又从包里扯出三件相似的，问另外三个人：“你们要不要穿？”

梁承和乔苑林严词拒绝，郑宴东不敢太“严词”，借口租观光车先溜了。

举办童话艺术节的关系，游乐园的客流量翻倍，到处排着长长的队伍。梁承趁机说：“哪个项目都这么多人啊。”

应小琼心领神会道：“这得排到什么时候去？”一错身搭住郑宴东的肩膀。

肩上的手比有二十年经验的按摩师傅更有力道。郑宴东僵着不动，忍痛附和道：“那算了。”

乔苑林把相机从面前放下，说：“我有贵宾年卡，平时参与官方大小活动，是王子级别，有优先权。”

三个人跟着“王子”去体验项目，第一个就是跳楼机。他们一齐仰望最高点，应小琼低声说：“我人生最苦的那几年都没想过跳楼。”

梁承道：“我也是。”

郑宴东回忆道：“我处理过一起命案，受害者是从高楼被扔下来的，死状很惨。”

机器启动的那一刻，梁承闭上眼睛，几番急速失重后心脏“咚咚”作响，混在四周的尖叫声中。速度慢下来，他缓缓睁开眼，不知道什么时候胳膊被乔苑林抓紧了。

应小琼的双腿在裤管里哆嗦，扶着郑宴东走下座椅。郑宴东抿着唇，他处理尸体都没这么想吐。

乔苑林哪还像曾经的病秧子，神采飞扬地道：“下一项……”

“梁承！”应小琼吼道，“管管你弟！”

园内响起童话电影里的经典音乐，造型人偶拎着花篮一边跳舞一边巡游。乔苑林让梁承给他拍照，拍完只有一张没有虚焦。

梁承说：“我手抖。”

乔苑林道：“你心外科的，手抖？”

梁承心说腿也抖，他不明白为什么童话主题的游乐园要弄这些项目，跟童话故事有一毛钱关系吗？哪个王子和公主喜欢坐跳楼机、玩过山车？

在游乐园饱受折磨之后，天热得厉害，海水在阳光的照射下温度升高，停泊在小码头的白色帆船闪着银光。

梁承换了短裤，上半身皮肤被照耀成暖色调。帆船狭窄，仅能容纳两人。他先站上去控制平衡，然后向乔苑林伸出手。

乔苑林垂着双腿坐在码头上，说：“我想歇一会儿。”

梁承没有勉强他，和郑宴东进行帆船比赛，身影在从海岸飘向远方。

应小琼在沙滩上租了摩托艇，奔驰过来溅了乔苑林一身浪花。

“小乔，走！”应小琼说，“哥带你兜风！”

乔苑林口渴要喝椰子汁，跑了。他不会游泳，小时候学过，没学会，每每都抗拒得大哭。他害怕水，浸在水中有种发病的窒息感。

等他回来，梁承已经驾驶帆船靠岸，他捧着椰子跑过去。

突然，梁承推着他跳入大海，一瞬间凉爽席卷全身，他吓得大叫。掉落的椰子在码头上起伏，原来是他的视线在随着水面浮动。

梁承像是托着他，说：“怕吗？”

乔苑林在对方的肩上使劲拍了一记，紧张又新奇地眨眼：“怕。”

梁承扶着他沉入水中再浮起，弄湿了他的头发，问：“凉快吗？”

乔苑林点点头，他扶着梁承犹如借力于浮板，渐渐只觉出轻盈。他想说不怕了，歪头看见梁承耳后的疤痕，沾着水珠，像缀了一颗晶亮的小钻。

他们游泳直至精疲力竭，上岸后沿着木道一边走一边吹风。广场上的餐厅游客爆满，应小琼和郑宴东也不知道跑到哪里去了。

梁承和乔苑林漫步到岛内，街道安静下来，偶尔有一两个本地居民骑单车经过。

看见路牌的时候，乔苑林觉得眼熟，等走到蓝白色的小楼外时才恍然大悟，这是他“光临”过的派出所。

梁承也记起来了，停在门口朝院子里张望，可能好奇里面有没有一只退休的老警犬。

乔苑林握拳举到梁承下巴处，当话筒，轻咳一声采访道：“梁先生，故地重游是什么体验呢？”

梁承扭开脸，说：“不好意思，不接受采访。”

“不行，强制采访，曝光你。”乔苑林忍不住笑，“面对墙上的警徽，你有什么感觉？”

梁承只好配合道：“敬意油然而生。”

乔苑林问：“当年被带进去的时候，记得是什么心情吗？”

梁承回答：“平静。”

“你怎么能平静？”乔苑林说，“你不感到愧疚吗？受你牵连，一个青春正盛的高中生也被带进来了！”

梁承笑道：“那点仇你是不是要记到八十岁？”

乔苑林说：“我这辈子都忘不了！”

那天的确挺难忘的，梁承也记得，他被乔苑林跟踪、误会，估计对方郁闷得够呛，在轮渡上愤愤不平地赶他走。

当时他坐在后面，海风吹鼓了乔苑林的外套，他很想摸一下。但他没能抬手，一直捂着肋间，疼痛的伤口裹着乔苑林脱给他的T恤。

他们继续向前走，乔苑林沉默一会儿，问：“你有什么事要记到八十岁的吗？”

梁承道：“采访还没结束啊？”

按照正常流程，结尾总会引申一两个问题，乔苑林猜想道：“你说八十岁还会记得学过的东西吗？那些医学知识和技术，你会不会忘记？也许你的生物成绩退化得跟我一个水平了。”

梁承竟没反驳，说：“有可能。”

乔苑林乐道：“你不会变傻吧？”

梁承忽然停下，若有所思地说：“那样的话，估计我只记得做一件事。”

乔苑林望着他："什么？"

梁承回答："给一个人收拾乱丢的鞋子。"

旁边的灰墙上依旧生长着一大丛紫藤萝，花枝垂着蔓延下来，风一吹飘落几片细小的花瓣，落在他们伫立过的角落。

图书在版编目（CIP）数据

心眼．完结篇 / 北南著．— 广州：广东旅游出版社，2023.2
ISBN 978-7-5570-2888-6

Ⅰ．①心… Ⅱ．①北… Ⅲ．①长篇小说 - 中国 - 当代 Ⅳ．① I247.5

中国版本图书馆 CIP 数据核字 (2022) 第 198527 号

心眼．完结篇
XIN YAN . WAN JIE PIAN

出版人：刘志松
责任编辑：梅哲坤
责任校对：李瑞苑
责任技编：冼志良

广东旅游出版社出版发行
地址：广州市荔湾区沙面北街 71 号首、二层
邮编：510130
电话：020-87347732（总编室） 020-87348887（销售热线）
投稿邮箱：2026542779@qq.com
印刷：北京君达艺彩科技发展有限公司
地址：北京市北京经济技术开发区（通州）东石东一路 2 号院 3 号楼 8 层 806
开本：880 毫米 × 1230 毫米 1/32
字数：290 千
印张：10.5
版次：2023 年 2 月第 1 版
印次：2023 年 2 月第 1 次印刷
定价：49.80 元
